Das Runenschwert

ECON Unterhaltung

Die Nibelungen:

Kai Meyer, **Der Rabengott** (TB 27410)
Alexander Nix, **Das Drachenlied** (TB 27411)
Jana Held, **Die Flammenfrau** (TB 27412)
Bernhard Hennen, **Das Nachtvolk** (TB 27413)
Jörg Kastner, **Das Runenschwert** (TB 27414)
Martin Eisele, **Der Feuerstern** (TB 27415)

Siegfried von Xanten gilt in der weltberühmten Nibelungen-Saga als der blonde Held, dem nur eine geheime Intrige den Untergang bringen kann. Eine ganz andere Geschichte über den Recken Siegfried wird in diesem Band erzählt. Der junge Prinz soll seiner Mutter Sieglind als Regent zur Seite stehen. Siegmund, sein Vater, ist angeblich im Kampf gegen die Friesen gefallen. Sein magisches Runenschwert hat ihn in der Schlacht zum Berserker gemacht, der, ohne auf seine ritterliche Ehre zu achten, alles vernichtete, was ihm in den Weg kam. Nach der düsteren Schlacht blieb das Runenschwert verschwunden. Nun, wenige Tage vor seiner Schwertleite, sucht Siegfried nach dem Schwert, denn erst mit der magischen Waffe in den Händen glaubt er die Nachfolge seines Vaters antreten zu können.

Jörg Kastner, Jahrgang 1962, lebt als freier Autor in Hannover. Er hat bisher mehrere genau recherchierte Historienromane veröffentlicht; u. a. erschien von ihm »Die Flügel des Poseidon«, ein Roman über die olympischen Spiele der Antike.

Jörg Kastner

Das Runenschwert

Roman

Der Romanzyklus »Die Nibelungen« entstand
nach einer Idee von Kai Meyer

Konzeption: Kai Meyer/Reinhard Rohn

ECON Taschenbuch Verlag

Veröffentlicht im ECON Taschenbuch Verlag
Originalausgabe
Der ECON Taschenbuch Verlag ist ein Unternehmen
der ECON & List Verlagsgesellschaft.

Umschlaggestaltung: Init GmbH, Bielefeld
Titelabbildung: Agentur Schlück
Lektorat: Reinhard Rohn
Gesetzt aus der Goudy, Linotype
Satz: Josefine Urban – KompetenzCenter, Düsseldorf
Druck und Bindearbeiten: Ebner Ulm
Printed in Germany
ISBN 3-612-27414-7

Prolog

Die Nacht der Rache, die Nacht der Zerstörung war gekommen …

Die stolze Königsstadt streckte sich unter einem finsteren, sternenlosen Himmel am Ufer des Rheins aus, und auch das Stift lag in Dunkelheit und Ruhe. Die Mönche hatten ihr Nachtgebet schon vor Stunden gesprochen und sich zur Ruhe begeben. Bis zur Mette, dem Nachtgottesdienst, blieb den frommen Brüdern noch über eine Stunde Schlaf – so glaubten sie.

Fromme Brüder?

»Verfluchtes Christengezücht!« flüsterte fast unhörbar, aber mit vor Ingrimm bebenden Lippen die dunkle Gestalt, die an der kalten Außenmauer des Dormitoriums lehnte. Große, kräftige Hände verkrallten sich im groben Stein, als wollten sie die starke Mauer durchbrechen. Die Finger kratzten haßerfüllt über die Fugen, und in winzigen Stücken rieselte der alte, ausgetrocknete Mörtel zu Boden.

Dicht über dem kapuzenverhüllten Kopf des Rächers gähnte eins der scheibenlosen Fenster, die in regelmäßigen Abständen die Wand des Schlafsaals durchbrachen. Er hörte den vielfachen Atem der schlummernden Mönche, ihr zufriedenes Schnarchen, dann auch im Schlaf hervorgebrachtes Gemurmel, das wie Latein klang – wie ein Gebet!

Die Worte schmerzten in seinen Ohren, ekelten ihn an wie der widerliche Geruch von Weihrauch, der in seine Nase stach und den er im Mund fühlte wie den bitteren Geschmack verdorbenen Gerstenbiers.

Voller Haß auf den Geschmack, den Geruch, die Gebete, die Mönche und das große Gebäude ihres Stifts stieß sich der Rächer von der Mauer ab und schlich zu dem niedrigen Anbau der Vorratskammer, die das Dormitorium mit dem Speisesaal verband. Das Dach der Kammer war im Gegensatz zu den anderen Gebäuden nicht abgeschrägt, sondern lag flach hinter niedriger Brüstung, etwa in doppelter Manneshöhe. Wieder griffen die Hände des Rächers in die Mörtelrillen, dann auch die Füße, die in dunklen Lederstiefeln steckten. Geschickt wie eine Eidechse erkletterte die Gestalt die Mauer, packte schließlich über die Steinbrüstung und schwang sich ohne große Mühe aufs Dach.

Zufrieden über den gelungenen ersten Teil seines Unternehmens starrte er auf den Klosterhof mit dem gepflegten Garten hinab. Der fahle, kaum wahrnehmbare Schein des hinter den Wolken verborgenen Vollmonds genügte dem Rächer. Seine Augen waren wie die einer Raubkatze oder eines Waldkauzes: Er war ein Jäger der Nacht.

Die Fensteröffnungen des rundum führenden Kreuzgangs waren genauso dunkel wie alle anderen im Monasterium. Das Stift lag unter dem düsteren Nachthimmel und wartete auf seinen Untergang – ahnungslos und wehrlos.

Der Rächer löste das Seil, das er um seine Hüften gebunden hatte. Geschickt knotete er ein Ende um eine der niedrigen Zinnen, die das Flachdach umgaben. Das andere Ende ließ er in den Klosterhof fallen und kletterte, schnell und leise, hinab.

Der Hof lag so still und leer, wie es vom Dach aus den Anschein gehabt hatte. Der Rächer warf nur einen kurzen Blick hinüber zur Kirche mit dem hohen Glockenturm, der die Welt der Menschen mit dem Reich des verhaßten Gottes verbinden sollte. Beim Gedanken an diesen Gott spie der Rächer verächtlich aus.

Er lief zu den Stallungen, quer über den Hof. Es war Zeitverschwendung, sich im Schatten der Gebäude und Bäume zu halten, so dunkel und so verlassen, wie es hier war.

Als er zu einer Gruppe hochwuchernder Holundersträucher kam, erkannte er seinen Irrtum, seinen verfluchten Leichtsinn, geboren aus dem brennenden Verlangen nach Rache. Das leise Knacken von Zweigen in seinem Rücken warnte ihn. Er blieb stehen und fuhr herum.

Zwischen den Sträuchern stand eine Gestalt derart im Schatten, daß selbst die an Finsternis gewöhnten Augen des Rächers sie nicht zu erkennen vermochten.

»Wer bist du, Bruder?« fragte eine rauhe Stimme.

Ein Mönch! schoß es dem Rächer bei der Anrede »Bruder« durch den Kopf. Aber warum schlief der verwünschte Pfaffe nicht?

Der Rächer trat langsam auf die Holundersträucher zu, während seine Rechte nach der Lederscheide an seiner Hüfte tastete.

»Gib dich zu erkennen, Bruder!« verlangte der Mann im Schatten des Holunders.

»Warum nennst nicht zuerst du deinen Namen?« erwiderte der Rächer.

»Weil ich annehme, als Propst dieses Klosters über dir zu stehen, Bruder.«

Der Propst also!

Da erkannte der Rächer auch schon die hagere Gestalt und das längliche, jetzt verwirrt und verärgert wirkende Gesicht von Bruder Donatus. Was immer der hochgestellte Mönch um diese Zeit auch im Klostergarten wollte, es war eine unglückliche Fügung, die ihn hergeführt hatte.

Wirklich?

Die Hand des Rächers war über die Lederscheide zum Hirschhorngriff gelangt, und plötzlich erfüllte ihn das unerwartete Auftauchen des Propstes mit tiefer Zufriedenheit.

»Weshalb antwortest du nicht?« fragte Donatus verärgert. »Wie lange soll ich mich in Geduld üb...«

Mitten im Wort brach er ab. Die hohe Stirn kräuselte sich in Falten der Verwunderung.

»Du bist kein Bruder aus dem Stift!«

»Nein«, sagte der Rächer gleichmütig und schlug mit der Linken seine Kapuze zurück. Er stand nur noch eine halbe Armlänge von Donatus entfernt, nah genug, daß der Propst auch in dieser finsteren Nacht das Antlitz des Eindringlings erkennen konnte.

»Ihr seid es, Herr?« krächzte der erstaunte Donatus. »Was sucht Ihr hier, um diese Stunde?«

»Buße«, antwortete der Rächer in düsterem Ton.

»Ihr wollt Buße tun, Herr?«

»Nein, du wirst büßen, Christenhund, du und deine frommen Brüder!«

Bei diesen Worten fuhr die rechte Hand des Rächers vor und jagte die schlanke, zweischneidige Dolchklinge in die Brust des Propstes. Aber der Stahl drang nicht durch, sondern rutschte an einer Rippe ab.

Röchelnd, mit entsetztem Gesichtsausdruck, taumelte Donatus zurück. Die starken Holunderzweige fingen ihn auf. Er preßte die Hände gegen seine Kutte. Die Wunde konnte nur oberflächlich sein, der Schreck war wohl größer als der Schmerz.

Der Mund des Propstes öffnete sich, aber kein Wort kam über seine Lippen. Der Rächer war schneller, und diesmal fand seine Klinge sicher ihr Ziel.

Donatus sackte auf die Knie, während das Blut in wahren Strömen an seinem Leib hinunterrann und die dunkle Kutte tränkte. Bis zu dem Moment, als er bäuchlings vor die Füße des anderen fiel, lag Unverständnis in seinen aufgerissenen Augen.

»Das erste Opfer für die wahren Götter, viele werden noch folgen«, sprach der Rächer befriedigt und bückte sich, um seinen blutigen Stahl an der Mönchskutte zu reinigen. Doch eine Bewegung, die er aus den Augenwinkeln wahrnahm, ließ ihn erstarren.

Er blickte auf und sah in ein rundes, fleischiges Gesicht, das ebenso verwirrt dreinsah wie zuvor der Propst. Die von langen braunen Haarsträhnen umspielten Wangen waren gerötet. Vergebens versuchte das dralle Mädchen, seinen üppigen Körper mit dem einfachen Kleid zu bedecken. Sie hatte das Kleid nicht an, sondern drückte es nur gegen seinen splitternackten Leib. Jetzt wußte der Rächer, welches ganz und gar nicht fromme Verlangen den Propst aus dem Schlafsaal getrieben hatte.

»Das also ist eure tiefe Frömmigkeit, Christenpack!« flüsterte er.

Der Blick des Mädchens kreuzte sich mit seinem. Eine Magd, wie es aussah, derb und willig. Der Rächer kannte das Geschöpf nicht. Aber das Mädchen mochte ihn kennen, so wie auch der Propst ihn erkannt hatte. Das zitternde Ding durfte nicht erzählen, was sich hier zugetragen hatte!

Der Rächer richtete sich zu seiner ganzen beeindruckenden Größe auf. Des Mädchens Blick glitt an ihm entlang und blieb an der Rechten mit der blutigen Klinge haften. Aus Verwirrung wurde Erkenntnis, was die Angst in ihrem rosigen Gesicht noch verstärkte.

»Bitte, Herr, nicht!« flehte die Magd und stand wie gelähmt unter dem Holunder, während der

Rächer auf sie zuschritt. »Ich habe nichts Böses getan!«

»Glaubst du an den Christengott?« fragte der Rächer leise. »Glaubst du daran, daß du nach deinem Tod in den Himmel hinauffährst?«

Das Mädchen antwortete zögernd: »Ich ... weiß nicht ...«

»Gleich wirst du es wissen!«

Wieder zuckte der Stahl vor und fuhr mühelos durch die Kehle der Unbekannten. Tot sank sie vor die Füße des Rächers. Dann steckte er die Klinge zurück ins Leder, zog die Kapuze über und setzte seinen Weg zu den Stallungen fort, ohne die beiden Toten noch eines Blickes zu würdigen. Sie kümmerten ihn nicht. Der Propst als Anbeter des Christengottes war sein Feind gewesen, und das Mädchen war ohne jede Bedeutung.

Der Viehstall war zwar verriegelt, aber nur gegen den Ausbruch der Tiere, nicht zum Schutz gegen Eindringlinge. Mühelos verschaffte der Rächer sich Einlaß und blieb vor einem Strohkasten stehen. Aus einem Beutel an seinem Ledergürtel nahm er einen Feuerstein und einen handlangen Eisenstab, mit dem er über der Kiste auf den Flint schlug, immer und immer wieder.

Winzige Funken sprühten ins Stroh, endlich qualmte es, dann schlug Feuer hoch, leckte mit gierigen Zungen nach seinen Händen. Innerhalb weniger Augenblicke verwandelte sich der große Strohkasten in eine einzige Lohe.

»So ist es gut«, seufzte der Rächer.

Er packte brennende Strohbündel und warf sie in den Stall hinein.

Der Hunger der Flammen kannte keine Grenzen. Je stärker sie sich ausbreiteten, desto mehr verschlangen sie, bald nicht mehr nur Stroh und Holz, sondern auch lebendes Fleisch. Die Schreie der Kühe, Esel und Ziegen erweichten das Feuer ebensowenig wie den Rächer, der keine Gnade kannte.

Er lief hinaus, an den beiden Leichen vorbei, und erkletterte am Seil die Vorratskammer. Auf dem Dach zog er das Seil ein, befestigte es an der anderen Seite und stieg hinunter.

Wieder blieb er vor den Fenstern des Dormitoriums stehen und lauschte auf die Schlafgeräusche der Christenmönche. Ihr friedlicher Schlummer würde nicht mehr lange währen ...

In der folgenden Nacht hatten sich die Wolken verzogen. Mond und Sterne warfen ihr blaßgelbes Licht auf das Land am Niederrhein, doch hier im Königswald herrschten die Schatten. Der Rächer lächelte, als er an das verzweifelte Läuten der Stiftskirche dachte und an das vergebliche Bemühen der Mönche, die Flammen zu löschen. Auch die zu Hilfe eilenden Kaufleute aus der nahen Siedlung brachten keine Rettung. Sie kamen viel zu spät. Die Flammen fraßen den Viehstall, die anliegenden Geräteschuppen, und griffen dann auch auf das Gebälk der steinernen Gebäude über. Mönche, Kaufleute und Knechte arbeiteten die ganze Nacht hindurch, schütteten Eimer auf Eimer ins Flammenmeer. Der Feuerschlund trank das Wasser voller Gier.

Der Rächer stand nicht weit entfernt unter dem Vordach eines Lagerhauses, lauschte dem Glockengeläut, den Schreien und dem Prasseln der Flammen, deren zuckender Schein die Nacht zum Tage werden ließ. Am Morgen standen nur noch verkohlte Mauern und der verfluchte Glockenturm. Es hieß, er sei nicht mehr zu benutzen und könne jeden Augenblick zusammenstürzen.

Sollte er doch einstürzen! Der Rächer würde ein Freudenlied darauf singen.

Er war längst abgestiegen und führte den Rapphengst am Zügel durchs dichte Unterholz. Die Waldgeister eroberten das einst vom Menschen gerodete Land schnell zurück. Warum auch nicht, die Menschen hatten es aufgegeben, als sie ihre Götter verrieten. Und die Burg, einst Stammsitz mächtiger Könige, war nur noch eine verfallene Ruine.

Im Mondlicht schimmerten die bröckelnden Mauern, Zinnen und Türme bleich wie die Knochen eines riesigen Tieres. Die eines jener Drachen vielleicht, die ebenso verschwunden schienen wie die alten Götter.

Der Rächer blieb am Rand der einst viel größeren Lichtung stehen und ließ den Anblick auf sich wirken.

Er erfüllte ihn mit Stolz auf die Vorfahren, die diese Burg errichtet hatten, im Glauben an die Götter.

Gleichzeitig überfiel ihn Trauer über die neue Zeit, die angebrochen war und die Herzen der Menschen verändert hatte. Sie glaubten jetzt an einen Gott der Liebe und Versöhnung. Doch sie führten noch immer Kriege gegeneinander. Spürten sie nicht, daß dieser angebliche Liebesgott sie nur benutzte, um seine Macht zu stärken und seinen falschen Ruhm in immer weitere Gefilde zu tragen?

Der Rächer würde dem ein Ende bereiten!

Er schritt auf das Tor zu und zerrte das unruhig werdende Pferd mit eiserner Hand hinter sich her. Die Zugbrücke war heruntergelassen, der Wassergraben längst ausgetrocknet. Die morschen Bohlen hallten dumpf unter den Schritten von Mann und Tier.

Er band den ängstlich schnaubenden Rappen an einer Brunnenumfriedung im Hof fest. Das Gestein schien stark genug, um dem nervösen Zerren des Hengstes standzuhalten.

Der Mann ging weiter und betrat den überdachten Gang, der zur Eichenhalle führte, dem Mittelpunkt der Königsburg. Staubwolken wirbelten unter seinen Stiefeln auf. Mehrmals mußte er Spinnweben aus seinem Gesicht wischen.

Und hinter ihm wieherte kläglich das Pferd. Er blieb nicht stehen, drehte sich nicht um, kehrte nicht zurück. Fest entschlossen, wie er war, gab es keine Umkehr. Nicht für ihn – den Rächer der Götter!

Erst beim Anblick des Kinderbaums blieb er stehen. Wie gerade, stolz und mächtig sich der Stamm in den Himmel reckte!

Der Mann legte den Kopf in den Nacken und sah zu der riesigen Krone hinauf, die das Dach der Eichenhalle war. Schwindel packte ihn.

Daran war weniger die ungeheure Größe der Eiche schuld als der Gedanke, wie lange der Baum hier stand. Es hatte ihn schon gegeben, als die Urväter die Burg errichteten, rings um den Baum der Götter – den Kinderbaum.

Mit seinen Glück spendenden Früchten räucherte man bei Entbindungen. An seinem Stamm klammerten sich die Gebärenden fest, um die Kraft der Götter zu spüren. Auf diese Weise waren mächtige Recken zur Welt gekommen, Könige!

Es war längst vorbei.

So wie die Zeit, in der die Menschen an ihre wahren Götter glaubten und sie ehrten, wie es ihnen gebührte.

Ehrführchtig schritt der Mann zwischen den halb zu Staub zerfallenen Tafeln und Bänken hindurch, bis er so dicht an dem mächtigen Stamm stand, daß er nichts anderes sah. Er atmete tief durch und preßte seine Handflächen gegen die rissige Borke.

Der Stamm der alten Eiche fühlte sich kühl wie die Erde an, doch gleichzeitig ging ein Brennen durch seine Hände, die Arme, den ganzen Leib, und erfaßte sein Herz. Er fühlte, daß hier seine Heimat war, nicht in den Kirchen des Christen.

Nur widerwillig ließ er den Baum los und nestelte mit zitternden Fingern den Lederbeutel auf, der an seinem Gürtel gehangen hatte. Er bückte sich und schüttete den Inhalt auf das feste Erdreich, zwischen die mehr als beinstarken Wurzeln des Kinderbaums. Es war grauschwarzer Staub.

»Dies ist Asche vom Haus des falschen Gottes«, sagte der Rächer feierlich. »In der letzten Nacht brachte ich ihm den Flammentod, dir zu Gefallen, mächtiger Feuergott. Du siehst, ich habe deine Rufe erhört.«

Er blickte an dem Stamm hinauf zur Baumkrone, die den Himmel fast gänzlich verdeckte.

Doch die erhoffte Antwort blieb aus.

Da zog er den Dolch und stieß ihn tief ins Erdreich, mitten in die Asche.

»Und dies ist die Klinge, die einem Christenpriester das Leben raubte, geführt von meiner Hand, mächtiger Gott der Flammen. Er soll nur der erste sein von vielen, die ihren falschen Glauben und ihren Verrat an dir elend büßen!«

Die Augen des Rächers weiteten sich, als mit dem Dolchstahl eine seltsame Veränderung vor sich ging. Er begann zu glühen, erst nur schwach, schließlich so stark, daß die Hitze den Mann schwitzen machte. Und die Asche zerfloß, wurde zu einer roten Lache.

Zu Blut!

Langsam streckte der Mann seine Hand aus und berührte das Blut. Es war heiß, glühend heiß. Und doch verbrannte es seine Hand nicht. Es schien durch die Haut hindurchzugehen, geradewegs in seinen Leib, der den roten Saft aufsog, bis die Lache verschwunden war und nur noch der Dolch im Boden steckte.

Das Glühen war in dem Mann, ließ ihn eins werden mit dem Feuergott, dessen Namen er wieder und wieder in die Nacht hinausschrie. Die Schreie übertönten das hysterische Gewieher des Rappen, der wie von Sinnen an den Zügeln zerrte. Doch er kam nicht los von dem alten Brunnen und sprang in Todesangst hin und her, hin und her ...

Sein Reiter beachtete das Tier nicht, hörte nicht einmal sein Wiehern. Für ihn zählte nur die Macht, die ihn erfüllte: die Macht des Feuergottes!

Er war eins mit dem mächtigen Gott. Oder war er nur sein Werkzeug?

Machte das überhaupt einen Unterschied? Wichtig war nur, daß durch seine Hände – die Hände des Rächers – die Macht der alten Götter zurückkehren würde.

Die Zeit der Rache, die Zeit der Zerstörung war gekommen!

Kapitel 1

Ja, das Eisen muß glühen, heiß sein wie der Tod im letzten Augenblick des Menschenlebens!«

Graf Reinhold von Glander, Schmied mit Leib und Seele, stieß die Worte mit Inbrunst hervor, während er sein hageres, grobknochiges Gesicht ungeachtet der aufstiebenden Funken über die Esse beugte, in der die große Klinge glühte. Auch der hochgewachsene Jüngling, dessen in ledernen Handschuhen steckende Hände den

Knauf des neuen Schwertes hielten, trotzte der atemraubenden Hitze und blickte mit zusammengekniffenen Augen in die rotgelbe Glut. Wieland hatte die Hände um die beiden Griffe des großen, zweifachen Blasebalgs gelegt und entfachte den Brand der Kohlen mit jedem Druck seiner muskelbepackten Arme aufs neue.

Noch roter als die Kohlen glühte das Eisen, das Siegfried hielt. Fast schien es, als wolle es schmelzen und im großen Becken der Esse zerlaufen.

»Jetzt, Meister?« fragte der junge Schmiedebursche mit vor Erregung zitternder Stimme. Es war beileibe nicht das erste Schwert, das er schmiedete, aber bei weitem das wichtigste.

»Noch nicht«, erwiderte Reinhold mit einer Ruhe, die Siegfried unbegreiflich war.

»Aber das Eisen glüht dunkelrot, genau in der richtigen Färbung, um es abzuschrecken!«

»Noch nicht«, wiederholte der erfahrene Schmied, dessen Augen starr auf die heiße Klinge gerichtet waren.

Mit jedem Druck Wielands flogen neue Funken auf. Gerade öffnete Siegfried den Mund, um seinen Meister zu fragen, wie lange die Klinge noch glühen müsse, da befahl Reinhold: »Abschrecken, jetzt!«

Siegfried zog das Schwert aus dem Feuer und tauchte es in den Bottich, der auf den ersten Blick klares Wasser enthielt. Doch es war mit Zutaten angereichert, die nur die Schmiede kannten und die dem Stahl besondere Härte verliehen. Dampf quoll unter lautem Zischen auf und vermischte sich mit dem Qualm, der von der Esse aufstieg, zu einer grauen Fahne, die zum Abzugsloch im Schrägdach wehte.

»Heraus mit dem Eisen!« rief Reinhold und legte seine Hand auf Siegfrieds Schulter.

Der junge Xantener riß augenblicklich die Klinge aus dem Bottich und legte sie auf den Stahlblock. Aus dem glühenden Dunkelrot war ein helles Gelb geworden.

»Du kannst das Schwert ruhig loslassen, Siegfried«, bemerkte Reinhold mit mildem Spott. »Wie du es umklammerst, kriegst du noch einen Krampf in den Armen.«

Siegfrieds ganze Aufmerksamkeit galt dem Eisen, dessen Gelb langsam eine dunklere Färbung annahm. Nur zögernd löste er seine Hände vom Schwertgriff. Er wollte nichts falsch machen, nichts verderben an seinem Königsschwert.

Schon einmal hatte er geglaubt, die richtige Klinge für seine bevorstehende Schwertleite in Händen zu halten. Reinhold hatte sie geschmiedet und Siegfried mit der Bemerkung überreicht, er solle sie ruhig nach Herzenslust prüfen. Das hatte der Königssohn getan und auf einer nahen Waldlichtung die Klinge geführt, immer wieder auf Bäume eingeschlagen – bis der Stahl zerbrach.

Reinhold hatte sein ergrauendes Haupt geschüttelt. »Du bist der kräftigste Schmiedebursche, den meine Augen jemals sahen«, hatte er zu Siegfried gesagt und hinzugefügt: »Ich glaube, nur du selbst kannst ein Schwert schmieden, das deinen Kräften standhält. Ich werde dir dabei helfen!«

Dieses Schwert lag nun auf dem Stahlblock und wechselte die Farbe seiner Klinge vom Dunkelgelben ins Blaue. Würde es das Schwert eines jungen Königs sein? Die Schwertleite sollte Siegfried zum Mann machen, und dann würde er an der Seite seiner Mutter Sieglind über die Niederlande herrschen, bis er eines Tages ganz allein das Erbe des toten Vaters antrat.

»Das Öl, Otter!« rief Reinhold. »Du mußt es eingießen!«

Der schlanke, dunkelhäutige Junge nickte und goß den Inhalt zweier Tonkrüge in einen hohen Eiseneimer. Als sich die beiden Flüssigkeiten trafen, schäumten sie kurz auf. Reinholds Härteöl war weithin berühmt. Otter trug schwer an dem Eimer, und Wieland half ihm, damit er nichts verschüttete. Sie stellten das Öl neben den Stahlblock.

Siegfried nahm das nur aus den Augenwinkeln wahr. Seine volle Aufmerksamkeit galt der noch immer heißen Klinge, die braun geworden war und sich allmählich erhellte, bis sie die Farbe von Honig annahm.

»Ins Öl, Meister?« fragte Siegfried, und Reinhold nickte. Der Königssohn ergriff das Schwert und steckte die Klinge ins Härteöl. Diesmal stiegen schwarze Schwaden auf, die aussahen – und stanken – wie Höllendämpfe.

»Rühren«, sagte der Schmied. »Beweg dein Schwert!«

Und Siegfried führte mit gleichmäßigen Bewegungen die erkaltende Klinge im Öl, um den Stahl gleichmäßig zu härten, wie er es bei Reinhold gelernt hatte. Der Schmied und die beiden Gehilfen standen dicht neben ihm. Ihre Augen folgten jeder Bewegung Siegfrieds, als er die Klinge langsam aus dem Eimer zog und hochhielt, bis die Glut der Esse sich in dem blauen Stahl spiegelte.

»Ah, das ist harter Stahl«, stellte Reinhold nach prüfendem Blick fest. »Sind die Schneiden erst geschärft, wirst du das beste Schwert im ganzen Land führen, Siegfried.«

»Wirklich?« fragte Siegfried leise und dachte an die andere Klinge, die er zerbrochen hatte.

»Du glaubst mir nicht?« Reinhold klang empört. »Dann erprobe die Härte. Schlag zu, auf was du willst!«

Siegfried betrachtete die Klinge und dann den Stahlblock, auf dem sie nach dem Abschrecken gelegen hatte. Plötzlich kam Bewegung in seinen sehnigen Körper, und er ließ Stahl auf Stahl niederfahren.

Wäre Otter nicht von übermenschlicher Gewandtheit gewesen, hätte die Schwertspitze das Findelkind durchbohrt. Sie brach ab, wie ein dünner Ast unter dem Druck einer kräftigen Hand zerbrach, und flog durch den Raum. So schnell, daß ein menschliches Auge ihr kaum folgen konnte. Doch der wendige Otter tauchte zur Seite, und der Stahl bohrte sich mit der Spitze in den eichenen Rüsterblock, auf dem der schwere Amboß ruhte, und blieb dort federnd stecken. Vier Augenpaare starrten ungläubig auf den großen Holzblock und dann auf das halbe Schwert, das noch in Siegfrieds Händen lag.

»Ich dachte, wir sind gute Kameraden, Siegfried«, durchbrach Otter in seiner launigen Art die beklommene Stille. »Bis heute wußte ich nicht, daß du mich auf solch drastische Art töten willst.«

Als niemand lachte, mußte Otter einsehen, daß seine Scherze diesmal nicht halfen. Die Mienen von Siegfried und Reinhold wirkten vor Grimm versteinert, während der klobige Wieland einfach nur grenzenlos verblüfft dreinschaute. Endlich löste der Schmied seine Augen von dem zerstörten Schwert.

»Ich hatte in all den vielen Jahren noch keinen

Schmiedeburschen mit solchen Muskeln wie Wieland«, sprach Reinhold nachdenklich. »Aber deine Kraft, Siegfried, übertrifft die seine noch!« Anerkennung schwang in dieser Feststellung mit.

»Was nutzt es mir, wenn ich jedes Schwert zerbreche, statt es zu führen?«

Achtlos ließ Siegfried die Schwerthälfte fallen und verließ die Schmiede. Er ging hinunter zum Fluß, dessen Fluten im hellen Licht der Sommersonne silbrig schimmerten, und setzte sich auf einen Felsblock.

Die Werkstätten lagen in seinem Rücken, und das Hämmern und Zischen war wie der Klang aus einer anderen Welt. Die Schwertburg beherbergte die größte Waffenschmiede am Rhein, und die hier gefertigten Schwerter, Lanzen und Äxte waren weithin berühmt. So berühmt, daß der Waffenschmied Reinhold von Glander längst zum allseits geachteten Fürsten aufgestiegen war.

Zur großen Schwertleite kamen viele Ritter nach Xanten. Reinholds Männer arbeiteten von Sonnenauf- bis Sonnenuntergang, um eine möglichst große Zahl der begehrten Waffen absetzen zu können. Das förderte Reinholds Ruhm und nicht weniger seinen Reichtum.

»Betrachte das zerbrochene Schwert nicht als Unglück, Siegfried, sondern als Beweis deiner Stärke!«

Reinhold stand neben ihm und blickte mit der Anteilnahme auf ihn herab, wie sie ein Vater für den Sohn verspüren mochte. Tatsächlich war der Graf von Glander für Siegfried, dessen Vater auf dem Feldzug gegen die Friesen gefallen war, ein väterlicher Freund. Siegfried, damals keine zehn Jahre alt, hatte seine Trauer und Wut an allem und jedem ausgelassen, ungestraft, wie es nur ein Königssohn tun konnte. Als seine Mutter sich nicht mehr zu helfen wußte, hatte sie Reinhold zum Zuchtmeister ihres einzigen Sohnes erkoren. An Esse und Amboß sollte der Zorn des jungen Prinzen verrauchen; von Reinhold sollte er alles lernen, was ein Vater dem Sohn beibringen konnte: die Kunst der Jagd und des Krieges, den Umgang mit Pferden und vor allem den mit Menschen.

Reinhold hatte weder Sieglind noch ihren Sohn enttäuscht. Fast bereute Siegfried, daß seine Zeit auf der Schwertburg in wenigen Tagen vorbei sein sollte.

»Die Schwertleite«, sagte der Jüngling leise und blickte auf den Rhein, auf dem in diesen Tagen noch mehr Boote als sonst verkehrten; die meisten wollten zur Königsstadt Xanten. »Ich hätte es gern gesehen, wenn Ihr mich mit einem ganz besonderen Schwert umgürtet, Reinhold. Mit einem, das dem Sohn Siegmunds würdig ist.«

»Es gibt viele prachtvolle Schwerter, Siegfried«,

antwortete der berühmte Waffenschmied und ließ sich neben seinem Ziehsohn nieder. Mit einem heiseren Lachen fügte er hinzu: »Niemand weiß das besser als ich, denn die meisten kommen aus meiner Schmiede.« Er räusperte sich. »Jedenfalls wirst du dich des Schwertes nicht zu schämen brauchen, das ich dir am Tag deiner Mannbarkeit überreiche. Und du wirst auch noch lernen, die Klinge zu führen, ohne sie beim ersten Schlag zu zertrümmern.«

Siegfried spürte Wärme und Zuneigung in Reinholds Worten. Aber es vertrieb nicht die Schatten, die auf seinem Gemüt lagen. »Das weiß ich, Reinhold, und dafür danke ich Euch. Trotzdem hätte ich gern ein einzigartiges Schwert gehabt, eins, das dem Prinz von Xanten nicht weniger gut zu Gesicht steht als meinem Vater das ...«

»Das Runenschwert?« beendete Reinhold den Satz des verstummten Jünglings.

»Ja«, bestätigte Siegfried leise und dachte an das legendäre Schwert seines Vaters, das Siegmund zum unbesiegten Recken gemacht hatte. Wodan selbst sollte es geschmiedet haben, und es trug magische Runen. So erzählte man, wenn die Christenpriester nicht hinhörten.

»Du weißt, daß Siegmund selbst es zerbrochen hat, bevor er starb.«

Siegfried nickte nur und blickte seinen Ziehvater fragend an.

»Der Krieg gegen die Friesen war grausam, unwürdig eines Ritters«, erzählte Reinhold, der als vielgerühmter Recke selbst an jenem großen Feldzug teilgenommen hatte. »Erspare mir die Einzelheiten. Was man sich in Schenken und an Lagerfeuern darüber erzählt, ist bestimmt nicht übertrieben. Als dein Vater die tödliche Verwundung empfing, begriff er, daß er die Macht des Runenschwertes mißbraucht und Wodan deshalb seine schützende Hand von ihm genommen hatte. Deshalb zerbrach er die Waffe und befahl, die beiden Hälften an unzugänglichen Orten zu verstecken.«

»Warum ließ er es nicht ganz zerstören?«

»So darf man nicht mit einem Geschenk des Göttervaters umgehen, der zugleich Stammvater des eigenen Geschlechts ist. Kann es nicht sein, daß er dereinst befiehlt, das Runenschwert wieder gegen den Feind zu führen?«

Siegfried sah ungläubig drein und meinte nach einigem Überlegen: »Ich dachte, die alten Götter hätten sich von uns zurückgezogen. Bischof Severin sagt, es hat sie nie gegeben, sie seien bloß ein Aberglaube.«

»Aberglaube ist nur das, was von den Mächtigen dazu erklärt wird«, erwiderte Reinhold düster. »Das Runenschwert ist Vergangenheit und wird bald nur noch Legende sein. Gewiß, es wäre ein angemessenes Schwert für den Prinzen von Xanten, aber da es unerreichbar ist, nutzt dir diese Erkenntnis nichts.«

»Unerreichbar?« wiederholte Siegfried. »Jemand muß doch wissen, wo es versteckt wurde.«

»Die beiden Männer, die es versteckten.«

»Der eine ist wohl Grimbert«, meinte Siegfried und dachte an seinen wunderlichen Oheim.

»Ganz recht.«

»Und wer ist der andere?«

»Das bin ich«, sagte Reinhold.

»Ihr?«

»Warum so erstaunt?« fragte der Schmied. »Schließlich habe ich im vordersten Treffen gegen die Friesen gefochten, Seite an Seite mit deinem Vater. Wir waren gute Waffengefährten, und in uns beiden fließt das Blut der alten Götter.«

Siegfried fühlte sich bei diesen Worten von neuer Lebenskraft beseelt. Wie hatte der Graf doch zu ihm gesagt: Das Runenschwert wäre ein angemessenes Schwert für den Prinzen von Xanten!

»Wo ist das Runenschwert?« brach es aus Siegfried hervor.

Reinhold musterte ihn zweifelnd. »Es ist an Orten aufbewahrt, die jedem Sterblichen den Tod bringen.«

»Warum lebt Ihr und Grimbert dann noch?«

»Weil die Orte damals noch nicht so unzugänglich waren.«

Siegfried besann sich auf etwas, das Reinhold ihm beigebracht hatte: *Wenn du den Gegner nicht durch Kraft besiegen kannst, dann versuch es mit einer List!*

Also sagte er: »Wenn sie so unzugänglich sind, könnt Ihr sie doch ruhig nennen!«

Aber Reinhold durchschaute ihn und lächelte. »Die Gerissenheit mußt du von deinem Vater geerbt haben.«

»Vielleicht war es Vaters Wunsch, daß sein Sohn auch das Runenschwert erbt.«

Reinhold blickte lange auf den Fluß, wo ein Lastkahn arg mit einem Strudel zu kämpfen hatte. Nur mit Mühe kamen die Schiffer nach dem Einsatz langer Staken wieder frei. Der Schmied sprang mit einer Behendigkeit auf, die erstaunlich war für einen Mann, dessen Jugend schon lange zurücklag.

»Lassen wir die düsteren Gedanken und das Gerede über Götter und Runenmagie. Die Zeiten sind vorüber. Komm mit, mein Sohn, ich werde dir ein Geschenk machen, das du nicht so einfach zerbrichst!«

»Ein Geschenk?« fragte Siegfried hellhörig. Sein jungenhafter Geist hatte die Gedanken an das Runenschwert rasch verdrängt. Ein Geschenk war immer ein Grund zur Freude und, wenn es von Reinhold kam, gewiß nicht von geringem Wert. »Was ist es?«

»Etwas, das ich dir eigentlich am Tag der Schwertleite geben wollte. Aber heute ist eine ebensogute Gelegenheit.«

Reinhold führte ihn nicht zurück zur Schmiede, sondern zu den Weiden am Fluß. Edle Pferde grasten hier, Götterpferde. So wurden sie genannt, weil der alte Glaube auch ihre Existenz auf die Götter zurückführte. Dunkel erinnerte sich Siegfried an die Sage, nach der Loki sich, als Stute verwandelt, mit dem Hengst des Riesenbaumeisters gepaart hatte, um das Tier von der Arbeit abzuhalten. Dieser Verbindung war der Dahingleitende entsprungen, Wodans berühmtes achtbeiniges Roß.

»Auf dieser Weide findest du nur hervorragende Pferde«, sagte Reinhold und zeigte auf die sanft abfallende Wiese, die geradewegs zum Rhein führte. »Such dir das beste aus!«

Siegfried überlegte nur kurz, dann lief er mit lautem Geschrei und ausgebreiteten Armen auf die Weide und trieb die Pferde in den Fluß, der an dieser Stelle von nicht geringer Strömung war. Unter lautem Gewieher sprangen die meisten Tiere sofort wieder aus den Fluten, schlugen einen weiten Bogen um den Störenfried und kehrten auf die Wiese zurück. Nur ein großer grauer Hengst stemmte sich gegen die Fluten, blieb ruhig stehen und erwiderte Siegfrieds Blick mit stolz erhobenem Kopf.

»Das ist mein Pferd!« sagte Siegfried.

»Graufell?« fragte Reinhold. »Weshalb er?«

»Weil er der Gefahr nicht weicht, sondern ihr mutig trotzt. Wer sich vor dem mächtigen Rhein nicht fürchtet, wird mich auch in der Schlacht nicht im Stich lassen.«

»Eine gute Wahl«, befand Reinhold mit anerkennendem Lächeln.

Warm war die Nacht, fast schwül, und die sich ausbreitenden Wolkenschleier boten gute Aussicht auf ein Sommergewitter. Donar, der Donnergott, jagt durch die Nacht, hätten die Menschen früher gesagt.

Mond und Sterne verschwanden immer wieder hinter den dunklen Schlieren. Dann verlor der große Strom seinen Silberglanz und floß in unheimlicher, bedrohlicher Schwärze dahin. Auf Siegfried wirkte er wie die riesige Schlange, die sich nach altem Glauben um die ganze Welt wand. Er saß fast an derselben Stelle wie am Tage, als er hier mit Meister Reinhold gesprochen hatte. Aber jetzt war er allein. Er kam oft hierher, wenn er seine Gedanken ordnen wollte. Der Fluß schien ihm dabei zu helfen, vielleicht weil er Siegfried mit denen verband, die ihm nahestanden und doch so fern waren. Mit seiner Mutter Sieglind in Xanten. Und vielleicht auch mit seinem toten Vater Siegmund, dessen Leichnam im Land der Friesen geblieben war. Siegfried war traurig, daß Reinhold ihm die Orte verschwiegen hatte, an denen die Hälften des Runenschwertes lagen. Mit dem magischen Schwert in seinen Händen hätte er wenigstens mehr als eine Erinnerung von seinem Vater gehabt.

Lautes Plätschern im nahen Ufergewässer erregte seine Aufmerksamkeit. Es übertönte das Rauschen des breiten, kraftvollen Stroms. Siegfried spähte ins Dunkel. Er konnte kaum etwas erkennen, so dicht hatte sich die Wolkendecke schon zusammengezogen. Flußabwärts konnte er noch die ungefähren Umrisse der Rheinfeste ausmachen. So wurde eine befestigte Insel an einer engen Stelle des Flusses genannt. Jetzt war sie unbemannt. Aber in Kriegszeiten, wenn Feinde aus dem Norden über den Rhein vorrückten, fiel den Männern der Schwertburg die Aufgabe zu, die gegnerischen Schiffe an der Rheinfeste zurückzuhalten. Wie tot lag der wuchtige Felsen im Strom. Die dunklen Zinnen und Türme verschmolzen mit dem Nachthimmel.

Ein kalter Schauer lief über Siegfrieds nackte Arme, die das lederne Wams unbedeckt ließ. Aber schuld war nicht die Nacht, sondern der Gedanke an die unbekannten Tiefen des Rheins.

Mochten die Christenpriester auch darüber zetern und spotten, aber kaum jemand, der am Fluß lebte, war frei von dem Glauben an Wassergeister. Siegfrieds alte Amme hatte ihrem kleinen Schützling erzählt, daß die Seelen Ertrunkener in den Fluten gefangen waren. Und von einem mächtigen, bösen Flußdämon hatte sie gesprochen, dem Siebenschläfer.

Er warf einen raschen Blick über die Schulter. Weit entfernt ragten in dunklen Umrissen die Mauern der Schwertburg auf, wurden fast aufgesogen von der Finsternis. Die meisten Menschen in der Burg schliefen bereits, und auch in den Werkstätten waren der Schlag der Hämmer, das Prasseln der Feuer und das Zischen der Blasebälge längst verklungen. Nur die Wachen auf den Türmen und Wehrgängen durften ihre Augen nicht schließen, auch wenn sie sich nicht immer daran hielten.

Falls im Fluß ein Geist lauerte – ein Hakemann vielleicht, darauf aus, Siegfried mit seinem langen Haken einzufangen und für ewig in den Rhein zu ziehen –, würde niemand dem jungen Xantener zu Hilfe kommen. Man würde sein Unglück nicht einmal bemerken.

Da, wieder dieses Plätschern!

Laut und schwer klang es. Wie ein sehr großer Stein, der ins Wasser geworfen wurde und über den anfangs flachen, abschüssigen Flußboden rollte. Oder wie ein massiges Tier, das sich dort bewegte.

Vielleicht ein Fisch, sagte sich Siegfried, ein Hecht, ein Barsch oder eine Äsche.

Gebannt starrte Siegfried auf das Wasser. Der Mond schickte seine Strahlen durch eine Lücke im Wolkengespinst, tauchte das linke Rheinufer, an dem Siegfried saß, in molkiges Licht.

Die Wasseroberfläche brach auf, und etwas tauchte daraus hervor. In den milchigen Strahlen des Mondes war es nicht genau zu erkennen. Aber es sah aus wie ein Wesen, das halb Mensch und halb Tier war!

Geräuschlos, wie Reinhold es ihm beigebracht hatte, glitt Siegfried hinter den gerundeten Steinblock, auf dem er gesessen hatte. Er wagte nicht, den Kopf zu erheben, um nach dem seltsamen Wesen zu sehen.

Was war es?

Ein Wassermann?

Ein Seeungeheuer?

Ein ruchloser Sendbote des Siebenschläfers?

All dies schoß Siegfried durch den Kopf, und es erschien ihm keineswegs unglaublich. In einer solchen Nacht, an einem solchen Ort erwachten alte Mären zum Leben, kehrten die Geister zurück, die ein Christenpriester leichtfertig zum Aberglauben erklärte.

Konnte ein Aberglaube, ein Hirngespinst, eine Mär Geräusche verursachen?

Siegfried glaubte nicht, daß die Schritte seiner Einbildung entsprangen. So ging jemand, der dem Wasser entstieg, bei jedem Schritt mit einem leisen Platschen der nassen Füße.

Aber was immer es war, es kam zielstrebig näher. Genau auf die Gruppe niedriger Felsen zu, hinter denen Siegfried verborgen lag.

Er packte den Dolchgriff an seiner Hüfte, zog die Klinge aus der Lederscheide und spannte sämtliche Muskeln. Gleichzeitig hielt er den Atem an.

Er zweifelte nicht daran, daß ein Flußgeist gekommen war, um seine Seele, vielleicht auch seinen Körper zu rauben. Oder sein Blut. Oft genug hatte seine Amme von Menschen erzählt, Flößern oder Waschweibern, die plötzlich verschwanden. Der Rhein spuckte ihre Leiber zwar wieder aus, aber ihnen fehlte all ihr Blut, bis auf den letzten Tropfen.

Etwas verdunkelte das Mondlicht, doch es waren nicht die Wolken. Ein Schatten fiel auf den Felsen und den dahinter kauernden Jüngling.

Jetzt! durchfuhr es Siegfried wie ein Befehl, den er sich selbst erteilte. Er sprang hinter dem Felsen hervor, umschlang das fremde Wesen mit der Linken und riß es zu Boden. Er spürte glatte Haut, die an einen Aal erinnerte.

Siegfrieds Rechte mit dem Dolch fuhr nieder, aber der Stahl traf nicht sein Ziel, sondern fuhr bis zum Heft ins Erdreich. Mit unglaublicher Gewandtheit hatte sich das Wesen Siegfrieds Griff entzogen.

Das Herz klopfte, der Atem rasselte. Die Handflächen waren feucht. Wasser oder Schweiß? Jeden Augenblick rechnete Siegfried damit, daß sich scharfe Fänge in seinen Nacken bohrte, daß der Haken oder das Netz des Flußgeistes ihn mit unwiderstehlicher Gewalt in den Rhein zog.

Er sprang zur Seite, um dem Feind kein sicheres Ziel zu bieten, und umklammerte den Dolchgriff so fest, daß es fast schmerzte.

»Du mußt wirklich feindselige Gedanken gegen mich hegen, Siegfried«, sagte voller Verwunderung eine hohe Stimme. »Anders kann ich mir nicht erklären, daß du heute schon zum zweitenmal versucht hast, mich mit deinem Stahl zu durchbohren!«

Keine drei Schritte vor Siegfried stand Otter, vollkommen nackt, die dunkelbraunen Augen weit aufgerissen und fragend auf den Freund gerichtet. Wassertropfen glitzerten auf seiner glatten, fast haarlosen Haut.

Verwirrt stammelte Siegfried den Namen des anderen.

»Du erkennst mich also, wie beruhigend«, meinte Otter mit einem langen Seufzer. »Oder willst du mich jetzt immer noch meucheln?«

Siegfried schüttelte den Kopf. »Ich... ich hielt dich für einen...«

»Für einen Flußgeist?«

»Ja.« Siegfried nickte heftig.

Otters Lachen ähnelte dem Zwitschern eines Vogels. »Es ist gefährlich, wenn man nachts am Fluß sitzt, mein Freund. Man hört Stimmen, die nicht da sind. Und sieht Wesen, die es nicht gibt.«

»Und nachts im Fluß zu baden ist nicht gefährlich?«

»Für mich nicht. Ich bin ein guter Schwimmer. Hätte ich gewußt, daß du auch zum Fluß kommst, hätte ich auf dich gewartet.«

Nicht viele wagten es, im dunklen, rätselhaften Rhein zu baden. Schon gar nicht nachts!

Während Siegfried noch den Mut des Freundes bewunderte, ging Otter zu einem der nahen Felsen und hob seine Kleider auf. Er rieb sich mit dem Hemd trocken, zog sich an und sagte nach einem heftigen Gähnen: »Ich bin müde wie ein Ackergaul nach dem Pflügen. Wird Zeit, daß ich mich aufs Ohr haue. Kommst du mit?«

»Nein, ich bleibe noch ein wenig.«

»Aber nicht zu lange!« ermahnte ihn Otter. »Sonst siehst du wieder Gespenster. Einen dritten Mordanschlag überlebe ich vielleicht nicht.« Siegfried schaute ihm nach, bis er mit der Nacht verschmolz.

Otter war ein seltsamer Mensch. Einer von Reinholds Knechten hatte ihn als kleines Kind am Rhein gefunden. Niemand vermochte zu sagen, woher er kam. Auch Otter selbst nicht. Anfangs hatte er nur sinnloses Zeug gestammelt und nur sehr langsam sprechen gelernt. Weil man ihn am Fluß gefunden hatte und weil das Schwimmen seine Lieblingsbeschäftigung war, hatte man ihn Otter gerufen.

Hinter vorgehaltener Hand munkelte man über das Findelkind mit der eigenartig dunklen Haut. Viele mieden ihn aus Furcht, wie sie alles Fremde fürchteten, für Teufelswerk hielten oder für Geisterspuk. Otter schien sich nichts daraus zu machen. Jedenfalls zeigte er es nicht. Im Gegenteil, er gab sich stets gut gelaunt und war allen, die es wollten, ein guter Freund.

Ohne ihn wäre es für Siegfried oft sehr einsam auf der Schwertburg gewesen. Trotz des väterlichen Zuchtmeisters Reinhold und trotz Wieland, mit dem der junge Xantener ebenfalls Freundschaft geschlossen hatte. Der kräftige Sohn eines dänischen Fürsten war ein treuer Kamerad, aber mit Otter war es etwas anderes. Der dunkelhäutige Findling war fast wie ein Bruder für Siegfried. Vielleicht lag es daran, daß keiner von ihnen einen Vater hatte.

Plötzlich vernahm Siegfried Schritte hinter sich. War Otter zurückgekehrt?

Er drehte den Kopf.

Das war nicht Otter. Viel zu groß und kräftig wirkte der Schemen, der von der Burg zu kommen schien.

Ein Freund also? Oder die geschickte Täuschung eines Mahrs, eines Nachtdämons?

Wieder fuhr Siegfrieds Hand zum Dolch...

»Ich hörte schon von Otter, daß deine Klinge heute locker sitzt, Siegfried«, sagte Reinhold mit vertrauter, volltönender Stimme. »Der arme Junge glaubt, du trachtest ihm nach dem Leben.« Reinhold trat neben den Fels und blickte Siegfried in die Augen. »Was ist los mit dir? Warum siehst du Gespenster? Es war ein anstrengender Tag. Weshalb schläfst du nicht längst?«

»Es war vor allem ein enttäuschender Tag«, seufzte Siegfried.

»Du hast Graufell bekommen. Gefällt er dir nicht?«

»Doch«, erwiderte Siegfried schnell. »Ich glaube, ein besseres Pferd könnte ich mir nicht wünschen. Leider habe ich kein Schwert, das auch nur halb so gut ist.«

»Ja, ich verstehe«, brummte der Schmied und hockte sich neben ihn. »Du brütest immer noch über Siegmunds Runenschwert.«

»Ist das nicht verständlich? Es ist das Erbe meines Vaters, den ich verloren habe!«

»Ich verstehe deinen Schmerz und deine Trauer. Aber vergiß nicht, wir alle trauern um König Siegmund.«

Mit Reinholds faltigem, rußgebräuntem Gesicht ging eine Veränderung vor. Es wurde hart, starr. Mit verlorenem Blick sah der Waffenschmied hinaus auf den Rhein, als suche er dort etwas. Vielleicht seine Frau und den Sohn, dessen Heranwachsen er niemals erleben durfte.

Siegfried kannte die Geschichte, die sich zur Zeit seiner Geburt ereignet hatte. Damals kam auch Reinholds Gemahlin nieder und schenkte ihm den lang ersehnten Sohn. Doch kurz nach der Taufe durch Bischof Severin erkrankte das Neugeborene und starb. Die Mutter verfiel in tiefe Traurigkeit und folgte dem Kind nach wenigen Wochen. Fortan war Reinhold ohne Gefährtin. Seine einziger Umgang waren die Schmiedeburschen und die Pferde, die er züchtete.

»In wenigen Tagen wirst du ein Mann sein, also will ich dich auch wie einen behandeln«, sagte der Schmied endlich. »Du selbst sollst über dein Schicksal entscheiden.« Er zog einen Lederbeutel unter dem Wams hervor und öffnete ihn. »Hierin liegt dein Schicksal, Siegfried. Wähle es selbst!«

»Mein Schicksal?« Verwirrt starrte Siegfried in den Beutel und erkannte rotbemalte Holzstückchen verschiedenster Form. Dann begriff er: »Runen!«

»Ja, es sind Schicksalsrunen, getränkt mit dem Blut Wodan geweihter Rösser. In alten Zeiten befragte man so die Götter.«

»Aber das ist heidnischer Zauber!«

»Das kann man auch vom Runenschwert behaupten«, erwiderte Reinhold mit leisem Lachen. »Aber ist es nicht gleich, ob die Kraft von den Runen kommt oder vom bloßen Glauben an sie?«

»Ich weiß nicht«, gestand Siegfried, der sich darüber noch nie Gedanken gemacht hatte. »Wie kommt es, daß Ihr Euch so gut mit den Runen auskennt?«

»Weil in alten Zeiten ein Schmied zugleich ein Runenkundiger war. Die Runenzier der Waffen wurde von jedem hervorragenden Recken verlangt. Allerdings habe ich diesen Beutel seit vielen Jahren nicht mehr zur Hand genommen.«

»Warum jetzt?«

»Als ich zu dir kam, ahnte ich, weshalb du hier auf dem Stein hockst. Wenn du wissen willst, ob Wodans Schwert dir gebührt, befrage Wodans Runen.« Reinhold hielt das Ledersäckchen vor Siegfrieds Gesicht. »Greif hinein und wählte eine Rune aus. Sie wird dir sagen, was das Richtige ist!«

Zögernd streckte Siegfried die Rechte in den Beutel. Eine starke Anspannung bemächtigte sich seiner. Er fühlte sich hin und her gerissen, als hätten zwei unsichtbare Mahre ihn gepackt. Der eine Mahr wollte ihn dazu bringen, möglichst rasch eine Rune zu wählen, um sein Schicksal zu erfahren. Der andere Mahr hielt ihn zurück, flüsterte ihm zu, sein Handeln reiflich zu überdenken. Zu überlegen, ob es gut sei, ins eigene Schicksal zu schauen.

»Nun?« fragte Reinhold. »Was zögerst du? Wenn du es nicht willst, dann sag's nur.«

»Doch, ich will!«

Mit schnellem Griff zog Siegfried eines der daumenlangen Holzstückchen hervor. Ein mehrfach verästelter Zweig, hellrot vom ausgebleichten Pferdeblut. Vergebens versuchte er sich vorzustellen, bei welcher geheimen Zeremonie diese Runen Wodan geweiht worden waren. Und vergebens versuchte er, die Bedeutung der Rune zu erkennen. Er hatte Lesen und Schreiben gelernt, sogar Latein, wie es dem Prinzen von Xanten zukam, aber nicht – wie noch seine Ahnen – das Geheimnis der Runen.

»Was sagt die Rune?« fragte er mit vor Neugier zitternder Stimme.

»Das Schicksal scheint es gut mit dir zu meinen, Siegfried. Du hast die Rune Gebo gewählt. Sie ist ein Zeichen Wodans und verkörpert das Schenken.«

»Was heißt das?«

»Gebo meint den, der schenkt, aber auch den, der beschenkt wird. Du hältst die Rune in richtiger

Stellung in deiner Hand, nicht mit der Unterseite nach oben. Wodan verheißt gutes Gelingen. Jetzt hege ich keinen Zweifel mehr, daß der Göttervater dich als würdigen Träger seines Geschenks anerkennt.«

Siegfrieds Zweifel, ob Reinhold wirklich an den alten Göttervater Wodan glaubte, wurde von fieberhafter Erregung verdrängt. Von der Aussicht auf Siegmunds Erbe, auf das Runenschwert.

»Heißt das, Meister Reinhold, Ihr wollt mich in das Geheimnis einweihen?«

»Niemand hat ein solches Recht auf das Runenschwert wie du. Ich nenne dir die Verstecke im Vertrauen darauf, daß du nicht leichtfertig wie ein Junge handelst, sondern wohlüberlegt wie ein Mann.«

»Das verspreche ich!«

»Den vorderen Teil der Klinge brachten Grimbert und ich in die Schlangenhöhle, ganz tief hinein ins Felslabyrinth. Sie liegt in einer Felsspalte, tagsüber beschienen von der Sonne, nachts von Mond und Sternen, die durch eine enge Kluft im Felsen ihr Licht auf die Spalte werfen.«

Siegfried kannte den Ort, ein schlangenartig geformtes Felsgebilde in den großen Wäldern, südwestlich von Xanten. Dort, im Schlangenwald, wie das Gebiet nach der Höhle genannt wurde, gingen Könige und Edle mit Vorliebe auf die Jagd. Aber die Schlangenhöhle wagte keiner zu betreten, aus

Angst vor den Schlangen, die dort zu Hunderten nisten sollten.

»Und die andere Hälfte?« erkundigte sich der Jüngling.

»Die brachten wir in die Königsburg und rammten die Klinge in den Stamm des Kinderbaums, um Wodan zu versöhnen. Denn die Eiche soll von ihm selbst gepflanzt worden sein, wenn man der Sage trauen darf. Jedenfalls sollte er sein Schwert zurückerhalten. Und er scheint die Gabe angenommen zu haben.«

»Wieso?«

»Weil seit dieser Zeit reißende Wölfe die Wälder um die Königsburg durchstreifen und jeden anfallen, der ihr zu nahe kommt. Hast du noch nicht gehört, daß man diesen Ort auch die Wolfsburg nennt?«

Siegfried nickte. Gewiß, er hatte davon gehört.

»Mit der Schlangenhöhle soll es sich ähnlich verhalten. Mehr Schlangen als je zuvor sollen sich dort tummeln.«

»Wodans Geschöpfe?« fragte Siegfried, erfüllt von einer Mischung aus Unglauben und wohligem Schauer.

»Vielleicht. Aber nur dann, wenn man die alten Götter nicht zur Lüge erklärt.«

Kapitel 2

Brrr, Graufell, halt schon an!« rief der einsame Nachtreiter mit strenger, doch zugleich warmer Stimme. Der gleichmäßige Hufschlag verklang und wich einer Stille, wie sie nur in tiefer Nacht so bedrohlich wirken konnte. Auf einer Anhöhe zügelte Siegfried sein Pferd und starrte über das Land, das dunkel war im Schutz der Nacht. Wiesen verschmolzen mit Sträuchern, Sträucher mit Bäumen, Bäume mit Felsen, Felsen mit Hügeln. Das lederne Sattelzeug knarrte, als der junge Reiter seinen großen, kräftigen Körper reckte, sich vorbeugte und auf das düstere Land voraus starrte, das sich in sanften Wellen hinzog, bis es irgendwo in weiter Ferne mit dem Nachthimmel verschmolz. Der Jüngling strich eine Tolle seines sandfarbenen Haares aus der Stirn und strengte die Augen an.

Da frischte der Wind auf und blies kalt über sein knochiges Antlitz und über die nackten Arme, die aus dem ärmellosen Lederwams lugten. Es schien ihm auf einmal ungewöhnlich kalt für diese Jahreszeit, und er verwünschte seine Hast, in der er ohne einen Umhang losgeritten war. Seltsam: Er spürte die Kälte erst hier in den einsamen Wäldern. Auf der Schwertburg war es ihm wie eine laue Sommernacht erschienen.

Doch die Schwertburg lag weit zurück. Siegfried suchte jetzt die alte Königsburg, die man auch die Wolfsburg nannte, irgendwo im Westen. Doch wo war Westen in diesem Meer aus Finsternis?

Die Umrisse von Felsgruppen und Wäldern zeichneten sich deutlicher ab. Zufrieden erkannte der Reiter, daß der Wind die Wolken vertrieben hatte, die sich zwischen die Gestirne und das Land geschoben hatten wie ein Schild zwischen Leib und feindliche Klinge.

Und dann sah er auch den einzelnen mächtigen Baum, der sich auf einem Hügel erhob, mitten aus einem großen Felsen wuchs, wie es schien. Aber es war kein Felsen. Der Reiter erkannte Türme und Zinnen.

»Die Wolfsburg!« flüsterte er andächtig. »Wind, Mond und Sternen sei Dank!«

Schon wollte er die Fersen in die Flanken des grauen Hengstes drücken, da fiel ein riesiger Schatten auf Mann und Pferd. Ein Schemen, der geradewegs aus dem Himmel zu fallen schien und den fast vollen Mond verdunkelte. Als der Jüngling den Kopf in den Nacken legte, sah er die Gestalt eines Vogels – eines großen Raubvogels. Seine schwarzen Umrisse zeichneten sich deutlich vor der gelben Mondscheibe ab; er schien genau über dem Reiter zu schweben.

Reinhold hatte ihn in allen Bereichen der Jagd unterwiesen, und so erkannte der Reiter an den Flügeln sofort den Falken.

Aber das war unmöglich!

Der Falke jagte doch bei Tag!

Außerdem war das Tier ungewöhnlich groß, größer noch als ein Steinadler! Oder war es eine Täuschung, hervorgerufen durch das unwirkliche Mondlicht?

Siegfried wischte mit dem Handrücken über seine Augen und sah erneut den Mond an. Das helle Rund erstrahlte ungetrübt.

Aber der Riesenvogel war verschwunden! Als

wäre er niemals dagewesen. Vergeblich suchte der Reiter den Himmel ab.

»Vielleicht doch nur eine Wolke, vertrieben und zerfetzt vom Wind«, flüsterte er.

Endlich trieb er sein neues Pferd an, den Hügel hinab. Wer wußte schon, wann die nächsten Wolken kamen und die Sicht erschwerten. Das Licht der Gestirne mußte er ausnutzen, um den Weg durch die bewaldete Schlucht zu finden – den Weg zur Wolfsburg.

Die alten Bäume im Tal, hoch und wuchtig, hielten das Nachtlicht zurück. Der Reiter fühlte sich, als zöge er mitten durch ein Heer von Riesen, die nur darauf warteten, auf ihn einzuschlagen. Mit jedem Schritt des Pferdes kam Bewegung in die Giganten, wurden die großen Äste zu Keulen schwingenden Armen. Aber kein Schlag traf den Reiter, und endlich lag der Hügel mit der alten Königsburg vor ihm. Traurig blickten leere Fensteraugen ins endlose Waldland.

Das Gemäuer war halb zerfallen, aber auf den Jüngling wirkte es erhaben. Schließlich war dies der Stammsitz seines Geschlechts, wenn auch seit vielen Menschenaltern verlassen. Die Burg erweckte den Anschein, als hätten Menschenhand und Naturgewalten bei ihrer Erbauung zusammengewirkt. Sie wuchs geradewegs aus dem Fels heraus. Kaum war zu sagen, wo das Felsgestein aufhörte und das

Mauerwerk begann. Die zerfallenen Mauern verbanden sich an den Rändern schon wieder mit wucherndem Strauchwerk. Unbeirrbar holte sich Mutter Natur das von den Menschen geraubte Land zurück. Die riesige Eiche, die sich aus der Ruine in den nächtlichen Himmel reckte, erschien ihm als Zeichen überlegener Naturgewalt.

Es war der Kinderbaum – der Schwertbaum!

Bald würde er das Runenschwert in Händen halten. Schon die Vorfreude darauf war ein gutes, erregendes Gefühl.

Aus noch einem anderen Grund hob der Anblick seine Stimmung: Er hatte den Weg zur Wolfsburg in der Nacht gefunden – unbehelligt! So waren all die Geschichten um böse Wölfe, die um die Burg streifen sollten, nichts als Ammenmärchen.

Siegfried stieß ein lautes, befreiendes Lachen aus. Es tat gut, in dieser Grabesstille eine menschliche Stimme zu hören, auch wenn es nur die eigene war.

Sein Lachen erstarb schlagartig, als ein anderer Laut an seine Ohren drang: ein langgezogenes Heulen, das er nur zu gut kannte. Ein Wolf!

Die Hand des Jünglings umfaßte den silberbeschlagenen Dolchknauf an seiner Hüfte, die einzige Waffe, die er mitgenommen hatte. Er war kein Ritter, verfügte nicht über Schwert noch Lanze. Gewiß, nirgendwo in den Niederlanden fand man so viele gute Waffen wie in der Schwertburg. Aber er hatte sich beeilen müssen, und niemand durfte seinen nächtlichen Ausflug bemerken. Deshalb trug er nur seinen Dolch bei sich.

Er schnalzte mit der Zunge und trieb Graufell bergan. Wenn ihn die Wölfe hier im Wald erwischten, hatte er kaum eine Aussicht, ihnen zu entkommen. Aber in der Burg mochte es Möglichkeiten zur Verteidigung geben, vielleicht sogar Waffen!

Mit klopfendem Herzen galoppierte er auf den Hügel. Ein anderes Pferd hätte am Zügel geführt werden müssen, aber Graufell erkletterte die Steigung mit dem Reiter im Sattel. Er hörte nichts außer dem Blutpochen und dem Getrommel des schnellen Hufschlags. Erst als er über die alte, morsche Zugbrücke in den Burghof ritt, stellte er fest, daß der Wolf verstummt war.

Siegfried ließ den Grauen ruhig stehen und lauschte eine ganze Weile angestrengt.

Nichts.

Also hatte das Geheul gar nicht ihm gegolten!

Beruhigt stieg Siegfried aus dem Sattel und band den Hengst an dem Brunnengerüst mitten im Hof fest. Graufell zeigte kaum Zeichen von Anstrengung. Stolz stellte der Reiter fest, daß er sich ein gutes Tier ausgewählt hatte.

Die Krone der mächtigen Eiche wies ihm den Weg. Ein überdachter Gang führte zu ihr. Langsam setzte der Jüngling einen Fuß vor den anderen. Er zögerte, weil er nicht wußte, was ihn am anderen Ende des Ganges erwartete. Er kannte nur Geschichten, Legenden.

Würde er wirklich seine Vergangenheit finden – und seine Zukunft?

Im letzten Drittel des Ganges hielt er plötzlich an. Wie aus dem Nichts war etwas vor ihm aufgetaucht.

Ein Wesen, riesenhaft, dunkel, bedrohlich.

Es verfügte nur über ein einziges Auge, aber das war groß und rot, wie von flüssigem Feuer erfüllt. Und es starrte Siegfried an.

Aus der Fratze des Untiers, das langsam auf ihn zuschlich, wurde vor seinem geistigen Auge das Gesicht des Schmieds. Und aus dem Feuerauge wurde die Esse mit den glühenden Kohlen, die Reinholds eher grauen Zügen einen rötlichen Schimmer verliehen.

Siegfried hatte Reinhold getäuscht und betrogen, in mehrfacher Hinsicht. Er hatte sein Versprechen gebrochen, nicht nach dem Runenschwert zu suchen.

Der Mond brach durch die Wolken, und ein Gesicht tauchte auf den Wellen auf. Ein Gesicht, das ihm sehr vertraut war.

Das Gesicht seines Vaters!

Nur ein Spiel des geisterhaften Mondlichts auf

den Wellen des Rheins? Oder wirklich Siegmunds Antlitz, wie Siegfried es trotz der verstrichenen Jahre gut erinnerte?

Die Lippen öffneten sich, aber Siegfried hörte keine Worte. Nur das Rauschen und Gurgeln des Stroms.

Er stand vom Felsen auf und lief zum Wasser, bis er mit den Füßen im Fluß stand. Doch eine tiefschwarze Wolke verschluckte den Mond, und das Gesicht verschwand in den Tiefen des Rheins.

Wenn die Rune Gebo Siegfried den Weg zum Runenschwert wies, konnte auch Siegmunds Gesicht keine andere Bedeutung gehabt haben. Von diesem Gedanken beseelt, konnte Siegfried nicht anders, als heimlich Graufell zu satteln und auf Schleichwegen aus der Schwertburg zu führen. Mit einem Pferd wie dem Grauen mußte es gelingen, im Schutz der Dunkelheit zur Wolfsburg und wieder zurück zu kommen.

Und damit hatte er noch ein Versprechen gebrochen: Er hatte Graufell, für den zu sorgen er versprochen hatte, in Gefahr gebracht. Zu drängend war sein Wunsch, mit dem Runenschwert das Erbe seines Vaters in Händen zu halten. Es war wenig genug, was ihm von Siegmund geblieben war.

Würde Sieglind nicht stolz sein, wenn sie ihren Sohn mit dem berühmten Schwert des verstorbenen Gemahls erblickte?

Und wäre es nicht ein Beweis, daß die Götter – welche auch immer – dem König vergeben hatten?

Wenn dem so war, würden die Götter nicht verhindern, daß Siegfried sich das Runenschwert holte. Er, Siegfried von Xanten, würde die Ehre seines Vaters wiederherstellen!

Das alles ging ihm durch den Kopf, während das Untier langsam näherschlich – ein schwarzes Wesen in finsterer Nacht. Das große rote Glutauge blickte bedrohlich.

Siegfried begann zu begreifen, daß er sich verrechnet hatte. Die schwarze Bestie durchkreuzte seine Pläne. Im besten Fall hielt sie ihn nur auf, im schlimmsten verhinderte sie seine Rückkehr – für immer.

Sie war jetzt nah genug, daß er ihre Umrisse deutlich erkennen konnte. Eine kräftige Gestalt, so groß wie ein Krieger, doch ging sie auf vier Beinen. Kleine, spitze Ohren saßen an einem breiten, gestreckten Kopf – und das eine schrägstehende Auge. Es saß an der linken Seite, wuchs zur langestreckten Schnauze hin. Rechts aber, wo ein zweites Auge hätte sein müssen, hing nur narbiges Gewebe unter dem dunklen Pelz. Niemals zuvor hatte Siegfried einen Wolf gesehen, der so schwarz war. Ein Wolf war es, ohne Zweifel, wenn auch größer und dunkler als alle anderen. Und einäugig.

Ein alter Einzelgänger? Oder ein kräftiger Leitwolf?

Siegfried vermochte es nicht zu sagen. So sehr er sich auch bemühte, er konnte keine weiteren Tiere hinter dem Schwarzen erspähen. Aber er mochte darüber keine Beruhigung empfinden.

Und hinter Siegfried? Lauerten dort schon weitere Tiere, bereit, ihm in den Rücken zu fallen?

Er wagte nicht, sich umzudrehen, wollte dem Schwarzen durch seine Unaufmerksamkeit keine Blöße geben. Statt dessen versuchte er sich einzureden, daß der Einäugige allein war und daß Graufell ein warnendes Gewieher ausgestoßen hätte, hätten sich Wölfe auf dem Burghof gezeigt.

Oder hatten sie den Hengst schon gerissen, so schnell und lautlos, wie auch der Schwarze aufgetaucht war?

Der Wolf ließ keinen Laut hören, kein Heulen, kein Knurren, kein Bellen. Geräuschlos wie ein Schatten glitt er auf Siegfried zu.

Ja, weiche zurück, Siegfried von Xanten! Meide den Kinderbaum, fliehe die Wolfsburg! Laß das Runenschwert unberührt!

Siegfried hörte die Stimme, ohne daß jemand sprach. Sie war plötzlich in seinem Kopf. Jetzt erst bemerkte er, daß er langsam zurückging, Schritt um Schritt, zurück zum Burghof, vom Kinderbaum fortgetrieben durch den einäugigen Schwarzen.

Die Stimme mußte eine Ausgeburt seiner Furcht sein. Aber er wollte sich nicht fürchten, wollte tapfer sein, wie es sich für einen Königssohn und einen zukünftigen Ritter ziemte. Also blieb er stehen, stemmte breitbeinig die Füße auf den Boden und legte die schweißnasse Hand um den Dolchgriff.

Fliehe die Wolfsburg, Siegfried von Xanten! Fürchte den Fluch der Götter!

»Nein!« stieß er laut hervor, um sich selbst Mut zu machen und die lautlose Stimme, die er seiner Angst zuschrieb, zu vertreiben. »Ich werde nicht fliehen. Ich will das Erbe meines Vaters, das Runenschwert!«

Er zog den Dolch und wünschte gleichzeitig, einen Speer mitgenommen zu haben. Es war leichtsinnig gewesen, nur mit dem Dolch bewaffnet zur Wolfsburg zu reiten. Handelte so ein Krieger?

Der Wolf blieb stehen, spannte seine Sehnen und Muskeln an. Sein gewaltiger, kräftiger Leib straffte sich. Die Spitzen der Ohren krümmten sich nach vorn. Die Schnauze zog sich zusammen und gab lange Zähne frei, scharf wie Reinholds beste Schwerter.

Siegfried hatte schon Wölfe gejagt und gegen sie gekämpft; er war vorbereitet, als der Schwarze sprang. Blitzschnell warf er sich nach vorn, unter den großen Tierleib hinweg. Geschickt rollte er sich über die linke Schulter ab, sprang wieder auf die Füße und wirbelte herum.

Doch der Wolf war schneller gewesen und setzte schon zum nächsten Sprung an. Wie ein von der Sehne gelassener Pfeil schnellte er durch die Luft.

Siegfried wollte zur Seite wegtauchen, doch diesmal war er nicht flink genug. Der Schwarze erwischte seine rechte Schulter und riß ihn zu Boden. Es war, als hätte Siegfried eine Kriegskeule getroffen. Vor seinen Augen drohte sich alles auslöschende Schwärze auszubreiten.

»Nein!« schrie Siegfried und zwang seine Sinne, ihm zu gehorchen. Die seltsame Stimme erklang wieder:

Lauf fort, Siegfried von Xanten! Verlaß diesen Ort und kehr niemals zurück!

Er wollte kein Feigling sein, keine Angst haben, nicht auf diese Stimme hören. Er wollte ein Mann sein, stark und tapfer, würdig des Stolzes seines Vaters, wäre dieser noch am Leben. Und er wollte das Runenschwert.

Als das große Glutauge dicht vor ihm leuchtete und der Wolf erneut das Maul aufriß, daß sein heißer Atem Siegfried umfing, stieß der Xantener zu. Er bohrte die Dolchklinge tief in die Flanke des Untiers.

Der verletzte Riesenleib zuckte, warmes Blut lief über Siegfrieds Hand und Arm, und endlich ließ der Schwarze seine Stimme hören. Er heulte auf, und sein Geifer tropfte brennend auf Siegfrieds Gesicht.

Siegfried handelte augenblicklich, als der Druck auf ihm etwas nachließ. Er zog die Beine an und rollte sich unter dem Wolf weg.

Das Untier reagierte schneller, als er gedacht hatte, und duckte sich zu einem neuen Sprung. Dabei entglitt der Dolchgriff Siegfrieds schweißnasser Hand.

Der Stahl steckte in der linken Seite des Schwarzen, und der Xantener war waffenlos!

Mit bloßen Händen wehrte er den nächsten Angriff ab. Er umklammerte Hals und Nacken des Schwarzen, der ihn erneut zu Boden warf.

Siegfried drückte mit aller Kraft zu, um der Bestie die Luft abzupressen, bevor ihre scharfen Fänge sein Gesicht und seinen Hals zerfetzten. Doch das Untier war stark und widerstand allen Bemühungen. Fingerbreit um Fingerbreit näherten sich die tödlichen Zähne, während Siegfrieds Muskeln mehr und mehr schmerzten. Nur mit äußerster Kraftanstrengung hielt er noch stand.

Ein kalter Windstoß wehte den heißen Wolfsatem hinweg. Das angestrengte, bedrohliche Knurren des Schwarzen verwandelte sich in ein wütendes Geheul, als er plötzlich von dem Menschen abließ und mit etwas rang, das ihn unversehens angefallen hatte.

Ein Helfer – hier?

Ächzend kam Siegfried auf die Knie und zog sich an einer bröckelnden Mauer auf die Füße. Sämtliche Glieder zitterten, Schultern und Arme schmerzten stärker als nach einem ganzen Tag am Amboß.

Der Schwarze und Siegfrieds so unerwartet aufgetauchter Helfer kämpften verbissen miteinander. Wütendes Knurren und heiseres Gekreische. Pelz und Federn flogen durch den dunklen Gang.

Federn?

Siegfrieds Retter war ein Vogel, ein großes Tier, fast so groß wie ein Mensch!

Das Gefieder war rötlich, nicht grauschwarz und weiß. Und trotz der seltsamen Farbe und der ungewöhnlichen Größe war es unzweifelhaft ein Falke. Wo auch immer der Falke herkam – er machte dem Wolf gehörig zu schaffen. Immer wieder rissen der gebogene Schnabel und die scharfen Krallen große Stücke aus dem struppigen Pelz. Doch der Einäugige wehrte sich, schlug die Fänge in den Falken, und zahlreiche Federn stoben auf.

Hilf mir, Siegfried! Nur gemeinsam können wir die schwarze Bestie besiegen!

Wieder eine lautlose Stimme. Aber eine andere, nicht düster und drohend. Voller Wärme, Zutrauen – und Angst.

Die Stimme des Falken!

Jetzt wußte Siegfried, daß vorhin nicht seine Furcht zu ihm gesprochen hatte, sondern der Wolf, das Untier.

Ja, der böse Wächter. Greif ein, Siegfried, töte ihn, und der Weg zum Runenschwert ist frei!

Siegfried warf sich nach vorn und griff nach dem Dolchknauf, dessen Silberbeschlag in der Finsternis funkelte. Er bekam ihn zu fassen, zog die blutige Klinge heraus und stieß sofort wieder zu, von unten in den Wolfshals.

Die Bestie jaulte und wand sich vor Schmerz. Der Falke verkrallte sich in dem bebenden Leib und hackte mit dem Schnabel nach dem Glutauge. Er traf mitten hinein, und das Auge floß aus. Das Untier war blind.

Siegfried nutzte diese Schwäche zum entscheidenen Stoß ins Herz des Wolfes. Er war wie im Rausch, besessen davon, die Bestie endgültig zu erledigen. Er hörte erst auf, mit dem Messer zuzustechen, als der Wolf sich schon längst nicht mehr bewegte.

Ein kalter Windstoß brachte ihn zur Besinnung. Es war der Falke, der von seinem Opfer abgelassen hatte und durch den finsteren Gang flog, zur Eichenhalle.

Komm, Siegfried, hol dir dein Erbe! Das Runenschwert!

Mit wackligen Beinen folgte Siegfried dem Vogel, der hinaus in die große Halle flog, um die mächtige Eiche herum, höher und höher stieg, bis ihn das breite Astwerk verdeckte.

»Bleib!« rief Siegfried. »Wer bist du?«

Er erhielt keine Antwort. Der Flügelschlag verklang, und es war, als hätte es den seltsamen Falken nie gegeben.

Etwas anderes beanspruchte Siegfrieds Aufmerksamkeit: das Runenschwert, das im Stamm des Kinderbaums steckte, so wie Reinhold es gesagt hatte.

Siegfried trat vor den Baum und streckte ganz langsam die Hände aus, berührte den vergoldeten Schwertgriff mit zitternden Fingern und umfaßte schließlich den Knauf.

Ein Gefühl der Wärme glitt durch seine Hände und breitete sich in seinem ganzen Körper aus. Seine Muskeln schmerzten nicht länger, jede Schwäche war verflogen. Er betrachtete die in die Klinge eingravierten, mit Gold ausgelegten Runen. Ihre magische Kraft mußte ihm diese Stärke verleihen.

Mit einem Blick hinauf zur Baumkrone sagte er: »Danke, Vater. Ich werde mich deines Erbes würdig erweisen!«

Und Siegfried von Xanten zog das Schwert heraus. Das halbe Runenschwert. Und die andere Hälfte, schwor er sich und seinem toten Vater, würde er sich auch noch holen!

Kapitel 3

Dicht vor ihm, genau vor seinem Gesicht, öffnete sich das häßliche Maul unter dem rotglühenden Auge und enthüllte die scharfen Fangzähne. Heißer, fauliger Todesodem umwehte Siegfried. Der Schwarze war zurückgekehrt!

Mit einem Aufschrei warf sich der Jüngling nach vorn und umklammerte den Hals des Angreifers, wie er es in den alten Gemäuern der Wolfsburg getan hatte.

War der einäugige Wolf ein Geist, daß er von den Toten auferstanden war?

Geist oder nicht, Siegfried mußte ihn aufhalten, ihn daran hindern, die Wolfsfänge in das Fleisch des Menschen zu bohren, das Ungeheuer, wenn möglich, töten!

Und Siegfried drückte die Hände zusammen, wie eine Zange, fester und fester ...

»Hör auf!« krächzte eine entsetzte Stimme. »Du bringst mich noch um, Siegfried!«

Die häßliche Wolfsfratze wurde zu dem breiten Gesicht eines Menschen. Eines zu Tode erschrockenen Menschen.

»Wieland!« stieß Siegfried überrascht hervor und lockerte den Griff um den breiten, kräftigen Nakken.

Der massige Schmiedebursche taumelte rückwärts durch Siegfrieds Kammer und tastete mit zitternden Fingern nach seinem geröteten Hals.

»Unser Freund Siegfried scheint beschlossen zu haben, uns allen den Garaus zu machen«, zwitscherte eine hohe Stimme. »Gestern schleuderte er eine Schwertspitze nach mir, und heute geht er dir an den Kragen, Wieland!« Die schlanke Gestalt Otters schob sich hinter Wielands breitem Kreuz hervor und grinste den auf seinem schmalen Bett liegenden Xantener an. »Du mußt ja einen schrecklichen Alptraum gehabt haben.«

Otter ahnte wohl kaum, wie richtig er mit dieser Vermutung lag. Siegfried sah sich wieder in der Wolfsburg, im Kampf mit dem Schwarzen. Dann das plötzliche Eingreifen des Falken – und das Runenschwert!

Mit der erbeuteten Schwerthälfte war er auf den Burghof zurückgekehrt, nachdem er seinen Dolch aus dem Wolfsleib gezogen hatte. Und noch einmal hatte er festgestellt, daß dies der größte Wolf war, den er kannte. Fast schade, daß er ihn zurücklassen mußte. Was für eine Trophäe!

Kaum saß er im Sattel, hatte er erkannt, daß die Gefahr noch längst nicht vorüber war. Rund um die alte Burg erklang schauerliches Geheul. Also war das Untier kein Einzelgänger gewesen, sondern der Leitwolf.

Siegfried verließ die Burg und ritt so schnell zurück, wie es Walddickicht und Dunkelheit erlaubten. Immer wieder drangen die Schreie der Wölfe an seine Ohren. Dann hörte er das Rascheln im Unterholz und sah unzählige glühende Augen in der Finsternis leuchten.

Er trieb Graufell an, und Graufell war schnell. Trotzdem schafften ein paar Wölfe den Angriff.

Über zwei, drei Raubtiere flog Graufell mit schnellen Sätzen hinweg. Einen Wolf traf Graufells kräftiger Huftritt, doch ein weiterer sprang auf den Pferderücken. Siegfrieds Dolch fraß sein Fleisch und sein Blut; mit kläglichem Todeswinseln rutschte der Angreifer zu Boden.

Dann lag offenes Gelände vor Reiter und Pferd. Graufell holte noch weiter, noch schneller aus. Der Königswald fiel zurück und mit ihm die Wölfe.

Siegfried hatte dank Graufells erstaunlicher Schnelligkeit die Schwertburg noch vor dem Morgengrauen erreicht. So müde war er gewesen, daß er dem Runenschwert kaum noch Aufmerksamkeit geschenkt hatte. Er verschloß es in der Holzkiste unter seinem Bett, in der er seine persönlichen Sachen verwahrte.

»Schau dir das an, Wieland, der Kerl schläft glatt im Sitzen wieder ein!« krähte Otter und rüttelte Siegfried, dem die Augen wieder zugefallen waren. »He, aufwaaacheeen!«

Siegfried verzog das Gesicht und stöhnte. Otters schlanke Hand hatte eine tiefe Kratzwunde getroffen.

Der Schmiedebursche mit der seltsam bräunlichen Hautfarbe bemerkte sein Mißgeschick und zog die Hand zurück. »Hast du heimlich gekämpft?«

»Nein«, erwiderte Siegfried hastig. »Ich habe die Zähne meines neuen Pferdes zu spüren bekommen.«

»Sieht nicht wie ein Pferdebiß aus«, meinte Otter.

»Ist aber einer!« entgegnete Siegfried verärgert.

»Sieht eher nach einer Wildkatze aus«, fuhr Otter fort, während seine dunklen Augen auf Siegfried ruhten. »Und da sind noch mehr solcher Wunden!«

»Das geht euch nichts an!« knurrte der Xantener und zog die Lammfelldecke über seinen nackten Oberkörper. Er sah durch das Fenster, dessen Verschlag geöffnet worden war. »Überhaupt, was weckt ihr mich so früh am Morgen? Bis zur Arbeit hat es bestimmt noch eine Stunde!«

»Nein«, erwiderte Otter. »Du sollst dich fertigmachen, um mit Reinhold nach Xanten zu reiten. Ein berittener Bote kam im Morgengrauen und meldete das Nahen der Friesen. Eine ganze Flotte kommt den Rhein herauf, und über den Schiffen weht das königliche Wolfsbanner.«

»König Hariolf«, murmelte Siegfried. »So früh schon?«

»Meister Reinhold ist auch beunruhigt«, brummte Wieland, der noch immer seinen Hals rieb. »Er will in Xanten sein, noch bevor die Friesen dort ankommen. Du sollst dich beeilen. Er läßt den Grauen satteln.«

Der Graue!

Bei dem Gedanken an das tapfere Pferd fühlte sich Siegfried gar nicht wohl. Der nächtliche Ausflug mußte selbst ein so kräftiges Tier erschöpft haben. Sollte Siegfried seinem Ziehvater reinen

Wein einschenken? Aber was war, wenn Reinhold ihm verbot, auch die zweite Schwerthälfte zu holen?

Nachdem Otter und Wieland ihn verlassen hatten, zog er sich an und ging schlaftrunken in den Speisesaal. Trotz der nächtlichen Aufregung verspürte er kaum Hunger und begnügte sich mit Brot, etwas Würzquark und Ziegenmilch.

Seine beiden Freunde hatten sich zu ihm gesetzt, und Otter frotzelte: »Dir schmeckt die einfache Landkost wohl nicht mehr, wo du bald ein König sein wirst. Träumst wohl schon von wohlriechenden Leckereien, von Fleischpasteten und kandierten Früchten.« Bei dieser Vorstellung schleckte Otters lange Zunge über die Lippen.

Otters Worte trafen Siegfried. Nicht, weil sie wahr gewesen wären. Der Prinz aus Xanten hatte sich auf der Schwertburg sehr wohl gefühlt, das einfache Leben und die harte Arbeit hatten ihm gefallen. Was ihn bedrückte, war der Gedanke an den Verlust all dessen, was sein Leben in den letzten Jahren ausgemacht hatte. Der Verlust von Freunden und von jugendlicher Ungezwungenheit.

Manche Nacht hatte er mit offenen Augen in der engen Kammer gelegen und davon geträumt, ein tapferer Ritter in strahlender Rüstung zu sein, ein weiser, angesehener König, fremde Länder zu bereisen, gegen feindliche Recken und Untiere zu kämpfen. Immer hatte er an all das gedacht, was er gewinnen wollte, nie an das, was er dabei unweigerlich verlieren würde: Otter, Wieland und die Träume, die sich erfüllten. In gewisser Weise auch Graf Reinhold, der nicht länger sein Zuchtmeister, sondern sein treuer, ergebener Untertan sein würde.

»Was denn, warum steht ihr hier so untätig herum?« brüllte Reinhold.

Breitbeinig, die Hände in die Hüften gestemmt, stand er gestiefelt und gespornt im Durchgang zum Burghof. Das seidige Hemd und das samtene Wams wollten nicht recht zu der großen, kräftigen Gestalt passen. Vielleicht hatte Siegfried diesen Eindruck auch nur, weil er Reinhold zumeist mit nackter Brust und lederner Schürze an seiner Esse vor sich sah.

»Komm schon, Siegfried«, mahnte Reinhold. »Graufell steht bereit.«

Schnell verabschiedete sich Siegfried von Otter und Wieland und lief hinaus. »Nur zwei Pferde?« staunte er, als er in den Hof kam, wo Graufell neben einem großen Rapphengst stand. »Nehmen wir kein Gefolge mit, keine Knappen, kein Gepäck?«

»Wozu uns damit aufhalten?« entgegnete Reinhold und schwang sich in den Sattel, ohne auf die Hilfe des Reitknechts zu warten, der die Zügel hielt. »Graufell und Nachtwind sind die schnellsten Pferde weit und breit. Alles andere würde uns nur aufhalten und König Hariolf einen Vorsprung verschaffen.«

Auch Siegfried stieg in den Sattel. Sie verließen die Schwertburg und galoppierten gen Süden. Zwar lag auch Xanten am Fluß, aber die Reiter nahmen den kürzesten Weg und folgten nicht den zahlreichen Windungen des Stroms.

Unwillkürlich mußte Siegfried wieder an den einäugigen Wolf denken und fragte sich, ob es wirklich nur ein Tier gewesen war. Es gab die alten Geschichten von Ungeheuern, die man Mannwölfe, Nachtwölfe oder Werwölfe hieß. War das Wahrheit oder Aberglaube? Siegfried wußte es nicht, doch das unbestimmte Gefühl blieb, daß ihm eine überirdische Macht entgegengetreten war.

Er dachte an den Falken und fühlte sich in dieser Annahme bestätigt. Stärker noch als der Wolf hatte der große Vogel in ihm die Empfindung hervorgerufen, es mit unheimlichen Kräften zu tun zu haben. Der Falke war sein Retter gewesen. Doch wer hatte ihn geschickt?

Wodan selbst, der göttliche Stammvater des Xantener Königsgeschlechtes? Siegmund, sein toter Vater? Oder der unheimliche Mann in Grau?

Die graue Gestalt war vielleicht das seltsamste Erlebnis dieser an Seltsamkeiten nicht armen Nacht. Am Ende des Königswaldes, wo die Bäume spärlicher wurden, hatte Siegfried plötzlich diesen Mann erblickt. Tief verhüllt in einen weiten grauen Mantel, eine Kapuze über den Kopf gezogen, stand er dort, auf einen langen Stab gestützt, und erhob die rechte Hand, wie eine Warnung. Dann war Siegfried auch schon an ihm vorbeigeritten, gehetzt von den wilden Wölfen.

»Haaalt!«

Reinholds langgezogener Ruf riß Siegfried aus den Gedanken. Er mußte Graufell zügeln, um nicht gegen Nachtwind zu prallen. Reinhold hatte seinen Rappen mitten auf dem Weg halten lassen.

»Nach links, Junge«, sagte der Schmied und deutete auf einen Durchlaß zwischen hohen Brombeersträuchern. »Dort gibt es eine Lichtung mit einer kleinen Quelle.«

Er stieg aus dem Sattel und ging voran, führte den Rappen zu der Lichtung und achtete darauf, daß Nachtwind nicht zu hastig und zuviel trank. Ebenso kümmerte sich Siegfried um Graufell. Die Tiere begannen zu grasen.

Reinhold lehnte sich gegen den hellen Stamm einer verwachsenen Birke und zeigte auf den Grauen. »Graufell war schon einmal ausdauernder. Er ist immer wieder zurückgefallen. Hätte ich Nachtwind nicht dauernd gezügelt, hättet ihr uns längst aus den Augen verloren.«

»Graufell ist noch erschöpft«, bekannte Siegfried, der an der Quelle kauerte und Wasser mit der Hand schöpfte, um seinen Durst zu löschen.

»Von deinem nächtlichen Ausritt.«

Reinholds Worte waren keine Frage, sondern eine Feststellung. Siegfried hielt in der Bewegung inne, und das Wasser rann aus seiner hohlen Hand.

»Ihr wißt es also, Meister Reinhold.«

Sein Ziehvater lächelte und nickte. »Ich kann dich gut verstehen, Junge. Wenn ich ein Pferd wie Graufell hätte, könnte ich auch nicht ruhig schlafen. Ein nächtlicher Ausritt mit dem edlen Tier wäre nicht das, woran ich zuletzt dächte.«

Siegfried war erleichtert, daß Reinhold nichts von dem Abenteuer in der Wolfsburg zu ahnen schien.

»Ja«, sagte er schnell. »Es hielt mich nicht im Bett, aber ich habe meinen Ausflug wohl etwas übertrieben.«

»Ein weniger kräftiges Tier als Graufell hätte sich heute gar nicht aus dem Stall bewegt. Und du bist in der Dunkelheit ganz hübsch von den Zweigen zerkratzt worden.«

»Das habe ich erst bei meiner Rückkehr bemerkt«, sagte Siegfried und fühlte sich nicht wohl dabei, seinen Ziehvater zu hintergehen.

Reinhold erhob sich, überquerte die Lichtung, tätschelte liebevoll Nachtwinds Hals und stieg in den Sattel. »Ich denke, Graufell hat sich genug erholt, um es bis nach Xanten zu schaffen. Dort kann er sich an königlichem Hafer laben.«

Sie erreichten Xanten in der Mittagszeit, noch vor der Friesenflotte. Die Kunde von König Hariolfs Ankunft hatte bereits die Runde gemacht, und die große Stadt am linken Rheinufer bereitete sich emsig auf seinen Empfang vor, auf Festtage voller Frohsinn und guter Geschäfte.

Schuster, Waffen- und Kunstschmiede, Bäcker, Wein- und Fischhändler bauten ihre Stände auf. Seiltänzer und Schlangenmenschen führten Kunststücke vor. Spielleute buhlten mit den lauten, oft schrägen Melodien von Flöte, Trommel, Drehleier oder Rebec um die Gunst des Publikums. Bettler streckten ihre Schalen und Beutel aus, baten darum, daß man sie an diesen fröhlichen Tagen nicht vergessen möge.

Über allem lag ein seltsamer Geruch, ein Gemisch aus dem Duft süßer Speisen und dem Schweiß, den Mensch und Tier bei der Arbeit vergossen.

»Gut, daß wir ohne Gefolge und ohne großen Pomp kommen«, bemerkte Reinhold, während

Nachtwind und Graufell sich einen Weg durch die vollen Straßen bahnten. »Schon der edle Herr und sein Knappe, für die man uns hält, werden von reichlich Bettlern und Gauklern aufgehalten. Würden die Leute den Königssohn erkennen, gäbe es für uns kein Durchkommen mehr.«

Siegfried wollte ihm recht geben, aber seine Antwort blieb ihm im Halse stecken.

Die Gestalt dort zwischen all den Bettlern!

Sie gehörte nicht dazu, trotz der grauen Kutte und der Kapuze. Sie drängte sich nicht vor, schrie nicht nach Münzen und Barmherzigkeit.

Stand nur aufrecht da.

Wie in der Nacht.

Grau.

Geisterhaft.

»Paß auf, sonst reitest du das Pack noch über den Haufen!« warnte ihn Reinhold und griff in Siegfrieds Zügel. Gerade noch rechtzeitig, sonst hätten Graufells Hufe eine warzige Alte getroffen, die auf dem Boden hockte und apathisch eine brüchige Tonschale hochhielt. »Wo hast du deine Augen, Junge? War der Nachtritt so anstrengend, daß du jetzt im Sattel einschläfst?«

»Verzeiht«, murmelte Siegfried und warf einen verstohlenen Blick über die Schulter.

Der Graue Geist war verschwunden.

Sie näherten sich dem Dom, der an der Stelle des

vor einigen Jahren niedergebrannten Stiftes entstand. Einige Gebäude waren bereits fertig, andere noch im Bau. Die Steinmetze, Mörtelmischer, Maurer, Zimmerleute und Dachdecker schufteten hier wie jeden Tag, ohne Rücksicht auf den Besuch des Friesenkönigs.

»Der Herrgott hat seine Gläubigen gut im Griff«, meinte Reinhold spöttisch, während er beobachtete, wie vier kräftige Männer in einem Tretwerk schweißnaß auf der Stelle liefen, um einen mächtigen Steinquader auf das Baugerüst zu hieven. »Jedesmal, wenn ich nach Xanten komme, entdecke ich eine neue Kapelle oder einen neuen Turm. Wenn Bischof Severins Leute so weitermachen, wird bald ganz Xanten mit Kirchenbauten überzogen sein.«

»Die Burg gewiß nicht«, sagte Siegfried. Er sprach völlig ernst und ging nicht auf Reinholds Spott ein. Sein Blick ruhte auf den Türmen, Zinnen und langgestreckten Wehrmauern der Burg, die sich am Rheinufer erhob. Über ihr, auf dem Burgfried, wehte das königliche Banner im Wind.

Hier war Siegfried aufgewachsen. Von hier würde er bald über die Niederlande herrschen. Dieser gewaltige Klotz, zusammengesetzt aus unzähligen dicken, festen Steinen, war ihm schon als Kind wie das größte Bauwerk auf Erden erschienen. Der Dom wuchs zwar, aber konnte er jemals die Xantener Königsburg übertreffen?

Unmöglich!

Auch zur Landseite hin schützten die Wasser des Rheins das Bollwerk. Ermöglicht wurde das durch breite Gräben rings um die Burg. Aber heute waren alle Zugbrücken heruntergelassen. Emsige Betriebsamkeit herrschte auch hier. Herolde und Dienstmannen ritten ein und aus. Beladene Wagen und Maulesel zogen in den Burghof, brachten Vorräte, um die hohen Gäste aus dem Norden angemessen zu bewirten.

Die beiden staubbedeckten Reiter wurden erst erkannt, als sie das große Torhaus erreicht hatten. Ein Diener wollte sie zur Königin führen, aber Reinhold meinte, er und Siegfried sollten sich erst frischmachen. Sie beeilten sich mit dem Bad in der dampfstickigen Badestube, die an diesem Tag so überfüllt war, daß sie sich einen der großen Fichtenholzzuber teilen mußten.

Sie trafen Königin Sieglind im großen Festsaal, wo sie dem Kämmerer, dem Mundschenk und dem Truchseß Anweisungen für die bevorstehende Empfangsfeier gab. Sieglind war eine beeindruckend schöne Frau, obwohl ihre Kleidung schlicht und schwarz war wie immer seit jenem Tag, als die heimkehrenden Recken ihr die Kunde von König Siegmunds Tod gebracht hatten. Viele Fürsten hatten seitdem um sie geworben, aber seltsam, Sieglind schien ihrem Gemahl die Treue bis über den Tod hinaus zu halten. Oft sprach sie gar von ihm, als lebe er noch.

Ein Lächeln zog über ihr ebenmäßiges Gesicht, als Reinhold und Siegfried auf sie zuschritten. Siegfried wollte die ehrfürchtige Verbeugung seines Zuchtmeisters nachahmen, aber Sieglind streckte die Arme aus und zog den Sohn an sich.

»Groß und stark bist du geworden, wie dein Vater«, sagte sie anerkennend. »Früher hätte dein Kopf an meiner Brust geruht, jetzt muß ich zu dir aufsehen, wenn ich mit dir spreche.«

Siegfried fühlte sich ein wenig verlegen. Er wußte nicht, ob er sich gegenüber der Mutter als Edelmann oder als Sohn verhalten sollte, hier, vor aller Augen.

Die Königin wollte den Truchseß beauftragen, den Gästen Speise und Trank zu bringen, als ein Bote meldete, daß die friesischen Schiffe vor Xanten erschienen waren. »Jetzt werdet ihr König Hariolf mit knurrenden Mägen empfangen müssen«, seufzte Sieglind und strich dem Sohn zärtlich über das Haar. »Aber du solltest dich umziehen, Siegfried. Dein ledernes Wams und die einfache Hose mögen einem Schmied gut zu Gesicht stehen, aber der zukünftige König der Niederlande sollte ruhig ein wenig prunken.«

Als er zu seiner Mutter und einer Anzahl edler Herren auf einen der Rheintürme stieg, trug Siegfried ein golddurchwirktes Gewand aus feinstem friesischem Tuch, das Sieglind für ihn mit Rücksicht auf die Gäste ausgesucht hatte. Seinen Umhang zierte das Wappen des Xantener Königshauses: auf blauem Grund ein roter Falke, der seine Schwingen schützend über den güldenen Zinnen einer Feste ausbreitete. Man nannte Siegfrieds Geschlecht auch die Falken vom Rhein.

Zu denen, die von hier oben die Ankunft der Friesen beobachteten, gehörten Reinhold und Severin, der kugelbäuchige Bischof von Xanten. Alle starrten gebannt über die Zinnen des Wehrturms auf den Fluß hinunter, wo sich mit kräftigen Riemenschlägen eine nicht enden wollende Reihe von Schiffen gegen die Strömung voranschob. Die Flotte sah aus wie ein sagenhafter Lindwurm, der aus Holz und Segeltuch bestand. Über jedem Schiff wehte das Banner des Friesenkönigs im frischen Wind, der die Kommandos der Schiffsführer und Steuerer bis auf den Wehrturm trug.

»Eine ordentliche Streitmacht, mit der Hariolf da anrückt«, brummte Reinhold mit deutlicher Mißbilligung. »Das will mir gar nicht gefallen!«

»Der Krieg mit den Friesen ist seit fünf Jahren vorbei, Graf Reinhold«, belehrte ihn Sieglind.

»Aber wir haben nur Waffenstillstand geschlossen, keinen formellen Frieden«, wandte der berühmte Waffenschmied ein, der neben König Siegmund und Graf Grimbert der wichtigste Heerführer im Friesenfeldzug gewesen war.

»Eben deshalb haben wir König Hariolf eingeladen«, sagte die Königin, und ihre Miene verdüsterte sich. »Vielleicht können wir endlich die große Schuld abtragen, die wir vor fünf Jahren auf uns genommen haben.«

Niemand erwiderte etwas. Betretenes Schweigen und angestrengte Blicke hinunter zum Fluß, wo die ersten Friesenschiffe Anker warfen. Am Hof von Xanten sprach man nicht gern über den Friesenfeldzug und über das, was zu König Siegmunds Tod geführt hatte.

In ihrer wüsten Raserei hatten die niederländischen Recken alles niedergebrannt, nicht nur Burgen, auch Städte und sogar Klöster. In einem Nonnenkloster, das unter Siegmunds Führung geplündert und gebrandschatzt wurde, starb König Hariolfs Gemahlin, Königin Amata.

So ausführlich hatte niemand die Geschichte Siegmunds Sohn erzählt. Er hatte sie sich selbst zusammengesetzt, aus Bruchstücken und Andeutungen. Und er wollte nicht glauben, daß sein Vater so gegen alle Ritterlichkeit verstoßen hatte. Er wußte nicht, was schlimmer war, die Schande oder der Tod des Vaters.

»Die Grenzstreitigkeiten, die damals zum Krieg mit Friesland führten, sind noch nicht beigelegt«, brach Reinhold das Schweigen.

»Dann werden wir sie beilegen!« erklärte Sieglind mit Nachdruck.

Reinhold sah sie entsetzt an. »Wollt Ihr etwa nachgeben, Königin, und auf unsere Grenzmarken verzichten? Auf das, wofür wir so hart gekämpft haben, wofür so viele Recken gestorben sind? Das könnt Ihr nicht tun!«

»Ich kann es tun«, entgegnete Sieglind mit ruhiger Bestimmtheit. »Denn wie Ihr eben sagtet, Graf Reinhold, ich bin die Königin!«

»Ihr habt recht, hohe Frau«, mischte sich Severin ein. »Der Friede ist mehr wert als ein paar Ländereien.«

»Zumindest dann, wenn es nicht das Land der Kirche ist«, schnaubte Reinhold und erntete einen erbosten Blick des Bischofs.

Am Ufer formierte sich der Zug der Gäste in Richtung Burg. Pferde wurden über wacklige Planken an Land geführt. Krieger und Dienstmannen nahmen in geordneten Reihen Aufstellung.

»Wir sollten hinunter in den Burghof gehen«, sagte Sieglind. »Es macht einen schlechten Eindruck, wenn wir König Hariolf von hier oben begrüßen – wie die neugierigen Vögel, die wir in Wahrheit sind.« Wieder strich sie über Siegfrieds Haar. »Schön, daß du rechtzeitig gekommen bist, Siegfried. So ist unsere kleine Familie zum Empfang beisammen.«

»Nicht ganz«, warf Bischof Severin ein. »Der götzendienerische Ketzer Grimbert fehlt wie immer.« Für diese Worte bedachte die Königin ihn mit einem strafenden Blick. Schamhafte Röte überzog das runde Bischofsgesicht. »Verzeiht, hohe Frau, das ist mir so entfahren!«

Mit knappem Nicken ging Sieglind an ihm vorbei, hinunter in den Burghof.

»Mußtet Ihr Grimbert erwähnen?« fuhr Reinhold den Bischof leise an.

Grimbert war Sieglinds älterer Bruder, er hatte ihr stets als treuer Beschützer zur Seite gestanden und hätte als Siegfrieds Oheim nach alter Sitte die Erziehung des Prinzen übernehmen sollen. Aber nach dem Friesenfeldzug, auf dem er Seite an Seite mit König Siegmund und Graf Reinhold gekämpft hatte, war er wie verwandelt und kümmerte sich kaum noch um seine Aufgaben am Hofe. Dem Christengott hatte er noch nie viel abgewonnen. Nun aber lästerte Grimbert öffentlich wider ihn. Immer öfter zog er hinaus in die Wälder, und man munkelte, er bete an geheimen Orten die alten Götter an.

Ein Runenkundiger sollte er sein, ein Seher und Zauberer. Je seltener er sich in Xanten zeigte, desto wilder wucherten die Gerüchte. Seit zwei Jahren schien er gänzlich verschollen, und die von seinem Tod gehört haben wollten, mehrten sich.

Posaunengeschmetter begleitete den Einzug der Friesen in die Königsburg. Der Xantener Hof bildete ein weites Halbrund, um die Gäste zu begrüßen.

Siegfried, der neben seiner Mutter stand, erkannte König Hariolf sofort, obgleich er ihn niemals zuvor gesehen hatte. Ein nicht übermäßig großer, aber kräftiger und stolzer Mann auf einem edlen Rappschecken. Ein lockiger Bart, rotbraun wie das Haar, zierte Wangen und Kinn, ließ aber die Oberlippe frei. Das Gesicht war von tiefen Linien durchzogen, und jede stand für mehr als ein erlittenes Leid.

Es sah so aus, als wolle er die Königin der Niederlande beleidigen und sie vom Pferd aus, von oben herab, begrüßen. Aber dann schloß er die schon geöffneten Lippen wieder und stieg zur allgemeinen Erleichterung des Xantener Hofstaates aus dem silberbeschlagenen Sattel. Er verbeugte sich vor Sieglind und grüßte sie als hohe Frau und gnädige Königin.

Sie erwiderte den Gruß, hieß den Gast willkommen und stellte ihm ihre wichtigsten Berater und ihren Sohn vor. Die Reihe war wieder an Hariolf, der seine Kinder mitgebracht hatte, Sohn und Tochter.

Prinz Harko, der sein Ritterschwert noch nicht lange tragen konnte, war eine jüngere Ausgabe des Vaters, mit fast gleicher Haar- und Barttracht. Die fehlenden Furchen der Lebenserfahrung machte er durch die Arroganz wett, mit der er den Xantenern gegenübertrat. Siegfried mochte ihn vom ersten Augenblick an nicht.

Ganz anders verhielt es sich mit Prinzessin Amke, die ein oder zwei Jahre jünger als Siegfried war. Ihr offenes, von ein paar kecken Sommersprossen gesprenkeltes Gesicht mit den leuchtenden Augen, die alles begierig in sich aufnahmen, zog Siegfried fast magisch an. Ihre freundlichen Züge waren wie eine wärmende Sonne, die alle Kälte ausglich, die von ihrem Vater und ihrem Bruder ausging.

Geheimnisvoll und vollkommen unnahbar wirkte der Mann, den König Hariolf als seinen wichtigsten Ratgeber vorstellte: Markgraf Onno.

Alles an ihm war rot, feuerrot: das Haar, die blutunterlaufenen Augen und das bartlose, von dicken Narben gräßlich entstellte Gesicht. Er trug einen roten Umhang und ritt einen Rotfuchs von kräftiger Farbe. Seine Gestalt war groß und hager, daß Siegfried glaubte, jeden einzelnen Knochen unter der Haut zählen zu können. Langgezogen und schmal war auch das Gesicht, das mit der langen, höckrigkrummen Nase an einen Raubvogel gemahnte.

Siegfried fühlte sich bei Onnos Anblick an den roten Falken erinnert.

Sieglind und Hariolf führten die Gesellschaft zur Burg, in den großen Festsaal. Musikanten spielten auf, und die Edlen nahmen an den Tafeln Platz. Siegfried kam es sehr gelegen, daß er neben der lieblichen Amke saß. Sie verstanden sich gut, und Amke ließ ihn mit keinem Wort und keiner Geste spüren, daß Siegfrieds Vater ihre Mutter auf dem Gewissen hatte.

Auch Sieglind schien das bemerkt zu haben und sagte abends in trauter Zweisamkeit zu ihrem Sohn: »Hariolf und sein Sohn wirken auf mich wie zwei Eisbrocken, die tagelang in der Sonne liegen mußten, um aufzutauen. Amke dagegen ist ein sehr liebreizendes Geschöpf, nicht wahr?«

»Ja«, antwortete Siegfried knapp, nicht wissend, worauf seine Mutter hinauswollte.

Sieglind lächelte. »Ich glaube, die beste Sicherheit für einen dauerhaften Frieden zwischen den Niederlanden und Friesland wäre eine Verbindung zwischen unseren Königshäusern.«

»Eine Verbindung?« wiederholte Siegfried verständnislos.

»Eine Ehe«, präzisierte Sieglind und lächelte erneut.

Als Siegfried begriff, was sie meinte, zog Schamröte auf seine Wangen. »Aber Mutter, Amke ist doch noch ein Kind!«

»Erstens war ich das auch, als ich mit deinem Vater vermählt wurde. Und zweitens hatte ich vor wenigen Stunden noch den Eindruck, daß du sie gar nicht wie ein Kind anschaust.«

Mit einem seltsamen Gefühl im Bauch ging Siegfried zu Bett – und träumte von Amke. Sie lächelte ihn an, und ihre Arme umfingen ihn.

Es war ein höchst angenehmer Traum.

Kapitel 4

Xanten feierte die Ankunft des Friesenkönigs bis spät in die Nacht. Aber irgendwann erstarb die letzte Flöte, war der letzte Becher Wein getrunken, die letzte Pastete verzehrt. Ruhe kehrte ein. Die halbfertigen Türme, von verwegenen Gerüstbauten umrankt, ragten wie versteinerte Riesen in den Nachthimmel, groß genug, um jeden Menschen unbedeutend erscheinen zu lassen.

Zufrieden schritt der Prälat Aurelius über die verlassene Baustelle. Der Mensch sollte vor dem Haus Gottes ebensolche Ehrfurcht empfinden wie vor Gott selbst. Deshalb bauten sie den neuen Dom mit den hohen, himmelstürmenden Türmen. Das Sprichwort, die Kathedralen seien die Bibeln des armen Mannes, hielt Aurelius für äußerst passend.

Aber diese Kathedrale war auch die Bibel des gebildeten Prälaten, nicht nur weil Bischof Severin ihn zum Aufseher über die Bauarbeiten bestimmt hatte. In dieser Stellung hatte Aurelius zwei Gründe, nachts zwischen Bauhütten, halbfertig zusammengezimmerten Bogengerüsten und riesigen Steinblökken in den verschiedensten Stadien der Bearbeitung hindurchzuwandern. Er überprüfte die Baustelle und konnte sich dabei ganz nah bei seinem Gott fühlen.

Plötzlich nahm Aurelius eine Bewegung wahr. Er blieb stehen und wandte den Kopf. Vor ihm schien eine der steinernen Statuen zum Leben erwacht zu sein.

Das Gesicht war noch unbehauen. Ohne Augen, Nase, Mund. Einfach nur eine halbrunde Fläche. Aber das Ding bewegte sich …

Es lebte!

Ging langsam auf Aurelius zu.

Erleichtert stieß er den angehaltenen Atem aus, als er die Wahrheit erkannte. Es war keine zum Leben erwachte Statue, sondern ein Mensch. Ein Steinmetz, der seine Maske aus feinem Drahtgeflecht trug, als Schutz gegen Staub und Gesteinssplitter. Natürlich, die Gestalt, die im Mondlicht nur undeutlich zu sehen war, kam von der Bauhütte der Steinmetzen. Das mußte Meister Bertram sein.

»So spät noch bei der Arbeit, Meister Bertram?« rief der Prälat. »Oder findet Ihr auch keinen Schlaf?«

Er erhielt keine Antwort. Der Maskierte ging einfach weiter, war nur noch drei Schritte vom Prälaten entfernt.

»Wenn Ihr unter der Maske nicht gut sprechen könnt, nehmt sie doch ab!«

Der Maskierte hatte Aurelius erreicht, blieb dicht vor ihm stehen und zog das Drahtgeflecht über den Kopf.

»Na also, Meister ...« Der Prälat stockte, und seine Augen weiteten sich, als er in das Gesicht sah. »Ihr seid es, Herr? Was hat das ...«

Diesmal verstummte er nicht freiwillig. Scharfer Stahl, der mit stechendem Schmerz in seine linke Brust fuhr, brachte ihn zum Schweigen. Er krümmte sich, während der andere die Klinge wieder aus seinem Leib zog. Dann fiel Aurelius in den Staub. Noch war ein Funke Leben in ihm. Er dachte an den Brand des Monasteriums vor fünfzehn Jahren und an die beiden Leichen, die man am nächsten Tag gefunden hatte: eine Dirne und den Propst – erstochen. Den Mörder hatte man nie gefaßt, zum Unglück und Schrecken für alle Geistlichen Xantens.

Immer wieder hatte der Unbekannte zugeschlagen. Manchmal lag mehr als ein Jahr zwischen den Morden. Aber wieviel Zeit auch vergehen mochte, man konnte sicher sein, irgendwann wieder einen ermordeten Mönch oder Priester in den Straßen der Stadt zu finden.

So wie man Aurelius finden würde. Er kannte jetzt die Person des Mörders.

Zu spät . . .

Ein kräftiger Schnitt durch seine Kehle löschte seine Erkenntnis und sein Leben aus.

❧

Mit einem höhnischen Lächeln starrte der Rächer auf den ausblutenden Leib unter ihm und auf den blutigen Dolch in seiner Rechten. Es war derselbe Dolch mit dem Hirschhorngriff, mit dem er damals den sittenlosen Propst getötet hatte. Sein rasselnder Atem beruhigte sich. Wieder hatte er einen Pfaffen der gerechten Strafe zugeführt. Und ausgerechnet den Prälaten, der den Dombau leitete. Das würde ein schwerer Schlag für den fetten Severin sein!

Der Rächer reinigte seine Klinge am Gewand des Toten. Er wollte sich schon abwenden, da kam ihm ein Einfall: War es ein Zeichen, daß in dieser Nacht ausgerechnet Aurelius sein Opfer geworden war? Wollte der Feuergott seinem Diener einen Hinweis geben?

Warum sollte er mit dem großen Feuer warten, bis der Dom fertig war? Warum sollte er es überhaupt zulassen, daß sich eine Kathedrale des falschen Gottes über Xanten erhob?

Diese Nacht war die Nacht des Feuergottes, die Nacht der Rache, des großen Feuers!

Suchend blickte er sich um und erspähte die Bauhütte des Schmieds, der die Werkzeuge für die Bauarbeiten fertigte und ausbesserte. Das Mondlicht fiel auf den klobigen Hammer, der als Zeichen der Schmiedekunst über dem Eingang hing.

Die klapprige Tür aufzubrechen war für den Rächer ein Kinderspiel. Als er zur Esse ging, spürte er die aufsteigende Wärme der Glut im Kohlebekken. Er streckte die flache Hand aus und hielt sie dicht über die Kohlen. Die Glut war nur schwach, aber sie würde ausreichen!

Der Rächer trat an den großen Blasebalg. Mit raschen, aber gleichmäßigen Bewegungen blies er Luft zwischen die Kohlen, entfachte er die Glut aufs neue.

Er spürte ihre Wärme, die zur Hitze wurde. Sah

mit lustvoll geweiteten Augen auf das Rot, das sich ausbreitete, als wolle der Feuergott die ganze Welt verschlingen.

So war es auch damals gewesen, als der Feuergott zum erstenmal zu dem Rächer gesprochen hatte. Aus den Flammen hatte ihn das Gesicht angestarrt: schrecklich und zornig und gebieterisch. Und dann erklang die dröhnende Stimme in seinem Kopf:

Warum duldest du, ein Abkömmling meines Geschlechts, daß die Menschen dem falschen Christengott huldigen? Unternimm etwas dagegen! Sei mein Arm, mein Schwert! Vernichte den falschen Gott und alle, die ihm dienen! Bring das Feuer über die Welt!

Dann war die Nacht gekommen, in der er das Stift niederbrannte – seine »Feuerprobe«. In der nächsten Nacht, als er die Asche zur alten Königsburg brachte und das Blut des Feuergottes in seinen Adern aufnahm, wußte er, daß er wirklich der Auserwählte war.

Mit einer Schaufel glühender Kohlen verließ der Rächer die Schmiede, lief zur nächsten Hütte und schleuderte die Glut auf das Holzschindeldach.

Es knisterte, knackte – und die ersten Flammen schlugen empor.

Weiter! drängte die Stimme in seinem Kopf. *Brenne nicht nur die Hütten nieder, zerstöre auch das Haus des falschen Gottes!*

Er hetzte zur Schmiede zurück, schob neue Kohlen auf die Schaufel, rannte wieder hinaus – und blieb vor der Schmiedehütte stehen. Unter lautem Geschrei rannten Menschen auf die brennende Bauhütte zu. Mönche oder Laienbrüder, er konnte es nicht erkennen. Es war auch gleichgültig. Wichtig war nur, daß seine Tat entdeckt war.

Zu früh!

Aber andere Nächte würden kommen. Und der Rächer würde wieder zuschlagen. Mit einer Waffe, die viel wirksamer war als Dolch und Feuersbrunst. Andächtig flüsterte er: »Siegfried!«

»Wären nicht zufällig ein paar Laienbrüder von einem auswärtigen Besuch zurückgekehrt, hätte das Feuer nicht so schnell gelöscht werden können«, berichtete aufgeregt Bischof Severin und verschwieg, daß diese weibstollen Kerle ein Hurenhaus aufgesucht hatten. »Aber für den armen Aurelius kam leider jede Hilfe zu spät!«

»Dann besteht kein Zweifel, daß es derselbe Kerl war, der damals das Stift in Brand gesteckt hat«, stellte Reinhold von Glander fest. »Der Mönchsmörder hat wieder zugeschlagen.«

»Kann man denn nichts gegen ihn unternehmen?« fragte Sieglind.

Reinhold runzelte die Stirn. »Niemand weiß, wann er zuschlägt. Vielleicht schon heute nacht wieder oder erst in einem Jahr.«

Sieglind schüttelte den Kopf. »Aber warum ausgerechnet in der letzten Nacht, als Xanten feierte?«

»Vielleicht war das der Grund«, meinte der Bischof und rieb über seine vor Aufregung geröteten Wangen. »Vielleicht wollte er den Trubel ausnutzen, um ungesehen zu verschwinden.«

»Oder er wollte Aufregung in die Friedensverhandlungen bringen«, meinte Reinhold.

Sieglind sah ihn an. »Ihr meint, um den Frieden zu stören?«

Reinhold hob die Schultern. »Ich weiß es nicht, leider.« Sein Blick glitt zu Siegfried und Amke hinüber, die in einer anderen Ecke des großen Burgsaales über einem Schachbrett hockten. »Vielleicht wäre es klüger, wenn Hariolfs Tochter von unserem Gespräch nichts erfährt. Es könnte zur Beunruhigung unseres Gastes führen.«

»Ein guter Rat, Graf Reinhold«, sagte Sieglind und ging zu den beiden hinüber. »Das große Fest geht weiter. Wollt ihr euch den Trubel nicht ansehen? Eure Schachpartie könnt ihr am Abend beenden!«

Siegfried fühlte sich wohl in Amkes Nähe, und ihr schien es mit ihm genauso zu gehen. Sie liefen durch die Straßen von Xanten, sie lachten viel und tanzten, tranken Honigwasser und probierten alle möglichen Köstlichkeiten. Doch einmal brach Siegfrieds lautes Gelächter über die Possen eines zwergwüchsigen Spaßmachers abrupt ab.

»Was hast du?« fragte Amke. »Der Kerl ist doch lustig!«

»Der Graue Geist!« flüsterte Siegfried, während er zu der seltsamen Gestalt weit hinten in der Zuschauermenge blickte.

»Was meinst du, Siegfried?«

»Ach, nichts«, seufzte er und lächelte Amke an. »Ist schon vorbei.« Und wirklich: Bei seinem nächsten Blick über die Köpfe der Menge war der gespenstische Unbekannte verschwunden.

Kapitel 5

Tief über den Pferdehals gebeugt, ließ Siegfried den grauen Hengst weit ausgreifen. Die Hufe schienen durch die Luft zu fliegen und den Waldboden kaum zu berühren. Daß sie es doch taten, zeigten die Abdrücke, die Graufell hinterließ. Und die Siegfried seinem Verfolger verrieten!

Deshalb war es trotz Graufells Schnelligkeit unmöglich, den anderen Reiter abzuschütteln. Als der junge Xantener das erkannte, änderte er seinen

Plan: Er mußte den Abstand zu seinem Verfolger so weit vergrößern, daß er ihm eine Falle stellen konnte. Der dichte Wald, in den er sein Tier lenkte, schien ihm die beste Gelegenheit zu bieten.

Immer wieder streiften Äste und Zweige Pferd und Reiter. Siegfried ritt langsamer, er wollte nicht riskieren, daß der wertvolle Hengst über gefährliche Baumwurzeln stolperte und sich verletzte. Gewaltig wie Bergfriede erhoben sich hier die Bäume, uralt mit ihren verwitterten Borken, düster und geheimnisvoll.

Aber zur Linken schimmerte etwas hell. Neugierig riß Siegfried den Grauen herum und hielt auf das Licht zu. Die Bäume wurden spärlich, wichen Sträuchern und Farnen, die eine große grüne Lichtung mitten im düsteren Wald bildeten. Nur ein Baum erhob sich hier, eine von Bienen umschwärmte Buche mit mächtigem Stamm.

Das Gras, das sich auf der Lichtung ausbreitete und sich bis in die Ausläufer des Waldes erstreckte, brachte Siegfried auf eine Idee. Graufells Hufspuren waren hier nicht so deutlich zu erkennen. Siegfried stieg vom Pferd. Am Zügel führte er den Grauen am Rand der Lichtung entlang und dann wieder in den Wald hinein. Nach etwa zwanzig Schritten hielt er unter einer Eiche mit starken, weitausladenden Ästen an. Von der Lichtung aus war er hier nicht zu sehen.

Nur kurz zog er in Erwägung, sich heimlich abzusetzen. Die Neugier war stärker. Er wollte herausfinden, wer ihn verfolgte. Als er aus dem Lager geschlichen war, hatte er sich sicher gefühlt, denn alle Recken waren auf der Jagd gewesen. Doch schon nach kurzer Zeit hatte er den hartnäckigen Verfolger bemerkt.

»Sei ruhig, Graufell!« ermahnte er den Grauen und strich ihm sanft über Nase und Nüstern. »Gib keinen Laut von dir, was immer auch geschieht!«

Bei einem anderen Pferd hätte er sich kaum darauf verlassen können. Aber Graufell war ein besonderes Tier: verläßlich in jeder Hinsicht. Als Siegfried die Eiche erkletterte und den Hengst nur lose angebunden unter sich zurückließ, zweifelte er nicht daran, daß Graufell ihn verstanden hatte und seinen Befehl befolgen würde.

Siegfried kletterte, bis er freien Ausblick auf die Lichtung hatte. Er machte es sich auf einem dicken, gegabelten Ast bequem, den Rücken an den Stamm gelehnt. Plötzlich blieb sein schweifender Blick an einem großen, gewundenen Felsgebilde hängen.

Die Schlangenhöhle!

Wie eine glückliche Fügung war es ihm erschienen, als seine Mutter und ihre Ratgeber beschlossen, die friesischen Gäste auf eine große Jagd einzuladen – in den Schlangenwald. Reinhold von Glander war auf die Idee gekommen, den begeisterten Jäger Hariolf dadurch freundlich zu stimmen.

Zwar hatte Siegfried die Tage in Xanten genossen, das Wiedersehen mit seiner Mutter und nicht minder das Zusammensein mit Prinzessin Amke. Siegfried hatte das Friesenmädchen in fast jede Ecke seiner Vaterstadt geführt. Insgeheim jedoch hatte er nach der unheimlichen grauen Gestalt Ausschau gehalten.

Aber als Siegfried die Gelegenheit kommen sah, auch die zweite Hälfte des Runenschwertes zu holen, war ihm dies noch wichtiger als die liebliche Amke. Es war wie ein Lockruf, dem er folgte, um das Erbe seines Vaters anzutreten.

Geräusche, erst leise, dann immer lauter, lenkten seine Aufmerksamkeit wieder auf die Lichtung. Zweige brachen, und ein Pferd schnaubte erschöpft.

Ein Schatten fiel aus dem Waldunkel: das Pferd, schlank und lichtbraun, mit dunkler Mähne und dunklem Schweif. Selbst auf diese Entfernung erkannte Siegfried das Tier und auch die Reiterin im goldverzierten Damensattel. Vornehm war ihre Haltung und liebreizend der Anblick des offenen Gesichts.

Was trieb Amke hierher? Warum verfolgte sie ihn?

Langsam ritt sie auf die Lichtung; sie hielt ihre Stute zwischen Farnen und Brombeersträuchern an und schaute sich suchend um. Zum Schutz gegen die grelle Mittagssonne beschirmte sie ihre schönen Augen mit der flachen Hand.

Siegfried lächelte. Das Versteckspiel begann ihm Spaß zu machen. So sehr, daß der Gedanke an die Schlangenhöhle und ihr wertvolles Geheimnis in den Hintergrund trat. Er genoß es, vor Amkes Blikken verborgen, das Mädchen in Ruhe zu betrachten. Es trug zwar teure, aber in gedeckten Farben und ohne aufwendige Stickereien gefertigte Kleider. Einmal mehr bewunderte er die Friesin. Obwohl jung an Jahren, beherrschte sie die höfischen Sitten und wirkte dennoch nicht überheblich oder altklug. Hing es mit dem frühen Tod ihrer Mutter zusammen, daß sie so schnell erwachsen geworden war?

Amke, die sich langsam im Sattel gedreht hatte, erstarrte plötzlich und blickte angestrengt zum Waldrand. Aber nicht in die Richtung, wo Siegfried auf der Eiche kauerte. Ein zottiger Bär trottete im schaukelnden Gang auf die Lichtung und wälzte dabei mühelos Farn und Strauchwerk nieder. Siegfrieds Herz raste, als er erkannte, daß der Bär genau auf die Reiterin zuhielt. Am liebsten hätte er einen Warnschrei ausgestoßen. Doch er befürchtete, daß ein lauter Ruf Amke, ihr Pferd und auch den Bären über Gebühr erschreckte.

Die Stute schien ohnehin gehörig erregt. Sie mochte ein redliches Tier sein, aber für die Jagd war sie nicht ausgebildet. Mit jedem Schritt, den der gewaltige Bär näher kam, stieg ihre Unruhe. Laut schnaubend tänzelte sie hin und her, so daß Amke Mühe hatte, sich im Sattel zu halten.

Nur noch zehn Schritte von der Reiterin entfernt blieb der Bär stehen. Sein Vorderleib mit dem klobigen Schädel pendelte hin und her, während er Amke und die Stute betrachtete. Siegfried, der schon mit Reinhold auf die Bärenjagd gegangen war, kannte dieses Verhalten. Der Bär war sich unschlüssig, ob er es mit einem Freund oder Feind zu tun hatte. Wenn er kein verärgerter Einzelgänger war und keine Bärin, die ihren Nachwuchs schützen wollte, würde er keinen Reiter angreifen. Seine Beute waren eher die Brombeeren auf der Lichtung.

Amkes Stute wurde immer aufgeregter. Sie wieherte laut und stieg auf die Hinterbeine, als der bepelzte Gigant noch einen Schritt näher trat. Amke verlor den Halt, stieß einen spitzen Schrei aus und stürzte aus dem Sattel, mitten in die großen Farnwedel.

Siegfried hielt die Luft an. Es sah so aus, als würde die zu Tode erschrockene Stute ihre Reiterin zertreten.

Dann aber jagte das Tier quer über die Lichtung, schlug einen Haken, um dem Bären nicht zu nahe zu kommen, und preschte ins Unterholz des Waldes. Äste zerbrachen. Das Pferd stieß ein lautes Wiehern aus, bevor es im Zwielicht des Dickichts verschwand.

Und Amke?

Siegfried beugte sich so weit vor, daß er fast von seinem Ast stürzte. Doch so sehr er seine Augen auch anstrengte, von der Friesin konnte er nicht mehr erkennen als einen dunklen Fleck, ein Teil ihres erdfarbenen Gewands. Sie schien vollkommen still zu liegen.

Wollte sie den Bären täuschen? Oder konnte sie sich nicht bewegen, weil ... Er weigerte sich, diesen Gedanken zu Ende zu denken. Plötzlich begriff er, wieviel ihm Amke bedeutete.

Der Bär stieß ein lautes Schnauben aus, das zu einem wilden Heulen wurde. Er stieg auf seine Hinterbeine und richtete sich auf wie ein Mensch. Jetzt erst erkannte Siegfried die volle beeindruckende Größe des Bären.

In den Farn kam Bewegung. Die Blätter schwankten wie die Lanzen eines im Galopp angreifenden Reitertrupps. Mühsam kam Amke auf die Beine. Siegfried fiel ein Mühlstein vom Herzen. Hatte das erregte Geheul des Bären Amke aus der Benommenheit gerissen?

Amke sah den Riesen, der noch immer auf seinen Hinterbeinen stand. Sie begann zu laufen, stolperte, als sich ein Fuß im Brombeergestrüpp verfing, sprang auf und lief weiter, um im Schatten der Buche Schutz zu suchen.

Der Bär sank wieder auf die Vorderbeine. Dann

stieß er ein wütendes Schnaufen aus und trottete langsam auf die Buche zu. Das Glück schien Amke verlassen zu haben. Sie hatte genau das Falsche getan, als sie zur Buche lief. Der Baum bot ihr keineswegs Schutz. Der Bär vermochte ihn schneller zu erklettern als ein Mensch. Das Bild der verängstigten Friesin vor Augen, die sich an den Stamm der Buche preßte, sprang Siegfried von der Eiche herab. Unten löste er Graufells Zügel vom Astwerk und zog den Hengst zur Lichtung, wo er sich in den Sattel schwang.

Dann riß er den Spieß hervor, den er Graufell hinter dem Sattel aufgebunden hatte. Mit der Rechten umklammerte er den dicken Eichenholzschaft. Die Stahlspitze glänzte silbrigblau im Sonnenlicht, als Siegfried auf die Lichtung galoppierte.

Amke stand noch eng an die Buche gepreßt, starr wie ein Fels. Entweder hatte sie erkannt, daß jede Bewegung den Bären noch mehr reizen würde, oder die Angst hielt sie im lähmenden Griff. Nur noch fünf Schritte, und der Bär hatte sie erreicht.

»Holla, Meister Petz, dreh dich um!« schrie Siegfried aus voller Kehle. »Die Maid kann dir nicht gefährlich werden, mein Spieß aber schon.«

Ungelenk wandte der wütende Bär sich um und richtete seine Aufmerksamkeit nicht länger auf Amke, sondern auf den schnell heranpreschenden Reiter.

Die Friesin hatte Siegfried mittlerweile erspäht. »Siegfried, nein!« brach es aus ihr hervor. »Greif nicht an! Der Bär wird dich töten!«

Ihr Ruf kam zu spät, schon war Siegfried herangestürmt. Auch der Bär bewegte sich jetzt viel schneller, als es seine gewaltige Leibesmasse und sein behäbig-tapsiges Auftreten vermuten ließen. Er spannte die Muskeln unter dem dunkelbraunen Fell, um dem Reiter in die Flanke zu fallen.

Siegfried riß Graufell im letzten Augenblick zurück und entging dem Schlag der krallenbewehrten Pranke. Aber sein Gegenangriff fiel kläglich aus. Der Xantener schaffte es nicht, die Stahlspitze ins Fell des Bären zu bohren. Es langte nur zu einem kräftigen Hieb mit dem Spieß, mitten auf die große schwarze Bärennase. Zu Siegfrieds Überraschung jedoch stieß der Bär einen lauten Schrei aus und vollführte eilends zwei, drei lange Sätze von der Buche weg.

»Der Schlag mit dem Spieß scheint dir nicht gefallen zu haben, Meister Petz!« rief Siegfried. Vielleicht ließ sich der Bär vertreiben, ohne daß Siegfried sein Blut vergoß. Denn war das Tier erst verwundet, konnte es leicht vom Schmerz rasend werden und ohne Rücksicht auf Verluste angreifen.

»Ho, Graufell!« Siegfried schlug die Fersen in die Flanken des Pferdes. »Besorgen wir es dem Brummbären, bevor er merkt, daß eine schmerzende Nase nicht so schlimm ist, wie sie sich anfühlt!«

Als das große Tier Siegfried anreiten sah, richtete es sich halb auf und fuchtelte mit einer Pranke in der Luft herum, wie um den Reiter von sich fernzuhalten. Aber Siegfried mußte mit seinem Spieß gar nicht so nah herankommen. Wieder schlug er zu.

Der Bär sprang erneut erschrocken zurück. Sein Vorderleib pendelte hin und her. Das Tier schien abzuschätzen, ob sich der Kampf lohnte. Erst war nur Amke dagewesen, dann plötzlich Siegfried. Konnten noch weitere Feinde im Dickicht lauern?

Siegfried gönnte dem Bären keine Pause. Unter lautem Geschrei führte er den nächsten Angriff, den Spieß zum neuen Schlag erhoben. Doch der Bär hatte offensichtlich genug. Er wandte sich um, hetzte in schnellen Sätzen über die Lichtung und brach geräuschvoll in das Dickicht.

Als das Tier nicht mehr zu sehen war, ritt Siegfried zur Buche, sprang aus dem Sattel und rammte den Spieß mit der Spitze in den Erdboden. Ehe er noch etwas sagen konnte, lag Amke in seinen Armen und nahm dann sein Gesicht in ihre Hände, um ihn erst auf die Wangen und dann auf den Mund zu küssen.

Eine nie gekannte Wärme erfüllte Siegfried. Die sanfte Berührung ihrer weichen, warmen Lippen ließ ihn die eben noch tödliche Gefahr vergessen. Und sogar die Schlangenhöhle und das Runenschwert waren nicht wichtig in diesen schönen, viel zu kurzen Augenblicken, in denen nichts zwischen dem Xantener und der Friesin zu stehen schien. Kein ruhmloser Feldzug, kein vergossenes Blut, kein Wort und kein Gedanke.

Doch viel zu bald löste sich Amke von ihrem Retter, trat zwei Schritte zurück und dankte ihm mit einfachen, von Herzen kommenden Worten.

»Mir ist nur ein wenig schwindlig«, erklärte Amke mit einem fast entschuldigenden Lächeln.

Das Blut auf ihrer Stirn und der linken Wange stammte zum Glück nur von leichten Schürfwunden. Siegfried reinigte die Wunden mit Wasser aus seinem ledernen Schlauch. Amke hielt still und stieß nicht den kleinsten Schmerzenslaut aus. Siegfried bewunderte ihre Tapferkeit. Sorgfältig verschloß er den Wasserschlauch. »Die Sache ist noch einmal glimpflich ausgegangen. Zum Glück war ich in der Nähe.« Daß er Amke von der Eiche aus beobachtet hatte, verschwieg er lieber. »Du solltest nicht allein durch den Wald reiten, Amke!«

»Ich war nicht allein. Ich habe alles versucht, dich nicht aus den Augen zu verlieren. Auch wenn du eher um das Gegenteil bemüht warst!«

Siegfried war über diesen Vorwurf erbost. »Du hast mich also verfolgt?«

»Ich habe dich nicht verfolgt!« entgegnete sie in beleidigtem Tonfall. Trotz schlich sich in ihr schönes Antlitz.

»So, was dann?«

Er sah Amke an, wie angestrengt sie überlegte. Schließlich verschwanden Trotz und Strenge aus ihrem Gesicht und machten einem nachgiebigen Lächeln Platz.

»Also gut, ich bin dir aus Neugier nachgeritten, als ich gesehen habe, wie du dich heimlich aus dem Lager geschlichen hast, nachdem der Jagdtrupp aufgebrochen war. Ich hörte von deinem verstauchten Fuß und fand es merkwürdig, daß du trotzdem einen Ausflug unternimmst. Übrigens merkt man dir gar nicht an, wie sehr dein Fuß schmerzt!«

»Es war nur eine Ausrede, um allein losreiten zu können.«

»Warum? Was hast du vor?«

Siegfried zwang sich, nicht nach Westen zu sehen, zur Schlangenburg. Mit einem kühlen Unterton erwiderte er: »Das ist nicht von Belang.«

Amke seufzte ergeben und meinte: »Du brauchst es mir nicht zu sagen, ich werde es ja sehen.«

»Wieso?« fragte er und legte den Kopf schief.

»Weil wir zusammen zu deinem geheimnisvollen Ziel reiten werden. Goldflimmer ist in den Wald geflohen. Willst du mich hier ohne Pferd und Schutz zurücklassen?«

Um äußere Ruhe bemüht, stieß Siegfried einen stummen Fluch aus. Hätten seine Mutter oder Bischof Severin die Ausdrücke gehört, wäre eine Beichte mit einer saftigen Buße fällig gewesen. Mindestens drei Nächte durchbeten und eine Woche fasten!

Verzweifelt suchte Siegfried nach einer Lösung. Zurücklassen konnte er Amke tatsächlich nicht. Wenn er sie mitnahm, wäre sein Geheimnis gelüftet. Brachte er sie aber zurück ins Lager, würde das einigen Aufruhr verursachen, und er würde sich kaum ein zweites Mal heimlich davonmachen können.

»Vielleicht ist dein Pferd noch in der Nähe«, sagte er hoffnungsvoll und rief laut nach dem Tier – vergebens. »Versuch du es!«

Amke rief Goldflimmers Namen in alle Himmelsrichtungen, aber auch sie erhielt keine Antwort.

»Ich weiß nicht, ob ich Goldflimmer jemals wiedersehe«, meinte sie traurig. »Sie hatte solche Angst vor dem Bären, daß sie bestimmt bis ans Ende der Welt läuft.«

»Sie war kein gutes Jagdroß.«

Der Trotz kehrte in Amkes Stimme zurück: »Das war auch nicht Goldflimmers Aufgabe!«

»Vielleicht kann uns Graufell helfen.«

Siegfried veranlaßte seinen Hengst, laut zu wiehern, und lauschte angestrengt nach einer Antwort. Wenn das verängstigte Pferd noch in der Nähe war, würde es Graufells Ruf beantworten. Doch kein Laut war zu hören. »Dein Pferd kehrt nicht zurück«, sagte Siegfried mißmutig.

»Graufell scheint stark genug, uns beide zu tragen.«

»Gewiß«, verkündete er nicht ohne Stolz. »Aber ich kann dich nicht mitnehmen. Es ist zu gefährlich – und außerdem ein Geheimnis.«

Amke lachte plötzlich. »Ich weiß doch längst, was du vorhast!«

Ein beklemmendes Gefühl erfaßte Siegfried. Seine Kehle war plötzlich wie zugeschnürt. Er bekam kaum noch Luft. Wie war Amke ihm auf die Spur gekommen? Und wenn sie von seinem Geheimnis wußte, wer noch?

»Der Spieß, den du bei dir führst, hat dich verraten, Siegfried«, fuhr Amke fort. »Du bist allein losgeritten, weil du ein ganz besonderes Tier erlegen willst. Niemand sollte es vor dir sehen und dir zuvorkommen. Damit wirst du alle beeindrucken, die wackeren Recken, deinen Lehrmeister Graf Reinhold und auch deine Mutter. Ist es nicht so?«

Siegfried war erleichtert, daß Amke sein Geheimnis nicht kannte. Lächelnd antwortete er: »Ja, so ähnlich verhält es sich.«

»Was für ein Tier ist es?« fragte Amke voller Neugier. »Ein großer Bär wohl kaum, den hättest du eben erlegen können. Ein wilder Eber vielleicht?«

»Es ist ein Geheimnis«, wiederholte Siegfried und kam zu einer Entscheidung. Er durfte diese Gelegenheit, sich die zweite Hälfte des Runenschwertes zu holen, nicht verspielen. Daher sagte er: »Ich werde dich mitnehmen, aber nur unter drei Bedingungen!«

»Drei?« staunte Amke. »Das muß aber ein sehr geheimes Geheimnis sein, das du hütest. Also gut, nenne mir deine Bedingungen!«

»Erstens: Du gehorchst mir aufs Wort, was auch geschieht. Zweitens: Du stellst keine Fragen. Drittens: Du bewahrst über alles Stillschweigen, auch deinem Vater und deinem Bruder gegenüber.«

Sie überlegte eine kurze Weile und fragte dann: »Was ist, wenn ich nicht darauf eingehe? Reitest du dann ohne mich fort?«

Siegfried antwortete nicht, sondern sah fest in ihre grünblauen Augen.

»Also gut«, seufzte Amke unter seinem beschwörenden Blick. Ein kecker Ausdruck erschien auf ihrem Gesicht. »Ich hoffe doch sehr, du wirst mein Versprechen nicht zu unritterlichen Taten mißbrauchen.«

Siegfried lächelte und erwiderte zweideutig: »Ich bin noch kein Ritter, edle Frau.«

»Und ich noch keine Frau«, sagte Amke in demselben neckischen Ton, als Siegfried ihr aufs Pferd half.

Er band den Spieß wieder auf Graufells Rücken, stieg vor Amke in den Sattel und riet ihr, sich an ihm festzuhalten. Er genoß ihre Nähe, die Berührung ihrer Hände und ihres Leibes, den er mit jedem Schritt Graufells an seinem Rücken spürte.

Kapitel 6

»Was ist das?« fragte Amke in einer Mischung aus Verwunderung und Ehrfurcht, als ihr Blick auf einen langgestreckten Felsen fiel. Auf seiner ganzen beeindruckenden Länge von Wald gesäumt, lag er wie ein erschlagener Lindwurm im warmen Sonnenlicht und schimmerte seltsam bläulich, als sei er nicht aus Stein, sondern aus Eisen.

»Unser Ziel«, antwortete Siegfried unbestimmt

und ritt an dem schlangenartigen Felsen entlang, bis er das größere Ende erreichte: das Schlangenmaul.

In alten Erzählungen hatte Siegfried gehört, daß sich hier der Eingang zur Höhle befinden sollte. Er mußte Graufell nah an den Fels treiben, bevor er den engen Durchlaß sah. Gebannt starrte er auf den schwarzen Eingang und wartete tatsächlich darauf, daß plötzlich mit erregtem Zischeln eine lange Schlangenzunge hervorzüngelte.

Als nichts dergleichen geschah, stieg Siegfried ab und half Amke vom hohen Rücken Graufells.

Sie betrachtete interessiert den Schlangenkopf und meinte: »Hier wollen wir also hinein.«

»Wir?« Er schüttelte energisch den Kopf. »Davon kann keine Rede sein. Ich gehe hinein, du wartest hier.«

»Warum?«

»Weil ich es so bestimme. Erinnere dich an die erste Bedingung, Amke!«

»Ich meinte, warum du in die Schlangenhöhle willst.«

»Keine Fragen, das ist die zweite Bedingung«, ermahnte Siegfried seine Begleiterin. »Halte dich daran und . . .« Er hielt inne. Plötzlich begriff er, daß sie eben die Schlangenhöhle bei ihrem Namen genannt hatte.

»Du . . . du weißt, wo wir uns aufhalten?«

»An der Schlangenhöhle.«

Er legte die Hände auf ihre Schultern, so fest, daß Amke zusammenzuckte. »Woher weißt du das?« rief er unbeherrscht. »Woher kennst du diesen Ort?«

Amke schlug seine Hände beiseite. »Ich kenne die Höhle nicht, aber deine Xantener Recken haben erzählt, daß es zur Jagd in den Schlangenwald geht. Als ich einen Diener nach dem seltsamen Namen fragte, erzählte er mir von dem Felsen, nach dem er benannt ist.«

»Und woher weißt du, daß es dieser Felsen ist?«

»Ich bin nicht blind, Siegfried!« Sie deutete auf den gewundenen Felsen. »Wenn jemals ein Ort den Namen Schlangenhöhle verdient hat, dann dieser. Der Fels sieht so aus, als sei er wirklich einmal eine lebende Schlange gewesen.« Leiser, fast andächtig fügte sie hinzu: »Eine unheimlich große Schlange!«

»Ja«, sagte Siegfried gedankenverloren. »Es muß wahrlich ein Riese gewesen sein, der sie versteinerte.«

»Gibt es eine Geschichte zu diesem Ort?« fragte Anke.

Siegfried nickte. »In fernen Zeiten, als Xanten noch ein unberührter Flecken und der Heiland noch nicht geboren war, soll die Riesenschlange die ganze Umgegend in Schrecken versetzt haben. Immer wieder überfiel sie Siedlungen. Je mehr

Opfer sie verspeiste, desto größer und hungriger wurde sie. Schließlich fiel sie sogar über die Riesen her, die wegen ihrer Kraft und Größe bislang von der Schlange verschont geblieben waren. Sie tötete alle Riesen bis auf einen. Er war der angesehenste, größte und stärkste Riese des Dorfes. Als er von seiner Jagd zurückkehrte, schwor er der Schlange bittere Rache. Er fand sie und kämpfte mit ihr, aber beider Kraft war gleich, und niemals schien es einen Sieger geben zu können. Da kam der Riese auf den rettenden Einfall: Er bewarf die Schlange mit großen Felsen und deckte sie vom Kopf bis zum Schwanz damit zu, bis sie sich nicht mehr bewegen konnte. So lag sie reglos, viele Jahre lang, und versteinerte.«

Amke schüttelte sich, während sie auf den Schlangenkopf starrte. Als sähe sie tatsächlich ein Ungeheuer vor sich.

Siegfried nahm den Spieß und den Packen mit seiner Ausrüstung von Graufell und wickelte eine der Fackeln aus. Dann schüttete er Zunder auf den mit Werg umwickelten und in Harz getränkten Kienspan, den er aufrecht in den felsigen Boden gerammt hatte. Schließlich nahm er einen kantigen Feuerstein und ein handliches Schlageisen zur Hand. Genau über dem Fackelkopf ließ er das Eisen auf den Flint treffen, immer wieder, bis die Funken sprühten, im Zunder zu Flammen wurden und die Flammen den Fackelkopf umleckten. Sorgfältig verstaute er Flint und Eisen wieder in dem großen Ledersack, den Graufell zuvor getragen hatte. Siegfried band ihn auf seinen Rücken und zurrte die Riemen fest.

Als er Fackel und Spieß zur Hand nahm, bat Amke: »Geh nicht, Siegfried!«

»Fürchtest du dich? Wenn Gefahr droht, nimm Graufell und reite heim zum Jagdlager. Er wird den Weg finden.«

»Ich habe keine Angst um mich, sondern um dich, Siegfried!«

Tief in seinem Innern hatte er gehofft, daß sie so etwas sagen würde. Es schmeichelte ihm. Daß Amke sich um ihn ängstigte, bedeutete, daß er ihr nicht gleichgültig war.

»Ich werde zurückkommen«, sagte er und bemühte sich, möglichst zuversichtlich zu klingen. »Solltest du allein ins Lager zurückreiten, verrate niemandem, wo ich bin. Denke immer an die drei Bedingungen!«

Er wollte sich umwenden, um zum Schlangenmaul zu gehen.

»Warte!« rief Amke, trat dicht vor ihn und gab ihm einen Kuß auf die Stirn. »Das soll dir Glück bringen.«

Tief gebeugt arbeitete sich Siegfried durch den engen Eingang ins Innere der Höhle vor. Die Felsen waren gezackt und scharfkantig. Wie Zähne eines Untiers schnappten sie nach ihm. Sein Leib und die Beine waren durch festes Rindsleder geschützt, ebenso die Füße, die in kniehohen Stiefeln steckten. Er war froh, diese einfache Kleidung gewählt zu haben. Die edlen Stoffe, die er am Xantener Hof getragen hatte, würden jetzt schon in Fetzen an ihm herunterhängen.

Endlich konnte er sich aufrichten. Er reckte die Arme hoch und streckte seinen ganzen Leib. Die Fackel in seiner Rechten warf trotzig ihren flackernden Schein in den finster gähnenden Felsschlund.

Und Siegfried erschrak ...

Er sah Schlangen. Nichts als Schlangen. Schlangen von der Größe eines Riesen.

Von der zerklüfteten Decke ließen sie sich herunter, bereit, sich auf den Eindringling zu stürzen. Und vom Boden reckten sie sich zu ihm empor.

Hunderte von Schlangen hatten ihn eingekreist!

Er faßte den Spieß fester und wußte doch, daß ihm dies kaum helfen würde. Er konnte vielleicht ein, zwei Schlangen durchbohren, aber gleichzeitig würden ihn hundert andere anfallen. Er hatte Amke nicht die ganze Geschichte erzählt. Es hieß, als die

Riesenschlange unter den Steinen zur Reglosigkeit verurteilt war, verwandelte sich ihr Leib in unzählige kleine Schlangen. Diese Schlangen hausten fortan in dem Höhlenlabyrinth.

Und wie Schlangen aus Stein wirkten die Tiere, die Siegfried umgaben.

Er hörte kein Schaben, als ihre Leiber über den Stein krochen. Kein Zischeln ihrer ruhelosen Zungen.

Die einzigen Geräusche waren sein heftiges Atmen und das Knistern der Fackel, die grauschwarzen Rauch und beißenden Gestank verströmte.

Dann begriff er, daß es tatsächlich nur Gestein war, auf das er blickte. Schlangen aus Stein. Oder Felsnadeln, die Schlangen ähnelten. Sie wuchsen von der Decke und aus dem Boden. Im flackernden, verzerrenden Schein der Fackel hatte es ausgesehen, als bewegten sie sich.

Siegfried lehnte den Spieß an eine Felswand und wischte mit dem Handrücken über seine feuchte Stirn. Er schalt sich einen Narren, daß er auf das Schattenspiel hereingefallen war. Wie gut, daß Amke ihn nicht so gesehen hatte. Den tapferen Bärenbezwinger, der sich vor ein paar Felsnadeln fürchtete!

Wütend über seine Furchtsamkeit griff er nach dem Spieß und setzte seinen Weg fort. Oft standen die Felsnadeln so dicht, daß er sich mühevoll zwischen ihnen hindurchquetschen mußte. Dann wieder mußte er sich bücken und sogar auf allen vieren kriechen, um weiterzukommen.

Wo genau sein Ziel lag, wußte er nicht. Reinhold hatte von einer tief in der Höhle verborgenen Spalte gesprochen, auf die bei Tag das Sonnenlicht fiel. Nun, die Sonne draußen schien gleißend hell. Gab es diese Spalte, so mußte er sie entdecken. Also begab er sich immer tiefer in den Leib der steinernen Schlange hinein.

Ab und an bemerkte er zur Linken oder zur Rechten Abzweigungen. Da sie zumeist zu eng waren, schenkte er ihnen kaum Beachtung.

Je weiter er in die Höhle eindrang, desto zuversichtlicher wurde er. Bis jetzt hatte er noch keine Schlange entdeckt. Vielleicht würde es einfacher werden als in der Wolfsburg! Doch kaum hatte er diesen Gedanken gefaßt, spürte er, wie etwas seine Füße streifte. Siegfried sprang zurück und schwenkte die Fackel nach unten.

Die Tiere, die um seine Füße huschten, waren so groß wie eine Männerhand, mit langen Schwänzen. Er sah hinab auf braungraues Fell, kleine Spitzohren und krallenbesetzte Pfoten.

»Ratten!« stieß er ein wenig erleichtert hervor. Dreißig oder vierzig. Hatten sie ihn für eine lohnende Beute gehalten? Dicht über dem Boden schwenkte er die Fackel. Die Hitze trieb die gefräßigen Nager vier, fünf Schritte zurück. Außerhalb dieses Kreises hockten die Höhlenratten und belauerten Siegfried.

Während er sich noch über die mögliche Gefährlichkeit der Ratten Gedanken machte, verschwanden sie so plötzlich, wie sie aufgetaucht waren. Sie bewegten sich so flink, daß Siegfrieds Augen ihnen kaum folgen konnten, und fanden Schlupflöcher, wo der Xantener nur Gestein sah.

Eine Ratte aber war nicht schnell genug; sie wurde von dem Feind gestellt, der die anderen Nager verjagt hatte.

Eine Schlange.

Ihr kräftiger Leib saß zwischen einem kurzen, dünnen Schwanz und einem flachen, dreieckigen Kopf. Sie hatte fast dieselbe braungelbe Färbung wie das Fell der Ratten. Nur am Kopf war das Tier anders gezeichnet: Es sah aus wie ein schiefes Kreuz.

Eine Kreuzotter, zweifellos.

Aber mit ihrer Länge von fast zwei Schritten war sie viel größer als jede Kreuzotter, die Siegfried bisher gesehen hatte.

Blitzschnell bewegte sich die Schlange und stieß vor, den Rachen aufgerissen und die beiden großen, nadelspitzen Giftzähne entblößt. Das Schlangenmaul packte die Ratte, und die Giftzähne bohrten sich in den Leib des Nagers. Die Ratte quiekte wie von Sinnen. Ihr Schwanz peitschte wild herum. So rasch, wie sie das Opfer ergriffen hatte, ließ die Otter auch wieder von ihm ab. Siegfried hatte dieses Verhalten schon bei anderen Ottern beobachtet. Sie warteten darauf, bis die tödliche Wirkung des Giftes eintrat, um ihre Opfer anschließend zu verschlingen. Die Höhlenratte schaffte keine zwei Schritte, bevor sie ermattet zu Boden fiel und in heftigen Zuckungen verendete.

Die Schlange sperrte erneut ihr Maul weit auf und begann, die Beute in aller Ruhe zu verschlingen, Stück für Stück: Kopf, Vorderleib, Hinterleib und schließlich auch den Schwanz. Siegfried beobachtete, wie die Verdickung im Schlangenleib allmählich in Richtung Schwanz wanderte. Seine Vermutung hatte sich durch den schnellen Tod der Höhlenratte bestätigt: Diese Schlange war nicht nur größer als gewöhnliche Kreuzottern, sondern auch giftiger!

Reinholds Warnung, als er von der Schlangenhöhle erzählte, klang ihm noch in den Ohren: *Mehr Schlangen als je zuvor sollen sich dort tummeln, vor allen Dingen gefährlichere*. Schon der Biß einer Kreuzotter von gewöhnlicher Größe konnte einem Mann gefährlich werden. Dieses Riesentier aber würde selbst einen Hünen wie Siegfried töten.

Siegfried sprang vor und schwang den Spieß, ließ die Stahlspitze hinter dem flachen Kopf in den Schlangenleib fahren. Es war ein kräftiger, gezielter

Schlag. Der Kopf mit dem Kreuzmal wurde vom Leib getrennt und rollte quer über den Boden. Der Rest der Schlange wand sich in heftigen Zuckungen. Ein Teil des Rattenschwanzes lugte heraus und fiel in den Todestanz ein, als freue sich der Nager, daß seine Mörderin ihn nicht lange überlebt hatte.

Siegfried sprang über die verendende Otter und setzte seinen Weg fort, noch vorsichtiger als zuvor. Er leuchtete mit seiner Fackel auf den Boden und in jede größere Spalte, um nicht von einer Schlange angefallen zu werden. Schlangen liebten die Wärme, wie er wußte. Man fand sie vornehmlich an sonnigen Plätzen. Aber in einer düsteren Höhle? Andererseits war es hier drin ziemlich warm, wärmer, als er vermutet hatte.

Erst als Siegfrieds Wachsamkeit ein wenig nachließ, griffen die Schlangen an. Als hätten sie nur auf diesen Augenblick gewartet...

Die erste mußte über ihm in einer Felsnische gelauert haben. Sie fiel auf seine rechte Schulter und riß den Rachen auf.

Er sah die drohenden Zähne – und stieß zu.

Die Spießspitze drang in den gedrungenen Leib ein und riß das Tier von seiner Schulter. Mit einer heftigen Bewegung schleuderte er es zur Seite. Es gab ein häßliches, lautes Geräusch, als es gegen eine dicke, aus dem Boden ragende Felsnadel prallte.

Etwas stieß gegen seinen linken Unterschenkel. Eine weitere Kreuzotter hatte sich in seinem Stiefel verbissen und versuchte vergeblich, das feste Leder mit ihren langen Giftzähnen zu durchdringen.

Siegfried holte mit der Fackel aus und versengte den schwarzgezackten Leib. Es stank nach verbranntem Fleisch, doch die Otter schaffte es, die Flucht zu ergreifen. Mit einer weitausholenden Bewegung des rechten Arms ließ er die Fackelflamme über den Boden streichen. Gleichzeitig drehte er sich, um mit der Fackel einen Kreis zu ziehen. Plötzlich erkannte Siegfried, daß er von Schlangen umgeben war. Von übermäßig großen, giftigen Kreuzottern!

Als er die Fackel wieder hob, sah er einen Ausweg. Zur Linken verlief ein schmaler Weg um eine Barriere aus Felsnadeln herum. Wenn Siegfried Glück hatte, führte der Gang wieder auf den Hauptweg. Also lief er schnell nach links, bevor die Ottern einen neuen Angriff wagten.

Er glaubte sich schon in Sicherheit, als der Boden unter seinen Füßen nachgab; ein brüchiges Loch im ansonsten festen Fels.

Siegfried versuchte vergeblich, sich durch einen raschen Sprung zu retten. Er stürzte in ein Loch, das so tief war, daß nur noch sein Kopf herausschaute.

In dem Bestreben, sich festzuhalten, hatte er Fakkel und Spieß fallenlassen. Sie lagen vor ihm, so dicht, daß er sie mit einem Griff hätte erreichen können – wären seine Arme nicht eingeklemmt gewesen.

So steckte er in dem Loch und sah mit schreckgeweiteten Augen, wie die Schlangen aus dem Dunkel kamen. In aller Ruhe. Sie schienen es nicht eilig zu haben, ihn zu töten. Hilflos mußte Siegfried mit ansehen, wie sie auf ihn zukrochen ...

Amke wußte nicht, wie lange sie auf das finstere Loch gestarrt hatte. Längst waren Siegfrieds Schritte verklungen; es war auch nichts mehr vom tanzenden Schein seiner Fackel zu sehen.

Sie fühlte sich einsam und müde. Sie ging zu Graufell, dessen Zügel Siegfried locker um einen Heidelbeerstrauch geschlungen hatte, so daß der prächtige Hengst ausreichend Platz zum Grasen fand. Außerdem konnte er die saftigen schwarzblauen Beeren pflücken, die zwischen den rötlich-grünen Blüten hervorstachen. Aber seltsam, obwohl er zwei Menschen getragen hatte, schien er nicht hungrig zu sein. Unruhig pendelte sein Kopf zwischen dem Schlangenmaul und dem Waldrand hin und her.

Eine Bewegung, die Amke an den großen Bären

erinnerte. Und an Siegfrieds mutiges Eingreifen. Als er plötzlich auf die Lichtung galoppierte, war alle Angst um ihr Leben verflogen; sie hatte nur noch um den jungen Xantener gebangt, der ihr in den vergangenen Tagen so sehr ans Herz gewachsen war.

Doch durfte das sein? Durfte sie ihr Herz an den Sohn des Mannes vergeben, der ihre Mutter getötet hatte? Gewiß, ihr Vater war nach Xanten gekommen, um endlich Frieden zu schließen. Aber das bedeutete nicht Versöhnung, schon gar nicht Vergebung. Amke wußte, daß König Hariolf tief in seinem Herzen einen großen Haß auf das Xantener Königshaus empfand. Nicht anders war es mit ihrem Bruder Harko und Markgraf Onno, der im Krieg gegen die Niederlande nicht nur seine Familie verloren hatte, sondern dessen Gesicht auch entstellt worden war.

Amke streichelte den Hengst und legte ihre Wange auf das samtene Fell. Sie genoß die Wärme, die sie spürte. Seit dem Tod der Mutter war ihr nur noch wenig Wärme zuteil geworden.

Ihre sanften Berührungen beruhigten Graufell nicht. Er zerrte so stark an den Zügeln, daß Beeren und Blüten abrissen und zu Boden fielen. Mit gespitzten Ohren blickte er unverwandt zum Waldrand. Amke war alarmiert. Sie wußte, daß Pferde Gefahren wahrnehmen konnten, die ein Mensch weder sah noch hörte. Dann spürte sie es selbst, ganz nah, im Wald...

Sie versuchte, ihre Erregung nicht zu zeigen, und streichelte weiter Siegfrieds Pferd. Aber heimlich glitten ihre Augen über Gras und Strauchwerk zu den Eichen, Buchen, Kiefern und Tannen, die vereinzelt in die Lichtung ragten. Als sie den grauen Schemen bemerkte, verlor sie jede Zurückhaltung und starrte offen zu der Gruppe dunkler Tannen. Doch die Gestalt verschwand, ehe Amke sie noch richtig wahrnehmen konnte.

Hatte der Bär sie verfolgt?

Amke versuchte sich mit dem Gedanken zu beruhigen, daß es vielleicht Goldflimmer war, die den Weg zu ihrer Herrin gefunden hatte. Aber warum war die Stute dann nicht auf die Lichtung gekommen? Nein, es mußte ein anderes Wesen sein, das sie beobachtet hatte.

Amke fröstelte plötzlich, trotz der Sonne am wolkenlosen Himmel. Sie hatte Angst vor der unheimlichen Gestalt, die ihr auflauerte. Auch wenn sie das Wesen nicht sah, wußte sie, daß es noch dort war, verborgen im Dunkel und Dickicht des Waldes.

Der Wunsch, nicht hier allein zu sein, wurde übermächtig. Hätte sie das Jagdlager doch niemals verlassen!

Sie dachte an Siegfrieds Rat, bei Gefahr mit Graufell zu fliehen, und löste die Zügel des Pferdes...

Siegfrieds Hände kratzten über den harten Boden, verzweifelt bemüht, das enge Loch zu erweitern, damit er aus seinem Verlies klettern konnte, bevor die Armee der Schlangen ihn erreichte. Wenn er doch nur die Arme bewegen und aus dem Loch strecken könnte, um sich herauszuziehen! Aber so sehr er sich auch anstrengte, er war derart eingezwängt, daß er seine großen Körperkräfte nicht entfalten konnte.

Vor ihm schienen die Schlangen einen bedrohlichen Tanz aufzuführen. Nur vor der zitternder Flamme der Fackel zuckten die Kreuzottern zurück. Keine von ihnen war klein, die meisten größer als üblich. Und alle waren giftig.

Plötzlich hielt das Otterngezücht inne. Die züngelnde Brut teilte sich und machte eine Gasse frei für eine Schlange, die viel größer war als alle anderen. Die Ottern schienen ihr Achtung zu erweisen wie Menschen ihrem König. Im Fackelschein bemerkte Siegfried die Kopfzeichnung der großen Otter. Unter dem Kreuz setzte sich das Muster in einem Gebilde fort, das tatsächlich einer Krone ähnelte. Ein Schlangenkönig oder eine Schlangenkönigin? Siegfried verblieb keine Zeit, darüber nachzudenken. Die große Schlange hatte ihn fast erreicht. Sie hob den Vorderleib und den Kopf, wie um ihm in die Augen zu sehen. Die dünne, in zwei Spitzen auslaufende Zunge schnellte hervor und berührte seine Wange, ganz leicht nur und auf eine schreckliche Weise zärtlich.

Siegfried zog den Kopf zurück. Ein nutzloses Unterfangen. Die Königsschlange streckte ihren Leib ein wenig vor, und schon fuhr ihre Zunge erneut über sein Gesicht. Als wolle sie mit ihrem Opfer spielen, bevor sie es tötete. Plötzlich riß die Bestie ihr Maul auf und entblößte die fingerlangen Giftzähne. Der Feuerschein verlieh ihnen einen rötlichen Schimmer.

Siegfried wagte nicht, mit den Augen zu zwinkern. Er konnte sich nicht wehren und die Schlange nicht daran hindern, ihn zu töten, wann immer sie es wollte. Aber er glaubte, daß die Königsschlange nicht zustieß, solange er ihren starren Blick erwiderte. Und so hielt er seinen Kopf reglos, sah in ihre roten Augen mit den länglichen, senkrechten Pupillen. Wie schwarze Schlitze wirkten sie. Wie Boote, die in einem Blutmeer schwammen. Und Siegfried verspürte den Drang, sich in dieses Meer zu stürzen, sich in ihm zu verlieren, Erlösung zu finden... Die Königsotter bewegte sich. Doch nicht mit der Schnelligkeit eines zur Erde fahrenden Blitzes, wie es die Ottern beim Angriff taten. Quälend langsam kam ihr Kopf näher. Dicht vor seinen Augen schwebte das graue Band ihres Leibes mit dem Muster aus dicken schwarzen Zacken. Wie das verzauberte Kopfband einer eitlen Frau, das sich, von Geisterhand bewegt, um seine Stirn legen wollte.

Er hörte ein scharfes Zischeln an seinem linken Ohr, als der Kopf der Schlange sein Gesichtsfeld verließ. Er wagte nicht, das Haupt zu drehen, traute sich auch nicht die kleinste Bewegung. Es wäre ihm wie das Zeichen seiner Unterlegenheit erschienen. Wie die Bitte an die Otter, ihn endlich zu erlösen – mit dem Tod!

Die Schlange berührte sein Haar. Wie das sanfte Streicheln seiner Mutter, dachte Siegfried und wehrte sich gegen das angenehme, wohlige Gefühl. Er durfte der tückischen Schlange nicht trauen. Sie mochte ihm Wärme und Zärtlichkeit vorgaukeln, aber sie wollte seinen Tod. Er hielt still. Es war wie ein Pakt, den er mit der Otter geschlossen hatte. Sie ließ ihn leben, solange er sich nicht rührte und eins war mit dem Fels, der ihn umschloß.

Ihr Kopf erschien vor seinem rechten Auge und hielt inne. Ganz nah beieinander, starrten Mensch und Schlange Auge in Auge. Die fadendünne Zunge schoß vor, traf Siegfrieds Auge. Er widerstand dem Drang, es zu schließen, den Kopf jäh zur Seite zu wenden, um die Bestie von sich abzuschütteln.

Die Zunge zog sich von seiner Pupille zurück, fuhr über Nase und Wange. Die Otter schien dieses grausame Spiel zu genießen, schien jeden Fingerbreit von Siegfrieds Gesicht erkunden zu wollen. Er spürte ihren Leib auf seiner Wange, nicht kalt und glitschig, sondern trocken und angenehm warm.

Trügerisch angenehm!

Die Zunge leckte an Siegfrieds Lippen wie zu einem unanständigen, widernatürlichen Kuß. Er konnte nicht länger an sich halten und öffnete den Mund, wollte die Lippen vor der Schlangenzunge retten. Darauf hatte die Otter nur gewartet. Erst nur mit der Zunge, dann mit ihrem Kopf, drang sie in seinen Mund ein. Wollte sie sich mit ihrem ganzen Leib in den Menschen schlängeln?

Siegfried verspürte einen starken Würgereiz, als die fremde Zunge in seinen Rachen vorstieß. Dann biß er zu.

Mit aller Kraft.

Knirschend durchtrennten seine Zähne Schuppen, Haut und Fleisch. Nur für einen winzigen Augenblick. Dann öffnete Siegfried eingedenk des tödlichen Giftes schnell den Mund und spie den Kopf der Otter aus.

Das Schlangenhaupt war nicht ganz vom Leib abgetrennt. Die Königsotter lebte noch und wand sich schmerzerfüllt. Die übrigen Ottern wichen zurück, als wollten sie ihrer Herrscherin im Tod nicht zu nahe kommen.

Die Zuckungen der Königsschlange wurden schwächer, und schließlich lag sie reglos am Rand der Grube. Erregt und erleichtert atmete Siegfried tief durch. Mit jedem kräftigen Atemzug pumpte er neues Leben in seinen Leib. Es war ein gutes, euphorisches Gefühl, den gefährlichen Gegner trotz seiner hilflosen Lage besiegt zu haben. Doch es währte viel zu kurz …

Die Ottern schlängelten wieder auf die Grube zu. Unzählige. Aus allen Richtungen. Sie kamen, um den Tod der Königsschlange zu rächen. Die ersten Tiere hoben ihre Leiber, machten sich zum Todesstoß bereit.

Da sprang eine Gestalt aus dem Dunkel hervor, griff mit einer flinken Bewegung nach Siegfrieds Fackel und strich den qualmenden, stinkenden Brand dicht über den Boden. Gierig fraß das Feuer die Schlangenleiber. Erschrocken von dem neuen, unerwartet in ihrem Rücken aufgetauchten Gegner, zog sich die Schlangenbrut rasend schnell in ihre Schlupflöcher zurück. Binnen weniger Augenblicke war keine einzige Otter mehr im Umfeld der Grube zu sehen.

Froh über seine Rettung und gleichzeitig überrascht starrte Siegfried in Amkes besorgtes Gesicht. Gebückt stand sie vor ihm und hielt die Fackel dicht über den Boden, bereit, sich und Siegfried gegen einen neuen Angriff zu verteidigen. Wie eine Wölfin, die ihren Wurf beschützte.

Aber die Schlangen kehrten nicht zurück; sie waren in die Flucht geschlagen – oder warteten auf eine günstigere Gelegenheit.

»Die Grube!« stieß Siegfried hervor und unterdrückte die drängende Frage, wie Amke hergekommen war. »Sie ist zu eng, ich komme nicht hinaus. Du mußt mir helfen. Nimm den Spieß und verbreitere das verfluchte Loch!«

Amke legte die Fackel an den Grubenrand, so nah, daß sie jederzeit danach greifen konnte, um die Schlangen in die Flucht zu schlagen. Dann nahm sie den Spieß auf und stieß ihn in das Loch. Größere Brocken aus Gestein oder Erdreich lösten sich und rieselten an Siegfried hinab.

»Ja, mach weiter!« feuerte er die Friesin an.

Amke arbeitete ohne Unterlaß, bis Siegfried glaubte, daß es genug sei. Er preßte sämtliche Luft aus seinen Lungen, machte sich so dünn wie möglich und zog die Arme hoch. Wieder riß scharfkantiger Stein seine Haut auf, aber es gelang. Erst kam der linke, dann auch der rechte Arm frei. Siegfried stützte sich mit den Händen auf und kletterte mit Amkes Hilfe aus der beinahe tödlichen Falle.

Vor seinen Füßen lag die Königsotter. Ihr Leib zitterte leicht.

Sie war noch immer nicht tot!

Er erinnerte sich an das entwürdigende Gefühl, ausgeliefert zu sein. Von Abscheu und Zorn gepackt, trat er zu, hieb den Stiefelabsatz immer wieder auf den gemusterten Körper, zertrat ihn, bis der Schlangenkopf endgültig vom Leib getrennt war.

Die Wut ließ nach, aber nicht der Widerwille, den er beim Anblick der toten Otter empfand. Er spürte einen plötzlichen Druck in der Magengegend. Mit vorgekrümmtem Leib, die Rechte an eine Felsnadel gestützt, übergab er sich, bis er nur noch grünliche Galle erbrach.

Als es vorbei war, drehte er sich mit verschämtem Blick zu Amke um. Sich eine solche Blöße gegeben zu haben war, eines Mannes unwürdig.

»Du warst sehr tapfer, Siegfried«, sagte Amke. »Ich habe gesehen, wie du ... zugebissen hast. Ich glaube, ich an deiner Stelle wäre vor Angst gestorben.«

»Das wäre ich auch fast«, erwiderte er leise, ohne sie anzuschauen.

»Du bist der tapferste Recke, den ich kenne«, erklärte sie mit ehrlicher Bewunderung. »Du wärst gewiß nicht aus Angst vor einem Geist von der Lichtung geflohen.«

Siegfried verstand den Sinn ihrer Worte nicht und bat Amke um Erklärung.

Sie berichtete von der geisterhaften Gestalt, die sie gesehen hatte und die sie inzwischen nur noch für eine Einbildung hielt, für einen Lichtreflex vielleicht.

Amke hatte keine Fackel bei sich gehabt. Hätte sie all das Getier gesehen, das um ihre Füße strich, hätte sie sich vielleicht aus Furcht auf einen erhöhten Felssims verkrochen. So aber war sie weitergelaufen, von der Hoffnung beseelt, möglichst bald auf Siegfried zu treffen. Bis sie den Fackelschein sah, nicht vor sich auf dem Hauptweg, sondern von links kommend. Zögernd war sie ihm gefolgt und hatte Siegfried in dem Augenblick erreicht, als er die Königsotter zerbiß.

»Jetzt bin ich also hier«, seufzte sie. »Und wegen meiner dummen Furcht habe ich Graufell losgebunden. Er ist wohl schon weit fort, und wir müssen zu Fuß zum Lager zurückkehren.«

»Das wird sich finden«, erwiderte Siegfried nachdenklich. »Erst einmal müssen wir entscheiden, was wir mit dir machen.«

»Mit mir?« Amke verzog das Gesicht vor Verwunderung. »Ich dachte, wir kehren jetzt gemeinsam zurück.«

»Ich bin noch nicht am Ziel, Amke.«

»Du meinst, du willst noch weiter in die Höhle hinein?«

Er nickte.

Amke sah auf die tote Schlange und auf die Grube. »Was auch immer du hier suchst, ich hoffe, es lohnt sich und ist mindestens so wertvoll wie der Nibelungenhort.«

»Der Nibelungenhort?« Siegfried horchte auf.

Amke zuckte mit den Schultern. »Nur eine alte Geschichte von einem unermeßlich großen und kostbaren Schatz. Als ich klein war, hat meine Mutter manchmal davon erzählt. Wenn ich aus Versehen etwas kaputt gemacht hatte, sagte sie manchmal, man müßte den Hort der Nibelungen finden, um sich ein Kind wie mich zu leisten.«

»Den Hort der Nibelungen«, wiederholte Siegfried leise, fast andächtig. »Schade, daß es nur eine Geschichte ist.«

»Ja, schade«, stimmte Amke zu und fragte dann: »Gehen wir weiter?«

Er sah sie forschend an. »Du willst wirklich mitkommen?«

»Ja. Und ich verspreche, keine Fragen zu stellen.«

Siegfried überlegte. Jetzt, wo er schon so weit vorgedrungen war, hätte es ihn schwer getroffen, umkehren zu müssen. Und er konnte Amke schlecht allein zurückschicken oder gar bei den Schlangen zurücklassen. Außerdem schien es ihm draußen auf der Lichtung nicht mehr sicher zu sein. Zwar hatte er sich bei Amkes Erzählung nichts anmerken lassen, aber er hielt die seltsame graue Gestalt keineswegs für eine Sinnestäuschung. Schon im Königswald und in Xanten hatte er selbst den Unheimlichen erblickt, den Grauen Geist!

Wer war er? Suchte er auch nach dem Runenschwert? Wollte er Siegfried daran hindern, das Erbe seines Vaters anzutreten?

»Also gut«, sagte er. »Ich nehme dich mit, in der Hoffnung, daß du dich nicht als Last erweist.«

»Als Last?« rief sie empört. »War ich etwa eine Last, als ich die Schlangen vertrieb und dir aus der Grube half?«

»Nein, verzeih. Ich schulde dir mein Leben.«

»Nein, du hast auch mein Leben gerettet«, entgegnete Amke und dachte an den Bären. »Welchen Weg nehmen wir?«

»Wir versuchen es mit dem Hauptgang. Wenn der Boden hier an mehreren Stellen brüchig ist, könnte es übel enden.«

»Sind im Hauptgang keine Schlangen?«

»Nicht, wenn die furchterregende Walküre Amke sie vertrieben hat«, erwiderte Siegfried mit einem Lächeln. »Und wenn doch, müssen wir uns auf die Fackeln verlassen.«

Er zog eine zweite Fackel aus seinem Gepäck, entzündete sie an der ersten und reichte sie Amke. Dann kehrten sie zum Hauptgang zurück. Sie gingen langsam und beleuchteten sorgfältig Boden, Wände und Decke. Außerdem stieß Siegfried mit dem stumpfen Spießende bei jedem Schritt vor sich auf den Boden, um eine neue Falle rechtzeitig zu bemerken.

Tiefer und tiefer drangen sie in den Leib der steinernen Riesenschlange ein. Sie wurden nicht mehr von Schlangen angegriffen. Die einzigen Wesen, denen sie begegneten, waren Ratten, Schnecken, handgroße Spinnen und Fledermäuse, die mit dem Kopf nach unten an der Decke hingen, ihren pelzigen Körper zum Schlafen mit den lederartigen Flügeln bedeckt, so daß nur die spitzen Schnauzen herausschauten.

Die Fackeln beleuchteten den Weg, doch auf einmal wurde es vor ihnen heller. Kein rötlich tanzendes Licht wie das der Fackeln, sondern ein natürlicher Schein, den Strahlen der Sonne ähnlich.

Es war tatsächlich Sonnenlicht!

Sie waren dem Ziel nahe, und Siegfried beschleunigte seine Schritte. Er vergaß vor Aufregung sogar seine Vorsicht und tastete den Höhlenboden nicht länger mit dem Spieß ab.

»So warte doch!« rief Amke hinter ihm. »Siegfried, was hast du denn?«

»Da vorn muß es sein!« antwortete er über die Schulter.

»Was?«

Ohne zu antworten, bog er um eine Reihe grober Felsnadeln – und blieb stehen, gebannt von dem Schauspiel, das sich ihm darbot.

Vor ihm erstreckte sich ein unterirdischer Teich, fast schon ein See, aus dessen Mitte eine große

Felsnadel ragte. Viele Verästelungen erhoben sich über das grünblau schimmernde Wasser. Das alles sah Siegfried überdeutlich, weil durch einen fast mannsbreiten Schacht das Sonnenlicht einfiel. Zu eng, um hindurchzuklettern, aber breit genug, den Felsen im See zu beleuchten.

Siegfried wunderte sich, daß Reinhold nichts von dem Gewässer erzählt hatte. Der Boden vor Siegfried mußte abschüssig sein und hatte sich aus einem unbekannten Grund in den vergangenen Jahren mit Wasser gefüllt.

Und das Runenschwert?

Siegfried schritt an den Rand des Gewässers und suchte den zerklüfteten Felsen sorgsam mit den Augen ab. Da, in einer Spalte, blinkte etwas im Sonnenlicht. Er strengte seine Augen an und erkannte blitzenden Stahl.

»Da ist es!« stieß er hervor.

»Meinst du das Leuchten in dem Felsen?« fragte Amke, die neben ihn getreten war. »Sieht aus wie ein Dolch.«

»Eine Schwertspitze!«

»Seltsam«, meinte die Friesin. »Wie kommt die hierher?« Als sie seinen düsteren Blick bemerkte, seufzte sie: »Was willst du jetzt unternehmen?«

»Ich werde mir den Stahl holen! Deshalb sind wir hier.«

Seines Wamses und der Stiefel ledig, schwamm

Siegfried mit kräftigen Zügen durch das überraschend warme Wasser. Fast wie in einer Badestube. Es lag wohl an der Sonne, die den See den ganzen Tag lang beschien. Siegfried hatte seine Ausrüstung bei Amke zurückgelassen, bis auf den Dolch an seiner Seite und den ausgeleerten Ledersack auf seinem Rücken, in dem er seine Beute verstauen wollte.

Er wähnte sich schon im Besitz der zweiten Schwerthälfte und achtete auf nichts anderes, sah nur das verlockende Blitzen in fast greifbarer Nähe. Schneller und schneller wurden die Schwimmbewegungen seiner Arme und Beine, um endlich des kostbaren Stahls habhaft zu werden.

Bis er etwas hörte. Ein Geräusch übertönte das Plätschern des Wassers.

Ein schriller, langgezogener Schrei.

So schnell er konnte, drehte er sich im Wasser und sah Amke am Ufer stehen. Sie wedelte mit den Armen und rief nach ihm. Doch verstand er den Grund nicht. Er sah kein anderes Wesen in der Höhle, konnte keine Bedrohung ausmachen. Plötzlich deutete Amke auf das Wasser. Siegfried wandte den Kopf und erstarrte. Etwas war aus dem Wasser aufgetaucht. Nein, es tauchte immer noch auf und wuchs mit jedem Augenblick. Eine Schlange richtete sich dort auf, größer noch als die Königsotter!

Die Wasserschlange war nicht gemustert, sondern tiefschwarz. Der einzige Farbtupfer war das stechend rote Auge an der linken Kopfseite. Sie hatte nur dieses eine Auge. An der Stelle des anderen war eine große, häßliche Narbe zu sehen.

Unwillkürlich dachte Siegfried an den einäugigen Wolf, gegen den er in der alten Königsburg gekämpft hatte. Da hörte er auch schon die unheimliche lautlose Stimme:

Versuche die Götter nicht, Siegfried von Xanten! Fürchte den Fluch des Runenschwertes! Kehre um und verlaß diesen Ort!

Siegfried warf einen besorgten Blick über die Schulter. Er würde es nicht bis zur Felsinsel schaffen. Die riesige Wasserschlange war schneller als er und glitt mit kaum wahrnehmbaren Bewegungen über das Wasser wie über festen Boden.

Schwimm zurück, Siegfried! Höre auf das Wort der Götter!

Er drehte sich im Wasser um. Doch er verdrängte die Stimme, die ihn verwirren wollte, zog seinen Dolch und bereitete sich auf den Kampf mit der schwarzen Schlange vor.

Als nur noch zwei Armlängen Mensch und Untier trennten, erhob die Schlange ihren Vorderleib. Siegfried wartete den Vorstoß des Ungeheuers nicht ab, sondern tauchte, schwamm unter Wasser auf die Schlange zu und stieß die Klinge tief zwischen ihre dunklen Schuppen. Mit beiden Händen hielt er den Dolchgriff fest, als die Schlange sich vor Schmerzen wand. Blut trat in großer Menge aus und bildete eine dunkle Wolke, die sich im Wasser ausbreitete.

Siegfried zerrte an dem Messer, um es der Schlange aus den Leib zu reißen. Die Bestie versuchte anzugreifen und sich um Siegfried zu winden. Endlich, mit letzter Kraft bekam er das Messer frei. Er wollte erneut zustoßen, doch die Schlange war schneller und schlang ihren kräftigen, langen Leib um seinen Körper. Drückte seine Arme so fest an ihn, daß er sie kaum noch bewegen konnte. Der Dolch, den er krampfhaft mit der Rechten umklammerte, schien vollkommen nutzlos.

Kehre um, Siegfried! Versprich, das Runenschwert nicht wieder zusammenzufügen!

»Nein!« schrie er und versuchte unter Aufbietung aller Kräfte, den rechten Arm mit dem Dolch freizubekommen. Allmählich verschwamm alles um ihn herum. Der schillernde See, der ungewöhnlich geformte Felsen und das Ufer mit Amke, deren Schreie er kaum mehr wahrnahm.

Ein kalter Hauch streifte ihn und weckte noch einmal seine erlahmenden Lebensgeister. Plötzlich schien der Druck um seinen Leib nachzulassen. Eine Einbildung, sagte er sich. Doch immer mehr belebende Luft strömte in seine Lungen.

Siegfried war frei!

Die Wasserschlange kämpfte – aber nicht länger gegen ihn. Ein Vogel hatte sich in ihren Leib verkrallt und riß mit seinem spitzen Schnabel immer neue Fleischfetzen heraus.

Es war der riesenhafte rote Falke!

Diese Erkenntnis ließ alle Furcht von Siegfried abfallen. Der Falke hatte ihm schon einmal geholfen. Er war für ihn fast wie ein Freund, ein Beschützer.

Woher das geheimnisvolle Tier kam, war in diesem Augenblick gleichgültig. Wichtig war nur, daß es auf Siegfrieds Seite stand. Gemeinsam hatten sie den einäugigen Wolf besiegt. Gemeinsam würden sie auch die einäugige Wasserschlange überwinden!

Siegfried steckte den Dolch in die Scheide und schwamm zum Ufer, wo ihm eine erleichterte Amke entgegenlief.

»Den Spieß!« keuchte er. »Schnell, wirf ihn mir zu!«

Sie verstand und schleuderte den Spieß ins Wasser. Siegfried ergriff ihn und schwamm zurück zu den beiden großen, heftig miteinander ringenden Tieren. Es sah so aus, als würde die Schlange die Oberhand gewinnen. Sie schlängelte sich um den Falken, um den Vogel unter Wasser zerren.

Siegfried erhob seinen Oberkörper aus dem Wasser, holte aus und schleuderte den Spieß. Der lederumwickelte Schaft mit der stählernen Spitze fuhr mitten in das Durcheinander aus dem peitschenden Schlangenleib, wild flatterndem Gefieder und aufspritzendem Wasser. Doch der Stahl fand sein Ziel. Tief drang er in das einzige Auge der Schlange. Verzweifelt wand sich die Bestie; ihr blieb keine Wahl, sie mußte den Falken loslassen.

Während der Raubvogel sich erneut in der Schlange verkrallte und auf sie einhackte, tauchte Siegfried auf die kämpfenden Tiere zu und zog seinen Dolch. Vor ihm schimmerte der schwarze Schlangenleib im Wasser. Dann stieß Siegfried mit der Klinge zu.

Die Kraft der Schlange erstarb, und sie sackte ganz unter Wasser. Reglos. Immer tiefer. Dabei schaukelte ihr geschundenes Haupt und drehte sich dem Xantener zu. Fast schien es Siegfried, als blicke ihn das tote oder sterbende Tier vorwurfsvoll an, obwohl es doch kein Auge mehr besaß.

Siegfrieds Lungen gierten nach Luft. Er tauchte auf, atmete tief durch und suchte nach dem Falken. Doch alles, was er sah, waren ein paar rote Federn, die auf dem Wasser trieben.

»Wo ist der Falke?« rief er zu Amke.

»Er ist durch den Schacht geflogen.«

Ungläubig legte er den Kopf in den Nacken und blickte nach oben. Das Sonnenlicht schillerte wie ein Regenbogen. Trotzdem erkannte Siegfried, wie eng der Schacht war.

»Ich konnte es auch nicht glauben!« erriet Amke seine Gedanken. »Es sah aus, als würde der Falke schrumpfen. Und plötzlich war er fort, wie vom Sonnenlicht verschluckt!«

Offenbar war der rote Falke ein ebenso hilfreicher wie geheimnisvoller Retter in der Not. Zwar hätte Siegfried gern mehr über das Tier erfahren, doch das schien ihm in seiner Lage ein ziemlich hoffnungsloses Begehren zu sein. Also schwamm er zur Felsinsel. Er zog sich auf das Gestein und starrte aufs Wasser. Die Wogen hatten sich wieder geglättet. Friedlich und betörend schön anzusehen, lag der See im hellen Licht. Er hob sich von der düsteren Höhle ab wie ein Smaragd in dunkler Fassung. Wären nicht die paar Federn auf dem Wasser getrieben, hätte man das schreckliche Abenteuer für einen Alptraum halten können.

Siegfrieds Kräfte kehrten allmählich zurück. Er kletterte höher auf die schroffe, zerklüftete Felsnadel. Endlich hatte er das schimmernde Schwertstück erreicht und streckte langsam die Hand aus. Noch bevor er den Stahl berührte, spürte er das seltsame, warme Kribbeln in seinen Fingerspitzen. Es schien durch seinen ganzen Leib zu fließen, als er endlich die Spitze des Runenschwertes in den Händen hielt. Jegliche Schwäche verließ ihn. Er fühlte sich frisch und kräftig, so, als könne er es augenblicklich mit einer weiteren Wasserschlange aufnehmen.

Vorsichtig, damit er sich nicht an dem scharfen Stahl verletzte, zog er ihn aus der Felsspalte und hielt die Klinge in den Händen.

Wie prachtvoll sie war!

Siegfried stellte sich vor, wie König Siegmund mit dem Runenschwert Sieg um Sieg erkämpft und zahllosen Gegnern Blut und Leben genommen hatte. Er sehnte sich danach, es ihm gleichzutun. Am liebsten hätte er das Runenschwert sofort gegen einen Feind geführt.

Erst nach einer ganzen Weile bemerkte er, daß Amke ihn rief. Ärgerlich wandte er den Blick von seiner Beute.

»Ich dachte schon, du wärst im Stehen eingeschlafen!« rief Amke über das Wasser. »Willst du in der Höhle bleiben, bis es Nacht wird?«

Sie hatte recht. Die Kraft der durch den Schacht einfallenden Sonnenstrahlen ließ nach. Mißmutig verstaute Siegfried den Stahl in seinem Ledersack, den er wieder sorgfältig auf seinen Rücken band.

Als er in den See stieg, blickte er sich forschend um. Jetzt schien ihm ein zweites Ungeheuer gar nicht mehr so verlockend. Zum Glück war alles ruhig. Auf dem kürzesten Weg schwamm er zurück und erreichte unbehelligt das Ufer.

»Hat es sich gelohnt?« fragte Amke, während sie besorgt auf seinen zerschundenen Leib blickte.

»Gewiß.« Er klopfte auf den Ledersack. »Ich habe, was ich wollte.«

»Zum Glück, es war gefährlich genug.«

Siegfried lächelte. »Um das Schwert zu bekommen, hätte ich auch einen Drachen erschlagen.«

»Es gibt keine Drachen«, belehrte ihn Amke. »Außer in den Märchen.«

»Früher soll es welche gegeben haben.« Siegfried sah auf den Ledersack mit seiner Beute und stellte sich vor, wie es sein würde, das Runenschwert im Kampf zu führen – unbesiegbar zu sein. »Falls es noch einen Drachen gibt, werde ich ihn aufspüren und töten!«

»Ja, gewiß«, erwiderte Amke; es klang eher belustigt als überzeugt. »Darf ich das so wertvolle Stück einmal aus der Nähe sehen?«

»Nein!« antwortete er schroff und preßte den Sack an seinen Leib. Er las in Amkes Gesicht Enttäuschung über sein Mißtrauen. Es schmerzte ihn, aber dann gewann der Gedanke an sein Geheimnis die Oberhand. Er durfte es mit niemandem teilen, jedenfalls jetzt noch nicht. Erst, wenn er beide Schwerthälften zusammengeschmiedet hatte.

Wenn er, Siegfried von Xanten, der Herr des Runenschwertes war!

Kapitel 7

Da ist er ja!« stieß Siegfried überrascht hervor, als er sich durch das enge Loch zwängte und, geblendet vom Tageslicht, mit zusammengekniffenen Augen ins Freie trat. Unbeschadet hatten sie den beschwerlichen Rückweg durch die Schlangenhöhle hinter sich gebracht, ohne daß sich auch nur eine Schlange gezeigt hätte.

»Wer?« fragte Amke, die ihm folgte.

Siegfried deutete auf den Hengst, der zwischen

den Heidelbeersträuchern stand und von den kleinen Früchten naschte. »Ich dachte, du hättest ihn zurückgeschickt.«

»Nicht zurückgeschickt, nur losgebunden.«

Achtlos ließ Siegfried seine Fackel auf einen Felsen fallen und lief auf die Lichtung, zu seinem Pferd, das sich über seine Liebkosungen freute. Die Zügel waren um einen Heidelbeerstrauch geschlungen. »Du mußt dich irren, Amke. Graufell ist fest angebunden!«

Die Friesin lief zu ihm. Sie mußte zugeben, daß Siegfried recht hatte. »Aber ich weiß genau, daß ich seine Zügel von dem Strauch gelöst habe. Ich habe doch überlegt, ob ich zurück ins Lager reiten soll.«

»Vielleicht warst du so aufgeregt, daß du nur gedacht hast, du hättest Graufell losgemacht«, mutmaßte Siegfried.

Amke war fast geneigt, ihm recht zu geben, da schnippte sie plötzlich mit den Fingern. »Ich habe mich nicht getäuscht! Ein anderer muß Graufell festgemacht haben. Denn dies war nicht der Strauch, an den du ihn gebunden hast, Siegfried. Dieser hier ist viel höher!«

Er mußte zugeben, daß sie die Wahrheit sprach. Aber wer hatte das Pferd wieder angebunden?

Der Graue Geist? Aus welchem Grund?

Der Falke? Wohl kaum. Er mochte ein ebenso

kluges wie starkes Tier sein, aber zum Anbinden eines Pferdes ebensowenig in der Lage wie Graufell selbst. Oder war der Falke gar kein Tier? War es kein Zufall, daß er und der Graue Geist hier und an der Wolfsburg gemeinsam auftauchten? Gab es ein menschenähnliches Wesen, das die Gestalt eines Vogels annehmen konnte?

Diese Überlegungen waren so verwirrend und beunruhigend, daß Siegfried froh war, als Amke ihn ablenkte. Sie wollte auf der Lichtung und im Wald ein paar Kräuter suchen, um seine Wunden zu behandeln.

»So etwas kannst du?« fragte er erstaunt.

Amke antwortete mit einem koketten Augenaufschlag. »Bei uns Friesen lernt eine vornehme Frau nicht nur sticken. Man sagt, nur ein Friesenmädchen könne eines wackeren Recken Weib sein.«

»So viele Friesenmädchen wird es kaum geben, leider.« Er warf einen mißtrauischen Blick zum Waldrand und sagte: »Geh nicht zu weit in den Wald. Und falls du etwas Ungewöhnliches bemerkst, ruf mich sofort!«

»Ganz wie Ihr befehlt, werter Ritter«, lachte sie und lief über die Wiese.

Siegfried sah ihr nach. Warum mußte sie ausgerechnet König Hariolfs Tochter sein?

Als sie zurückkam, hatte er mehrere Handvoll Heidelbeeren gepflückt. Er fütterte abwechselnd sie und sich selbst mit den Beeren, während Amke ihm Kräuterverbände anlegte. Sie riß dazu Stoffstreifen aus ihrem Kleid. Siegfried fühlte sich wohl in ihren Händen und wünschte sich, es könnte immer so sein.

Viel zu schnell mußten sie die Lichtung verlassen. Aber der Tag neigte sich der Abenddämmerung zu. Als Graufell mit seinen beiden Reitern in den Wald eintauchte, herrschte zwischen den Bäumen schon ein ungewisses Halbdunkel.

Das Jagdlager konnte nicht mehr weit sein, als dumpfer Hufschlag, der nicht von Graufell stammte, auf dem weichen Waldboden erklang. Aus der Düsternis löste sich ein großer Schatten. Zwischen hohen Tannen hielt der Fremde an.

Siegfried zügelte sein Tier und zog den Dolch aus der Scheide. Jetzt vermißte er den Spieß, der irgendwo auf dem Grund des Höhlensees lag. Wäre Amke nicht bei ihm gewesen, hätte er sich nicht so große Sorgen gemacht. Solange sie hinter ihm saß, würde er sich nur schwer verteidigen können.

Leise raunte er ihr zu: »Wenn ich dir ein Zeichen gebe, springst du vom Pferd!«

»Was flüstert Ihr?« erscholl eine fremde Stimme. »Nennt lieber Euren Namen!«

»Nennt Euren zuerst, Fremder!« erwiderte Siegfried mit ebenso lauter, herrischer Stimme.

»Das ist Harko!« rief Amke.

»Amke?« fragte der Schattenreiter.

Er setzte sein Pferd in Bewegung. Es war ein kräftiger, starkknochiger Mausfalbe. In dem wuchtigen, schwarzledernen Sattel saß Prinz Harko im vollen Jagdgewand, an der Hüfte ein Schwert, den Schild an den Sattel gehängt und einen Spieß in der Rechten.

»Endlich habe ich dich gefunden, Amke! Wir haben uns große Sorgen um dich gemacht, als dein Pferd ohne dich ins Lager zurückgekehrt ist.«

»Goldflimmer?« rief Amke erfreut aus.

»Das Tier war völlig verängstigt und zerschunden. Seitdem suchen wir dich überall.«

»Ich war bei Siegfried.«

»Das sehe ich«, stieß der Friesenprinz mißmutig hervor. »Aber es bereitet meinen Augen keine Freude. Es schickt sich nicht für die Prinzessin von Friesland, sich allein mit einem Jungen im Wald herumzutreiben!«

»Wir haben uns nicht herumgetrieben!« rief Amke wütend.

»Wieso seht ihr so mitgenommen aus?«

»Siegfried ... er hat mich vor einem Bären gerettet. Wäre Siegfried nicht gekommen, hätte der Bär mich getötet!«

»Wo ist denn dieser gefährliche Bär? Habt Ihr Eure Beute nicht mitgebracht, edler Siegfried?«

»Ich pflege lebende Bären nicht an der Leine spazierenzuführen. Hätte ich gewußt, daß ich auf Euch treffe, Prinz Harko, hätte ich es gewiß getan.«

»Wieso lebt der Bär noch, wenn Ihr gegen ihn gekämpft habt?« fragte Harko.

»Weil er vor mir geflohen ist«, erklärte Siegfried.

Harko stieß ein lautes, abgehacktes Lachen aus. »Mir scheint, der einzige Bär, mit dem wir es hier zu tun haben, ist der, den Ihr und meine Schwester mir aufbinden wollt!«

Siegfried konnte kaum noch an sich halten. Bisher hatte er alles geschluckt: Harkos überheblichen Tonfall und die unterschwelligen Unterstellungen, aber Amke und ihn offen als Lügner hinzustellen, das ging gegen seine Ehre.

»Wäre Eure Schwester nicht bei mir, würde ich Euch ganz etwas anderes aufbinden, Friese!«

Das aufgesetzte Lachen verschwand schlagartig aus Harkos Gesicht. Er stieß den Speer mit der Spitze ins Erdreich und stieg aus dem Sattel. »Nur zu, laßt Euch durch Amke nicht stören, Niederländer!«

Noch bevor Amke ihn zurückhalten konnte, war auch Siegfried vom Pferd gestiegen.

»Ich sehe, daß Ihr noch kein Schwert tragt, also

wollen wir ganz ohne Waffen kämpfen!« Harko legte sein Wehrgehänge ab.

Auch Siegfried nahm den Dolch aus der Scheide und rammte die Klinge in den Boden. Bevor er sich aufgerichtet hatte, war Harko schon heran und riß ihn um. Erst als Siegfried stürzte, vernahm er Amkes warnenden Ruf. Sie warnte ihn, nicht ihren Bruder!

Siegfried schleuderte Harko über sich hinweg und sprang auf die Füße. Ein wenig benommen plagte sich auch der Friese wieder auf. Er mochte sehr kräftig sein, war aber anscheinend nicht so flink und gewandt wie Siegfried.

Der Xantener stürmte auf Harko zu, verlangsamte aber plötzlich seinen Lauf und erkannte, daß sein Gegner sich nach links abducken wollte. Also warf sich Siegfried in dieselbe Richtung und riß Harko mit sich.

Amkes Bruder lag unter ihm und versuchte vergebens, Siegfrieds große, kräftige Fäuste abzuwehren. Immer wieder trafen sie das Gesicht des Friesen. Blut floß aus Harkos Nase.

Amke war längst abgestiegen und zerrte an Siegfrieds Schultern, flehte ihn an, von ihrem Bruder abzulassen. Vergebens. Er hörte ihre Worte nicht. Es war wie ihm Rausch. Er fühlte in sich dieselbe Kraft wie in der Schlangenhöhle, als er die Spitze des Runenschwertes in Händen gehalten hatte.

Amke wollte Siegfrieds Leib umfassen, seine Arme festhalten. Er schleuderte sie mit solcher Gewalt zurück, daß sie stolperte und zu Boden stürzte.

Erneut schlug er auf Harko ein, wieder und wieder. Der Friese wehrte sich kaum noch, war halb besinnungslos. Aber Siegfried hörte nicht auf, konnte es nicht ...

Bis ihn etwas mit schmerzvoller Härte an der Schulter traf. Er verlor das Gleichgewicht und stürzte neben Harko auf den Waldboden. Über sich sah er einen Reiter, der sich rot gegen den dunkelblauen Abendschimmer abzeichnete. Rot schimmerte die Kleidung, rot das Pferd und rot das narbige Raubvogelgesicht.

»Seid Ihr ein Prinz oder ein Mörder, Siegfried von Xanten?« fragte Markgraf Onno und blickte aus dem Sattel seines Rotfuchses auf den Xantener hinab. »Wißt Ihr nicht, wann ein Recke den Kampf einzustellen hat, will er nicht seine Ehre verlieren?«

Siegfried antwortete nicht. Sein Blick wanderte von Onno über den blutenden, reglosen Harko bis zu Amke, die am Boden kauerte und ihn anstarrte. Er las in ihren Augen Vorwurf und, fast noch schlimmer, Unverständnis. Sie waren sich heute so nahe gewesen, und jetzt sah Amke ihn wie einen Fremden an.

Der friesische Markgraf stieg vom Pferd und kniete sich neben Harko. Einen Augenblick lang sah sich Siegfried versucht aufzuspringen, Harkos im Boden steckenden Spieß zu greifen und ihn zwischen Onnos Schultern zu jagen. Wenn er Onno und Harko tötete, war das nicht eine angemessene Rache für König Siegmunds Tod im Friesenland? Schon im nächsten Augenblick schämte er sich für diesen Gedanken. Einen Mann hinterrücks zu töten, der das Gastrecht in den Niederlanden genoß! Wie konnte er überhaupt an so etwas denken?

»Harko kommt langsam wieder zu sich«, brummte Onno. »Ich weiß nicht, worum Euer Streit ging, Prinz Siegfried. Aber Ihr und Harko solltet Euch hier und jetzt versöhnen oder zumindest einen Waffenstillstand schließen. König Hariolf setzt auf seinen Besuch ebensogroße Hoffnungen wie Eure Mutter, die Königin Sieglind. Ihr würdet beide arg enttäuschen.«

Siegfried sah ein, daß der Markgraf recht hatte. Gleichzeitig ärgerte es ihn, daß er sich von einem Friesen über sein Verhalten belehren lassen mußte. Mißmutig kehrte er mit Onno, Harko und Amke ins Jagdlager zurück.

Über den Feuern briet das Fleisch der erlegten Tiere, und überall duftete es nach frischem Brot und deftigen Pasteten. Wein, Met und Bier flossen in Strömen. Doch all das vergaßen die von den Tafeln aufspringenden Edelleute, als sie den kleinen Reitertrupp erspähten.

Nachdem sich die Aufregung um Amkes Verschwinden und ihre späte Rückkehr gelegt hatte, erzählten die vier Heimkehrer eine Geschichte, die aus Dichtung und Wahrheit bestand. Der Streit zwischen Siegfried und Harko wurde ebenso verschwiegen wie das Abenteuer in der Schlangenhöhle, dafür wurde Siegfrieds Kampf mit dem Bären ausgeschmückt, um seinen arg zerschundenen Leib zu erklären. Prinz Harko dagegen mußte sich mit einem simplen Sturz vom Pferd bescheiden, was ihn sichtlich erzürnte. Markgraf Onno achtete darauf, daß keine offene Mißstimmung zwischen Friesen und Niederländern auftrat.

Endlich war alles erklärt. Siegfried, Amke, Harko und Onno setzten sich zu König Hariolf, Graf Reinhold, Bischof Severin und anderen hochstehenden Herren an die Tafel der Königin. Das kräftige Holz bog sich fast unter dem reichlichen Mahl, das die Aufwärter um immer neue Köstlichkeiten ergänzten.

Aber Siegfried aß kaum etwas. Er dachte an das Runenschwert und an die Enttäuschung, die er jedesmal zu sehen bekam, wenn sein Blick den von Amke kreuzte. In ihm wollte keine rechte Freude darüber aufkommen, daß ihm jetzt auch die zweite Hälfte der magischen Waffe gehörte. Er fragte sich, ob er an diesem aufregenden Tag mehr verloren als gewonnen hatte.

Kapitel 8

Nach altem Brauch sollte Siegfried die letzten Tage vor seiner Schwertleite in Abgeschiedenheit verbringen, um sich unter der Aufsicht seines Zuchtmeisters auf das bedeutsame Fest vorzubereiten. Er würde nicht nur in den Kreis der waffenfähigen Recken aufgenommen, sondern zugleich zum Nachfolger Siegmunds ernannt werden. Sieglind würde fortan nicht mehr die führende Rolle im Reich der Niederlande spielen, sie würde allmählich an Einfluß verlieren und ihrem Sohn bald nur noch eine Ratgeberin sein.

Obgleich es die Trennung von Amke und seiner Mutter bedeutete, fühlte sich Siegfried erleichtert, als er mit Reinhold zur Schwertburg zurückkehrte. Die große Stadt Xanten war ihm nach der Rückkehr von der Jagd beklemmend eng erschienen. Vielleicht lag es an den unangenehmen Blicken, die ihn trafen: Haßerfüllt begegnete ihm Harko, vorwurfsvoll und traurig Amke.

Er ging allen aus dem Weg, bis er endlich mit Reinhold zur Schwertburg reiten durfte. Das alte, vom Rhein umspülte Gemäuer war ihm in den letzten Jahren eine zweite Heimat geworden, nicht weniger vertraut als die Königsburg von Xanten. Hier war er zum Mann gereift und hatte Freunde gefunden, die wiederzusehen er sich freute: Otter und Wieland.

Sobald Siegfried und Reinhold mit kleiner Bedeckung Xanten verlassen hatten und im lockeren Trab zwischen Feldern und Weiden dahinritten, fühlte Siegfried einen stechenden Schmerz in seinem Herzen. Er bedauerte, ohne ein klärendes Wort von Amke fortgeritten zu sein. Wenn er ein Mann sein wollte, mußte er kämpfen, nicht nur um Gold und Ehre, sondern auch um die Frau, die er liebte. Aber es war noch nicht zu spät, beruhigte er sich. Er würde bald in die Königsstadt zurückkehren und dann ein Mann sein, ein Recke, der Träger des Runenschwertes!

Als Siegfried auf der Schwertburg seine Kammer betrat, um die Schwertspitze der anderen Hälfte beizufügen, war seine Erregung so groß, daß seine Glieder zu zittern begannen. Nach einem prüfenden Blick zur Tür und der erleichternden Feststellung, daß sie verschlossen war, zog er die schwere Holzkiste unter dem Bett hervor. Mit fliegenden Fingern griff er in den Lederbeutel an seinem Gürtel, der den eisernen Schlüssel enthielt.

Siegfried schloß den Kasten auf – und zögerte plötzlich, den Deckel aufzuklappen. Was, wenn der Schwertgriff verschwunden war?

Unsinn! sagte er sich.

Mit einer entschlossenen Bewegung schlug er den Deckel hoch und sah das Wolltuch, in das er die in der Wolfsburg erbeutete Schwerthälfte gewickelt hatte. Hastig zog er das Tuch auseinander – und blickte auf den Schwertgriff, erleichtert und aufgewühlt zugleich.

Andächtig, beinah zärtlich strich er über den vergoldeten Griff und die mit Gold verzierten Runen, bevor er die Spitze danebenlegte. Stärker als je zuvor spürte er den seltsamen Zauber, der von dem Schwert ausging. Die Schwertmagie schien auf ihn überzugehen, während er gleichzeitig die Magie beeinflußte. Mensch zu Stahl und Stahl zu Mensch.

So fühlte er, während seine Hände wieder und wieder über die Waffe strichen. Er stellte sich vor, wie beglückend es erst sein mußte, wenn das Schwert wieder zusammengefügt war, eine unschlagbare Waffe in seinen Händen!

Aber wie sollte er die Teile zusammenschmieden?

Die Schwertleite fand schon in fünf Tagen statt. Wenig Zeit für Siegfried, heimlich aus dem zerbrochenen Schwert ein ganzes zu schmieden. Gewiß, Reinhold hatte ihn die Schmiedekunst gelehrt. Aber was war, wenn Siegfried einen Fehler beging? Wenn er die Magie des Runenschwertes für immer zerstörte?

Dieser Gedanke hielt Siegfried davon ab, in der Nacht in die Schmiede zu schleichen und ganz allein die Schwerthälften zu vereinen. Er benötigte Hilfe, die Hilfe des besten und erfahrensten Schmieds im ganzen Königreich. Die Hilfe Reinholds!

Im Durchgang zum Speisesaal der Schwertburg, wo er Reinhold zu finden hoffte, schlugen Siegfried Gelächter und Gesang entgegen, der von Leiermusik begleitet wurde. Es hatte einen fahrenden Sänger auf die Burg verschlagen, einen noch sehr jungen Burschen, den sie Volker riefen.

Alle Holzbänke war voll besetzt. Einige Burgbewohner hockten sogar auf dem nackten Steinboden und hatten bei den niedrigen Tafeln keine Schwierigkeiten, die Speisen zu erreichen. Zwischen den Tafeln und Bänken eilten die Aufwärter mit großen Krügen und Platten umher, auf denen sich Fleisch, Fisch und Käse häuften. »Wer auf der Schwertburg lebt, arbeitet wie ein Knecht«, pflegte man zu sagen, »aber er tafelt wie ein König.«

Siegfried erhaschte die Blicke von Otter und Wieland, die an der Tafel der Schmiedeburschen saßen. Wieland sah nur kurz auf und widmete sich dann wieder der klobigen Hühnerkeule in seinen vor Fett triefenden Händen. Otter aber stellte den irdenen Bierkrug beiseite und schaute neugierig zu seinem königlichen Freund, der nach einwöchiger Abwesenheit zurückgekehrt war und noch keine fünf Worte mit ihm gewechselt hatte. Auch jetzt stand Siegfried nicht der Sinn nach einer Unterhaltung mit dem Findeljungen.

Der Xantener tat, als wische er sich etwas aus den Augen, um den Blicken Otters auszuweichen. Dann entdeckte er die Tafel der Schmiede, an der Reinhold saß. Seine dröhnende Stimme verstummte nur, wenn er von einer großen Pastete abbiß oder das silberbeschlagene Trinkhorn zum Mund führte.

Während Siegfried noch überlegte, ob es klug war, mit seinem geheimnisvollen Bündel unter dem Arm durch den Speisesaal zu gehen, stand Reinhold plötzlich auf, wischte mit einem flekkigen Tuch über seinen Mund und kam auf ihn zu. Unwillkürlich trat Siegfried ein, zwei Schritte zurück in den halbdunklen Steinbogen des Durchgangs.

»Lauf nicht fort, Siegfried!« rief Reinhold. »Meine Beine sind nicht mehr so jung, und ein Wettlauf wäre nach dem reichlichen Mahl für mich eine doppelt schwere Probe. Du bist doch gekommen, um mich zu sprechen, nicht wahr?« Er postierte sich vor Siegfried und hüllte ihn mit dem Geruch von süßlichem Met und einer würzigen Schinken-Zwiebel-Pastete ein.

»Ja, Meister Reinhold. Aber woher wißt Ihr ...«

»Ich habe es gelesen.«

»Gelesen?« wiederholte Siegfried, ohne zu begreifen. In wenigen Tagen wollte er ein Mann sein, doch gegenüber Reinhold kam er sich oft noch wie ein dummer Junge vor.

»In deinen suchenden, fragenden Augen las ich es«, erklärte Reinhold. »Den Blick eines anderen zu lesen ist ebenso wichtig, wie Latein und Französisch zu verstehen. Zuweilen, besonders wenn es auf Leben und Tod geht, noch wichtiger.«

Siegfried nickte und sagte: »Ich will Euer Mahl nicht stören, aber ich möchte Euch etwas zeigen, Graf Reinhold.«

Der Waffenschmied deutete auf das zusammengelegte Wolltuch, das Siegfried bei sich trug.

Siegfried trat einen Schritt zur Seite, um Reinholds Stallmeister samt Frau und Kindern in den Speisesaal zu lassen, bevor er antwortete: »Bitte nicht hier, Meister. Ich möchte das Päckchen gern unter vier Augen öffnen.«

»Klingt geheimnisvoll«, brummte Reinhold mit leicht gerunzelter Stirn und lächelte dann. »Ich bin gesättigt, und die Dämmerstunde ist die rechte Zeit für ein solches Unterfangen. Geh also voran, ich folge dir!«

Erleichtert wandte sich Siegfried um und schritt hinaus auf den Burghof, der im bläulichen Abenddämmer lag. Aus einigen Fensteröffnungen drang Kerzenschimmer, der sich im Zwielicht des schwindenden Tages verlor. Knechte und Mägde liefen über den Hof, brachten Vorräte in die Küche oder versorgten die Tiere in den Stallungen. Das Mekkern der Ziegen, das Blöken der Schafe und Rinder sowie Pferdegewieher bildeten einen eigenartigen Kontrast zu der Musik im Speisesaal.

Siegfried eilte weiter, auf der Suche nach einem verlassenen, ruhigen Ort. Die Schmiedehütten, die am Rand der Burganlagen einen hufeisenförmigen

Hof bildeten, lagen schweigend und dunkel. Unter der alten Linde, die dem Schmiedehof ein natürliches Dach schenkte, hielt Siegfried an und blickte sich um.

»Außer uns ist niemand hier.« Reinhold wirkte belustigt. »Oder soll ich noch Wachen aufstellen, damit keiner den Hof betritt?«

Siegfried schüttelte den Kopf. Er kniete sich hin und wickelte das Tuch auseinander, das er auf den Boden unter der Linde legte. Der Himmel warf noch genug Licht, um die beiden Schwerthälften deutlich hervorzuheben. So deutlich, daß es wirkte, als leuchte das Runenschwert, als gehe ein unwirklicher blauer Schimmer von ihm aus.

Reinhold ließ sich langsam neben seinem Ziehsohn auf die Knie sinken und betrachtete schweigend und mit ungläubig aufgerissenen Augen den Stahl. Auf dem Schmiedehof war es so still, daß Gelächter, Gesang und Musik aus dem Speisesaal deutlich zu vernehmen waren. Reinholds Lippen öffneten sich und sprachen lautlose Worte. Selten hatte ihn Siegfried so fassungslos erlebt.

Der Schmied räusperte sich, riß seinen Blick von dem zerbrochenen Schwert los und wandte sich seinem Schützling zu: »Du hast es also wirklich getan!« Seine Stimme zitterte. In den Worten schwang eine Vielzahl von Gefühlen mit: Überraschung, Anerkennung, aber auch ein deutlicher

Vorwurf. »Hattest du mir nicht versprochen, dir alles gut zu überlegen?«

»Mir wurde klar, daß ich das Erbe meines Vaters nicht verleugnen darf. Was für ein König wäre ich, hätte ich nicht versucht, das Runenschwert zu erlangen?«

»Die Worte eines Mannes«, seufzte Reinhold, während er abwechselnd Siegfried und das Schwert betrachtete. »Allmählich beginne ich zu verstehen. Ich nehme an, daß dein Ausflug am Jagdtag dich zur Schlangenhöhle geführt hat?«

»Ja, Herr.«

»Und Prinzessin Amke?«

»Ich mußte sie mitnehmen, nachdem ihr Pferd vor dem Bären geflohen war. Aber sie weiß nichts von dem Schwert.«

»Das ist auch besser so«, sagte Reinhold leise. »Die Friesen haben keine gute Erinnerung an das Runenschwert und an den Feldzug, auf dem König Siegmund die magische Klinge führte.« Er lächelte plötzlich. »Die Wolfsburg hast du vermutlich in der Nacht besucht, bevor wir nach Xanten aufgebrochen sind?« Siegfried nickte eifrig und wollte von seinen unglaublichen Abenteuern erzählen.

»Nicht hier«, ermahnte ihn Reinhold. »Auch wenn der Hof verlassen scheint, kann hinter vielen Ecken ein heimlicher Lauscher verborgen sein. Gehen wir in die Schmiede!«

Sorgsam legte Siegfried sein Bündel zusammen und nahm es auf, bevor er Reinhold in eine der Schmiedehütten folgte. Der Schmied verschloß hinter ihm die Tür und schlug auch die Klappen der scheibenlosen Fenster zu. Das blauschwarze Himmelslicht, das durch den Rauchabzug einfiel, war kaum noch wahrzunehmen. Dafür lag auf dem ganzen Raum ein rötlicher Glanz, den die noch glimmenden Kohlen in der Esse ausstrahlten.

Reinhold griff nach der klobigen, rußgeschwärzten Laterne, die an einer Deckenverstrebung hing. Er löste sie vom Haken und ging mit ihr zur Esse. Er nahm eine der unzähligen Zangen, die an einem dicken Draht vor der Esse aufgehängt waren, und griff damit ein rotglühendes Kohlenstück, das er so lange an das Lampenöl hielt, bis es sich entzündete. Als er die Laterne an ihren angestammten Platz zurückhängte, verbreitete sich ein seltsamer Geruch in der Schmiede. Es roch nach Wald, nach den Beeren, aus denen das Öl gewonnen war.

»Jetzt berichte«, sagte Reinhold. Er setzte sich auf einen wuchtigen Rüsterblock, lehnte den Rücken gegen den Amboß und sah seinen Schüler neugierig an.

Siegfried blieb stehen. Er legte sein Bündel auf eine steinerne Werkbank und erzählte von seinen Abenteuern in der Wolfsburg und in der Schlangenhöhle, von dem einäugigen Wolf und der einäugigen Wasserschlange, von der Königsotter, von dem roten Falken und auch von der schemenhaften Gestalt, dem Grauen Geist. Sogar von dem Streit mit Prinz Harko berichtete er.

»Bei allen Göttern der Alten!« rief Reinhold aus, als Siegfried geendet hatte. »Selbst unser wackerer Spielmann hätte kaum eine unglaublichere Geschichte erzählen können.«

»Ihr glaubt mir nicht?« fragte Siegfried enttäuscht.

»Doch, jedes Wort. Der Beweis liegt dort auf der Werkbank. Trotzdem sind es erstaunliche Abenteuer, die du bestanden hast. Fast noch erstaunlicher ist es, daß du noch lebst! Deine Mutter hätte mich im Rhein ersäufen lassen, hätten die Bestien dir etwas angetan!«

»Es waren wirklich seltsame Bestien. Ich möchte wissen, ob es nur Tiere waren. Und warum erschien zweimal der rote Falke, um mir zu helfen?«

»Tiere können manchmal mehr als Tiere sein, so wie Menschen zuweilen mehr als Menschen sind«, lautete Reinholds rätselhafte Erwiderung. »Vielleicht war der Falke nur ein Vogel und hatte trotzdem den Auftrag, dich zu schützen.«

»Einen Auftrag.« Siegfried überlegte. »Ja, so schien es tatsächlich. Aber wer hat ihm den Auftrag erteilt?«

Reinhold blickte auf das Päckchen mit dem

Runenschwert und sagte: »Vielleicht ...« Dann erstarb seine Stimme, seine Stirn umwölkte sich, und er schüttelte den Kopf.

»Was wolltet Ihr sagen, Meister?«

»Mir kam da eben ein Gedanke. Aber das ist natürlich Unsinn. Aberglaube, würde Bischof Severin sagen.«

»Vieles, was ich in den letzten Tagen erlebt habe, würde der Bischof nicht verstehen.«

»Da hast du wohl recht, Siegfried.« Reinholds Schmunzeln galt offenbar der Vorstellung, wie der Bischof von Xanten auf die Geschichte von Siegfrieds Abenteuern reagiert hätte. »Mein Gedanke allerdings würde Seine Eminenz zutiefst erschrekken. Ich dachte daran, daß der rote Falke das Wappentier des Xantener Königshauses ist. Und mir fiel der Glaube der Alten ein, die Seelen Verstorbener könnten in Tiere fahren.«

»Die Seelen Verstorbener ...« Siegfried sprach die Worte leise und nachdenklich mit nach innen gekehrtem Blick. Als er die Bedeutung von Reinholds Äußerung erkannte, zerriß der Schleier, der sich auf seine Augen gelegt hatte. Er starrte den Lehrmeister an, als habe sich dieser in ein Untier verwandelt, in den Riesenwolf oder die Wasserschlange. Oder in den roten Falken! »Ihr wollt damit doch nicht sagen, daß mein Vater den Falken gesandt hat?«

»Das war meine heidnische Überlegung. Gewiß

ein Frevel in den Augen eines Christen. Allerdings ist auch die Heilige Schrift voll von Wundern.«

»Habt Ihr Beweise für Eure Annahme?« Erregt ging Siegfried zwischen Esse und Werkbank hin und her.

»Das ist keine Sache des Beweises, sondern des Glaubens und Fühlens. Und nicht auf mich kommt es dabei an, sondern ganz allein auf dich, Siegfried. Wenn du glaubst, daß der Falke ein Bote von König Siegmund war, daß dein Vater dir sein Erbe anvertrauen will, dann solltest du das Runenschwert tragen. Andernfalls hättest du die Schwerthälften besser in der Wolfsburg und in der Schlangenhöhle gelassen.«

Zwar war Siegfried von der Offenheit überrascht, mit der Reinhold über Dinge sprach, die von der Kirche als Heidentum verteufelt wurden. Aber insgeheim hatte der junge Xantener ähnliche Überlegungen über den roten Falken angestellt. Wenn der Raubvogel ein Freund und Retter war, warum dann nicht ein Bote des Vaters? Hatte Siegfried an dem Abend, als er zur Wolfsburg ritt, nicht geglaubt, König Siegmunds Gesicht in den Wassern des Rheins zu sehen?

Er erzählte Reinhold, wie er darüber dachte.

»Ich halte deine Gedanken für weise, Siegfried. Die Götter sind mit dir.«

»Wirklich?« fragte er zweifelnd. »Was ist mit dem

grauen Schemen, den ich mehrmals sah, dem Grauen Geist?«

»Vielleicht war es nur eine Ausgeburt deiner Phantasie.«

»Aber auch Amke hat ihn an der Schlangenhöhle gesehen.«

»Auch sie kann sich getäuscht haben. Wenn dort aber tatsächlich etwas war, einem Menschen ähnlich, aber doch keiner, so würde ich dabei an den Falken denken. Wer ihn geschickt hat, hat wissen wollen, ob der Vogel dir wirklich Rettung brachte.«

Ein seltsames Gefühl ergriff von Siegfried Besitz. Als wäre er eingehüllt von Wärme und Zuneigung. Niemals in den fünf Jahre seit dem Friesenfeldzug hatte er sich seinem toten Vater so nah gefühlt.

»Wir wollen uns an die Arbeit machen«, rief Reinhold und ging zur Werkbank.

»In der Nacht?« fragte Siegfried.

»Die beste Zeit, um ungestört zu arbeiten.« Reinhold schlug das Tuch auseinander und berührte das zerbrochene Schwert, ganz vorsichtig, als könne er sich daran die Finger verbrennen. Er umfaßte den vergoldeten Griff, hob ihn an und strich über die goldausgelegten Runen am oberen Ende der Klinge. »Diese Runen sind wahrlich ein Geschenk der Götter!«

Siegfried trat zu ihm und fragte: »Was bedeuten sie?«

»Es sind die beiden ersten Buchstaben des Futharks, des Runenalphabets.« Reinhold zeigte auf die erste der Goldfiguren, die aus einer senkrechten Linie mit zwei aufwärts gebogenen, nach rechts führenden Verästelungen bestand. »Dies ist die Rune Fehu.«

»Das klingt wie Vieh«, wunderte sich Siegfried.

»Das heißt es auch und vieles mehr. Fehu symbolisiert die Kraft der Rinder, die sich auf die Menschen überträgt und zugleich die Kraft der Götter ist. Fehu beinhaltet die Macht, alles zu erreichen, und das Feuer der Schöpfung und Zerstörung.«

»Und diese Rune?« Siegfried deutete auf die andere Klingenseite, die ein hufeisenähnliches Zeichen zierte.

»Das ist Uruz, Fehus Gegenstück, die Rune des mächtigen Urs, des Auerochsen. Auch Uruz steht für die Urkraft und die Macht des Feuers. Wo Fehu und Uruz sich mit dem Segen der Götter verbinden, entsteht eine unüberwindliche Kraft.«

Lange starrte Siegfried auf die Runen, gewiß zwei schöne Verzierungen, die jedem Schmied zur Ehre gereichten. Aber konnten davon wirklich magische Kräfte ausgehen? Er fragte Reinhold, ob er daran glaube.

»Das ist nicht wichtig, Sohn. Nur der muß daran glauben, der das Schwert der Götter führt.«

»Wenn es wirklich von den Göttern stammt, kann es auch magische Kräfte besitzen«, stellte Siegfried zögernd fest. Er war sich unsicher, ob es richtig war, die alten Götter neben den Allmächtigen zu stellen. »Aber kann dieses Schwert nicht ebenso von Menschenhand geschmiedet sein?«

»Natürlich kann es das, jedenfalls ist es sehr alt. Aber wenn es ein Mensch war, können doch die Götter seine Hand geführt haben. Deine Väter glaubten jedenfalls, Wodan selbst habe das Runenschwert dem Stammherrn deines Geschlechts überreicht.«

»Erzählt mir die Geschichte!« bat Siegfried.

»Gern, wenn du derweil das Feuer in der Esse schürst.«

Eifrig machte sich der junge Xantener an die Arbeit, blies mit dem doppelten Blasebalg die Glut der Kohlen an, schüttete neue Kohlen aus einem großen Eimer hinzu und verteilte sie mit dem Schürhaken.

»Das Runenschwert soll den Königen von Xanten schon gehört haben, als sie noch keine Könige und Xanten ein unbedeutender Marktflecken war«, begann Reinhold seine Erzählung. »Damals waren die Niederlande noch unter verschiedene Stämme aufgeteilt, und der Stammvater deines Geschlechts war ein Häuptling unter vielen. Als er eines Abends mit seinen Unterführern bei Wildbret und Met saß, ritt ein heruntergekommener Mann auf einer ärmlichen grauen Mähre ins Lager und erflehte seinen Schutz vor Verfolgern, die ihm ans Leben wollten. Diese waren die besten Krieger eines benachbarten Stammes, und die Unterführer rieten deinem Ahnherrn ab, zur Waffe zu greifen. Warum sollte man einen Krieg riskieren wegen eines fremden Bettlers! Als der Fremde aber erzählte, daß er von den Verfolgern heimtückisch überfallen worden sei, zögerte dein Ahne nicht länger, führte seine Mannen gegen die anstürmenden Nachbarn in den Kampf und schlug sie in die Flucht. Der Fremde bedankte sich, bevor er weiterritt, mit der einzigen Kostbarkeit, die er bei sich trug, dem Runenschwert. Der tapfere und rechtschaffene Häuptling und seine Nachfahren sollten es immer zum Kampf für die rechte Sache führen, lauteten die Worte des Fremden. Erst später dämmerte deinem Vorfahren, daß er keinem Menschen geholfen hatte, sondern einem der Götter, die damals noch in Menschengestalt auf Erden wandelten: dem Herrn der Runen selbst, Wodan. Das Schwert erwies sich als unbesiegbar, führte dein Geschlecht von Sieg zu Sieg und schließlich auf den Königsthron.«

»Und Vater hat es zerbrochen«, rief Siegfried kopfschüttelnd, während er einen Moment innehielt, den Blasebalg zu bedienen. »Warum bloß hat er es entweiht?«

Reinhold öffnete die Lippen zu einer Antwort, schwieg aber und legte den Kopf auf die Seite. Er schien zu lauschen. Ehe Siegfried eine Frage stellen konnte, legte der Schmied den Zeigefinger an die Lippen. Er griff nach einem schweren Hammer, schlich zur Tür, riß sie auf und sprang nach draußen.

Siegfried hörte Stimmen, unterdrücktes Stöhnen und ein paar dumpfe Schläge. Dann kehrte Reinhold zurück, in einer Hand seinen Hammer, die andere fest um den Arm eines schlanken Jungen gekrallt.

»Otter!« staunte Siegfried. »Was suchst du hier?«

»Dich und Meister Reinhold«, ächzte Otter. »Hätte ich geahnt, daß ich verprügelt werde, wäre ich nicht gekommen.«

»Warum bist du überhaupt gekommen?« fragte Reinhold mit harter Stimme.

»Ich sah Euch und Siegfried zur Schmiede gehen und bemerkte den aufsteigenden Rauch. Ich dachte, ihr könntet Hilfe gebrauchen. Ihr müßt eine dringende Arbeit verrichten, wenn ihr die Nacht dafür opfert.«

»Wir schaffen es schon allein«, sagte Reinhold abweisend. »Geh jetzt zurück zur Burg, auf der Stelle! Und plappere nicht herum!«

»Lieber versiegele ich meine Lippen, ehe ich mir von Euch die Zähne ausschlagen lasse, Meister

Reinhold.« Anscheinend hatte Otter seinen Humor schnell wiedergefunden. Er wünschte dem Freund und dem Lehrmeister gutes Gelingen und lief hinaus, zurück zur Burg.

»Ich mag keine Spione!« stieß Reinhold hervor, als er die Tür wieder schloß.

»Ich glaube nicht, daß Otter spionieren wollte. Er ist ein guter Freund.«

»Wenn du ein guter König sein willst, solltest du dir eins merken, Siegfried: Trau keinem, der sich als dein Freund ausgibt. Besonders dann nicht, wenn du nicht weißt, wer er ist und woher er stammt.«

»Aber Otter weiß es selbst nicht.«

»Das spricht nicht für, sondern eher gegen ihn«, brummte Reinhold und blickte zur Esse. »Das Feuer ist heiß genug. Nun wollen wir unsere Kunst versuchen. Jeder erhitzt eine Schwerthälfte. Vergiß nicht, auf was du zu achten hast!«

»Das Wichtigste beim Feuerschweißen ist die richtige Hitze«, wiederholte Siegfried, was er einst von Reinhold gelernt hatte. »Bringt man die beiden Eisen nicht in die richtige Hitze, verschmelzen sie nicht. Macht man sie zu heiß, brennen sie.«

»Und wie erkennt man, wann die Eisen die richtige Hitze erreicht haben?«

»Weiß muß ihr Glühen sein, und die ersten Funken müssen aufstieben wie die liebestollen Männchen der Glühwürmchen.«

»Gut«, lächelte Reinhold und zog grobe Lederhandschuhe über seine Hände. »Lassen wir die Glühwürmchen tanzen!« Er nahm die Schwertspitze und trat an die Esse.

Auch Siegfried zog Handschuhe an und holte dann die zweite Schwerthälfte.

»Achte darauf, daß wir die Eisen gleichmäßig erhitzen«, sagte Reinhold. »Das beste Weißglühen nutzt nichts, wenn ein Eisen später als das andere erglüht.«

Zur gleichen Zeit schoben sie die abgebrochenen Enden der Eisen ins Feuer. Einer achtete auf die Eisenglut des anderen. Hin und wieder gab Reinhold kurze Anweisungen, wie Siegfried sein Eisen halten sollte.

Siegfrieds Spannung war groß und wuchs noch, als die Eisen wie Feuer zu glühen begannen. Das stählerne Feuer wurde weiß, und dann spritzten die ersten Funken davon.

»Es ist soweit!« rief Siegfried.

»Bei mir noch nicht«, erwiderte Reinhold. »Zieh dein Stück ein wenig aus der Kohlenglut!«

Siegfried befolgte die Anweisung augenblicklich, und nur noch wenige Funken stoben von seinem Eisen.

»Jetzt tanzen auch meine Glühwürmchen«, sagte Reinhold zufrieden und nahm das Eisen aus der Esse. »Los, mein Sohn, auf den Amboß!«

Beide legten ihre Schwertteile auf den großen Amboß in der Nähe der Esse. Und schon schwang Reinhold den Hammer. Kräftige, schnelle Schläge verformten das glühende Eisen. Immer wieder traf der klobige, schwere Kopf die beiden Schwerthälften und trieb sie ineinander.

Reinhold arbeitete wie ein Besessener. Schweißtropfen flogen von seiner Stirn, rannen an seinem Gesicht entlang, liefen in seine Augen – es störte ihn nicht. Erst als er sich aufrichtete und den Hammer an den Rüstblock lehnte, wischte er mit dem rußigen Hemdsärmel über seine Stirn.

»Das war's«, keuchte er und starrte auf das Schwert, das wieder eins war. »Die Gabe der Götter ist nicht länger zerbrochen. Jetzt müssen wir die Klinge nur wieder in die richtige Form bringen, härten und schärfen.«

Was Reinhold so beiläufig aufzählte, währte den Rest der Nacht. Er und Siegfried gaben sich Mühe wie niemals zuvor. Besonders Reinhold fand immer noch etwas zu verbessern. Er glättete Stellen, deren Unebenheit Siegfried gar nicht aufgefallen war. Wieder und wieder fuhr der Daumen des Schmieds prüfend an den Schneiden entlang. Endlich war er zufrieden. Durch den Rauchabzug schimmerte schon blaßrot die Morgendämmerung. Vögel zwitscherten jenseits der steinernen Wände. In der Schmiedehütte war es stickig. Siegfried schmeckte den Ruß auf seiner Zunge. Er und Reinhold waren vollkommen verschwitzt und hundemüde. So müde, daß Siegfried es kaum genießen konnte, als er das Runenschwert in der Hand hielt. Zweifel überfielen ihn.

»Traust du unserer Arbeit nicht?« Reinhold schaute ihn fragend an.

»Ich denke an die Schwerter, die ich zerbrach.« Mißtrauisch blickte Siegfried zu dem Abkühlblock, an dem seine Klinge zerschellt war.

»Wenn wir gut gearbeitet haben, hält das Runenschwert auch dem Stahl des Blockes stand«, erriet Reinhold seine Gedanken. »Wenn nicht, sollten wir es möglichst bald feststellen. Also versuche es, Junge! Aber führe das Schwert der Götter nicht voller Zweifel, sondern mit Vertrauen!«

Der junge Xantener spürte das schon bekannte Gefühl der Wärme, das von seinem gesamten Körper Besitz ergriff. Diesmal war es stärker als je zuvor. Wie ein Feuer brannte es in ihm, als würde Siegfried mit dem Runenschwert verschmelzen.

Er öffnete die Augen, trat zum Abkühlblock, hob das Schwert und ließ es auf den Stahlklotz niederfahren. Der Block wurde sauber in zwei Hälften zerteilt. Das Runenschwert war durch den Stahl hindurchgegangen wie durch ein Stück Käse.

Siegfried starrte auf die Klinge. Sie war nicht zerbrochen, zeigte noch nicht einmal eine Schramme.

»Vollkommen unversehrt«, sagte er. »Das ist unmöglich!«

»Nein«, belehrte ihn Reinhold. »Das ist die Macht der Götter, die Kraft der Runen. Unsere Schmiedekunst hat allerdings auch einen bescheidenen Beitrag geleistet.« Zufrieden fuhr seine Hand über die Klinge. »Hart wie ein Fels, scharf wie Wodans Speer.«

Er zupfte einen Wollfaden aus seiner Hose und hielt ihn mit spitzen Fingern hoch. »Halte das Schwert gerade, mit einer Schneide nach oben!«

Siegfried gehorchte, und sein Lehrmeister ließ den Wollfaden los. Sanft wie eine Schneeflocke schwebte er herab und berührte die mehrfach geschliffene Schwertschneide. Wie von selbst teilte sich der Faden in zwei Hälften, die zu beiden Seiten der Klingen entlangglitten und dann weiter zu Boden schwebten.

»Bei Wodan, das ist die schärfste Klinge, die ich jemals sah. Du kannst stolz auf deine Waffe sein!«

»Ja«, sagte Siegfried lahm und wunderte sich, warum er nicht die angemessene Begeisterung aufbringen konnte. Es mußte an der verfluchten Müdigkeit liegen.

Reinhold lachte. »Ein hungriger Krieger ist wie ein reißender Wolf, ein müder Krieger wie eine zahnlose Vettel. Leg dich schlafen, Siegfried. Heute bist du von allen Verpflichtungen befreit.«

»Und das Schwert?«

»Nimm es mit, wenn du möchtest. Aber wickle es wieder ein, wenn du die Überraschung nicht verderben willst.«

Das Gesinde schlurfte bereits durch die Gänge der Schwertburg, um das Frühstück vorzubereiten. Aber die meisten Menschen schliefen noch. Er war froh, niemandem zu begegnen.

Rußig und verschwitzt fiel er auf die schmale Bettstatt und legte das Tuch mit dem Runenschwert darunter. Kaum hatte er sich hingelegt, da träumte er schon von den Heldentaten, die er mit dem Runenschwert vollbringen würde. Von fürchterlichen feuerspeienden Drachen, die er erschlug. Und von funkelnden Schätzen, die er erbeutete.

Und er sah sich an der Seite einer wunderschönen Frau. Seiner Gemahlin? Er wußte es nicht; er konnte sich später nicht einmal an das Gesicht erinnern. Nur daran, daß es eine Königstochter war.

Kapitel 9

Siegfried erwachte gegen Mittag.

Er hatte in der Nacht die Fensterläden nicht geschlossen, daher fielen warme Sonnenstrahlen auf ihn und stachen förmlich in seine blinzelnden Augen. Unruhig wälzte er sich hin und her und drehte sich schließlich auf den Bauch, um nicht länger das störende Licht auf seinem Gesicht zu spüren. Der Himmel mußte wolkenlos sein, die Strahlen der Sonne gleißend. Wahrscheinlich war es draußen so glühend wie in der Nacht die Eisen, als sie von Reinhold zusammengeschmiedet wurden.

Das Schwert!

Plötzlich war Siegfried hellwach. Ein Arm hatte über die Bettkante gehangen, hatte im ruhelosen Halbschlaf den harten Boden befühlt und die Holzkiste unter dem Bett ertastet. Aber nicht das Tuch mit dem Schwert, obwohl es doch vor der Kiste gelegen hatte. Er sprang aus dem Bett und kniete sich auf den Boden. Die Schatztruhe stand unverändert da, aber das Schwert samt Tuch war fort.

Hatte er alles nur geträumt? Die Nacht in der Schmiede, den glühenden Stahl, das zusammengefügte Schwert?

Verwirrt schüttelte er den Kopf und schalt sich einen törichten Narren. Ein Blick auf seine schwarze Kleidung und die schmutzigen Hände und Arme hätte ihm sagen müssen, daß er wirklich in der Schmiede gearbeitet hatte.

Gründlich durchsuchte er die kleine Kammer bis in den letzten Winkel, schaute ins Bett und unter die einfache Matratze, einen strohgefüllten Leinensack. Das Runenschwert blieb verschwunden! Sollten all die Mühen, Abenteuer und Gefahren vergebens gewesen sein?

Mit klopfendem Herzen sprang Siegfried hoch, riß die Tür auf und prallte gegen eine kräftige Gestalt: Reinhold.

»Heiliger Wodan!« rief der Waffenschmied. »Ich wähnte dich schlafend, und jetzt hüpfst du herum wie ein Tollwütiger.«

»Das Schwert!« stieß Siegfried hervor und zeigte in seine Kammer. »Es ist verschwunden!«

»Weil ich es habe.« Reinhold streckte ihm das mit dem Tuch umwickelte Schwert entgegen.

»Aber... ich habe es doch mit in die Kammer genommen...«

»Und ich habe es wieder herausgeholt. Ich fand keinen Schlaf und habe deshalb noch ein paar Verbesserungen an der Klinge vorgenommen.«

»Verbesserungen?« rief Siegfried erstaunt. »Aber das Schwert war doch perfekt.«

«*Jetzt* ist es perfekt!« erklärte Reinhold und reichte Siegfried das schwere Bündel. »Nutze den Rest des Tages, um dich an deine neue Waffe zu gewöhnen. Am besten an einem abgelegenen Ort. Die Haselwiese wäre wohl geeignet.«

Siegfried kannte den Ort, eine große Lichtung, die etwa eine Reitstunde in Richtung Xanten lag. Ihren Namen verdankte sie den Haselsträuchern, die sich in ihrer Mitte wie eine Burg erhoben.

»Ja.« Er nickte und wollte nach dem Runenschwert greifen, aber Reinhold entzog es seinen zupackenden Händen.

»Nicht sofort!« sagte der Schmied mißbilligend. »Zuerst solltest du dir ein Bad gönnen und dann ein ordentliches Mahl einnehmen. Danach ist noch Zeit genug für einen Ausflug zur Haselwiese.«

»Und das Schwert?«

»Ich werde schon darauf achtgeben«, antwortete Reinhold mit einem verständnisvollem Lächeln.

Wenig später stand Siegfried in der Badestube vor einem großen Bottich, aus dem ihm ein würziges Gemisch entgegendampfte. Es roch wie in einer königlichen Apotheke.

Udalrich, der kahlköpfige Bader, begann seine üblichen, langatmigen Erklärungen: »Ich habe so ziemlich alles ins Wasser geschüttet, was einem Kranken guttut: braunen Fenchel, Johanniskraut, Tausendgüldenkraut, Spitzwegerich, Kamille, Malve, Mauerkraut, Stockrose, Sellerie, Nelkenwurz und Grindkraut.«

»Das ist kein Bad, sondern eine Suppe«, meinte Siegfried, während er aus seinen Kleidern stieg.

Anfangs meinte Siegfried, er könne es nicht einen Augenblick in dem heißen, auf angenehme Weise streng duftenden Bad aushalten. Er wollte aufspringen, als ihn tausend glühende Nadeln zwickten. Aber Udalrich drückte ihn unbarmherzig zurück.

Als er endlich aus dem Bad stieg, fühlte er sich nicht erfrischt, sondern wohlig müde.

Beim Essen leistete Reinhold seinem Ziehsohn Gesellschaft. Das ins Tuch gehüllte Runenschwert lag zwischen all den Speisen auf der Tafel, und keiner der Aufwärter schenkte ihm Beachtung.

Anschließend gingen Reinhold und Siegfried in den Pferdestall, wo der gesattelte Graufell von einem Knecht vorgeführt wurde. Der Bedienstete reichte dem Grafen einen edelsteinbesetzten Ledergurt, den Reinhold an Siegfried weitergab. Ein prächtiges Wehrgehänge! Die lange Schwertscheide war mit Leder umkleidet und ebenfalls mit funkelnden Steinen besetzt.

»Das ist für dich, Siegfried. Ich habe es schon ausprobiert, die Klinge paßt genau hinein.« Augenzwinkernd und im flüsternden Verschwörerton fügte Reinhold hinzu: »Eigentlich darfst du erst auf deiner Schwertleite das Wehrgehänge mit dem Schwert tragen, aber auf der Haselwiese wird dich niemand sehen.«

Siegfried war überwältigt von dem kostbaren Geschenk und bedankte sich. Wie er befürchtete, nur höchst unzulänglich. Aber er gierte danach, endlich ungestört mit dem Runenschwert zu üben.

Als Graufell ihn aus der Schwertburg gebracht hatte, hieb er dem Tier die Fersen in die Flanken und trieb es zu größerer Schnelligkeit an, so stark, daß der Hengst vor Schmerz wieherte.

Siegfried und das Schwert waren eins!

Die Kraft, die er aus der Waffe bezog, mußte wirklich Magie sein. Andernfalls hätten seine Muskeln schon schmerzen, hätte er schon erschöpft und völlig außer Atem sein müssen. Doch Stunde um Stunde verging, und der Xantener wurde nicht müde. Manchmal war Siegfried, als schwinge er nicht das Schwert, sondern die Waffe führe ihn.

Graufell, trotz seiner Ausdauer und Kraft nach dem außergewöhnlich scharfen Ritt erschöpft, hatte seinem Herrn eine Weile mehr gelangweilt als interessiert zugesehen. Dann hatte er sich einen Wildbach mit einem saftigen Grasstreifen gesucht und kümmerte sich nicht weiter um Siegfrieds Attacken gegen eingebildete Fabelwesen und harmlose Bäume und Steine.

Deshalb war Siegfried überrascht, als schneller Hufschlag an seine Ohren drang. Es war nicht Graufell, sondern ein kräftiger Mausfalbe, der von seinem Reiter auf die Lichtung getrieben wurde.

Dicht vor Siegfried zügelte Prinz Harko von Friesland sein Tier und blickte den Xantener finster an. »Sieht aus, als hätte hier ein ganzer Trupp Berserker gewütet. Habt Ihr wieder mal einen Bären in die Flucht geschlagen, edler Siegfried?«

So höhnisch wie die Worte war auch Harkos Gesichtsausdruck. Die Lippen zuckten belustigt, doch hingen die Mundwinkel griesgrämig herab. Die immer ein wenig trüb blickenden Augen sahen den Xantener hart, ja haßerfüllt an.

Siegfried ärgerte sich, daß der Friese ihn bei seinen Übungen störte. Und noch mehr über Harkos offene Herablassung, die er sich vielleicht gegenüber einem Bauern oder einem Knecht erlauben konnte, aber nicht gegenüber dem zukünftigen König der Niederlande.

Daher antwortete Siegfried in scharfem Ton: »Ob ich Bären jage oder nicht, geht Euch nichts an, Harko. Ich weiß auch nicht, was Ihr hier zu suchen habt!«

Deutlicher konnte er dem Friesen kaum sagen, daß er unerwünscht war. Aber Harko traf keine Anstalten, die Lichtung zu verlassen. Vielmehr lehnte er sich zu Siegfried vor, stützte den Ellbogen auf den versilberten Sattelknauf und erklärte: »Gehören solch dreiste Reden zu Eurer Art der Gastfreundschaft?«

»Ihr mögt Gast meiner Mutter sein, der meine seid Ihr bestimmt nicht!«

»Weshalb habt Ihr mich herbestellt, wenn Euch meine Gesellschaft nicht behagt?«

»Ich habe Euch herbestellt?« Siegfried lachte trocken. »Da müßt Ihr schlecht geträumt haben!«

»Treibt keine Späße mit mir!« zischte Harko zornig. »Ich bin nicht über zwei Stunden geritten, um mich zum Narren halten zu lassen. Euer Bote sagte, ich solle sofort aufbrechen, um Euch hier zu treffen. Hätte er mich nicht hergebracht, hätte ich die Lichtung gar nicht gefunden.«

»Ich habe Euch niemals einen Boten gesandt, Harko. Aus welchem Grund auch?«

»Um ein Gespräch unter vier Augen mit mir zu führen, wie Euer Bote mir mitteilte. Ich hätte ihn nicht kurz vor dieser Lichtung davonreiten lassen, hätte ich gewußt, daß Ihr den Narren spielt. Er hätte Euch der Lüge überführt.« Harkos dünne Brauen zuckten vor Ungeduld. »Also, redet, Niederländer!«

»Ich habe Euch nicht herbestellt«, erwiderte Siegfried brüsk.

Mit deutlich vernehmbarem Geräusch zog Harko die Luft ein. »Das also ist Eure kindische Art, sich auf Kosten anderer einen Spaß zu erlauben. Mag sein, daß in wenigen Tagen Eure Schwertleite stattfindet, Siegfried, gleichwohl solltet Ihr keinen tödlichen Stahl in Händen halten, sondern besser ein Schwert aus Holz. Regiert kein Land, sondern baut lieber Burgen aus Sand und schlagt Schlachten mit Rittern aus Ton!«

Die Beleidigungen verwandelten Siegfrieds unterschwellig brodelnde Wut in kochenden, überschäumenden Zorn. Der Prinz von Xanten mußte sich so etwas nicht anhören, von niemandem!

Schon gar nicht von einem Friesen, einem Prinzen des Volkes, das Siegfrieds Vater auf dem Gewissen hatte.

Harko richtete sich im Sattel auf und wendete schon den Mausfalben, da rammte Siegfried die Klinge des Runenschwertes in den Boden und stürmte los. Er bekam den Friesen an der Schulter zu fassen. Harko stieß einen erstickten Schrei aus. Ebenso überrascht wie sein Reiter war der Mausfalbe. Er bockte und warf Harko samt Siegfried auf die blumengesprenkelte Wiese.

Während das Pferd bis zum Waldrand lief, um aus sicherem Abstand zu den beiden unberechenbaren Menschen herüberzuschauen, wälzten sich die beiden Kontrahenten durch Gräser, Kräuter und Blumen. Wieder gewann der Xantener die Oberhand, und seine Fäuste rissen die kaum verheilten Wunden in Harkos Gesicht wieder auf. Das Blut des Friesen färbte Siegfrieds Hände rot. Doch der Friese gab sich nicht so schnell geschlagen. Er bekam einen Stein zu fassen, der irgendwo auf dem Boden lag, und schlug zu. Siegfried spürte einen furchtbaren, stechenden Schmerz. Er versuchte gegen die Schwärze anzukämpfen, die ihn zu übermannen drohte.

Als er aus seiner leichten Ohnmacht erwachte, spürte Siegfried einen Druck an seinem Hals. Dicht unter seinen Augen glitzerte gefährlicher Stahl. Schwer atmend und mit blutverschmiertem Antlitz stand Harko über ihm und drückte die Spitze seines Schwertes gegen Siegfrieds Hals. So fest, daß ein dünner Blutfaden unter das Hemd des Xanteners rann.

»Ihr könnt Euch prügeln wie ein Bauer, das habt Ihr zweimal bewiesen«, schnaubte Harko, während Blut aus seiner Nase tropfte. »Aber mit dem Schwert könnt Ihr wohl nur gegen Geister kämpfen, *Ritter* Siegfried!«

Siegfried, der noch im Gras lag, sah zum Runenschwert, das zehn Schritte entfernt im Boden steckte.

»Ich habe mein Schwert nicht zur Hand, sonst würde ich Euch das Gegenteil beweisen.«

»Es ist unehrenhaft für einen Ritter, sich mit einem Jungen zu schlagen. Damit Ihr nicht noch mehr Unheil anrichtet, werde ich Euer Schwert mitnehmen. Ich werde es Eurer Mutter überreichen und ihr sagen, sie soll besser darauf achten, womit ihr Kind spielt.«

Der Gedanke, das Runenschwert zu verlieren, machte Siegfried rasend. Sein rechter Fuß trat gegen Harkos Schwert und hätte dem Friesen fast die Klinge aus der Hand gerissen. Siegfried sprang auf, versetzte dem überraschten Gegner einen Stoß und rannte über die Wiese zu seiner Waffe. Als er seine Hände um den Griff legte, fühlte er, wie das Runenschwert Macht über ihn gewann. Der

Wunsch, den Friesen zu besiegen, wurde so übermächtig wie Siegfrieds Verlangen nach Rache für den toten Vater. Er riß die Klinge aus dem Erdreich und wandte sich um. Harko hielt seine Waffe in beiden Händen und schien zu zögern, ob er angreifen oder Siegfrieds Attacke abwarten sollte. Als er den Stahl in den Händen des Xanteners sah, hob er sein Schwert und stürmte vor. Geschickt wich Siegfried dem Schlag des Friesen mit einem Sprung zur Seite aus, wirbelte herum und schlug selbst zu.

Harko konnte sein Schwert noch zur Abwehr hochreißen, aber es zerbarst unter dem niederfahrenden Runenstahl. Siegfrieds Klinge durchschnitt Harkos Schwert, Harkos Arm und dann Harkos Kehle. Der Friese fiel erst, als sein Haupt schon längst am Boden lag.

Ungläubig starrte Siegfried auf den abgeschlagenen Kopf. Er wehrte sich gegen die Erkenntnis, diese Tat verübt zu haben. Er hatte dem Friesen doch nur eine Lektion erteilen, aber ihn nicht töten wollen! Am Runenschwert klebte Harkos Blut. Als er das sah, rammte Siegfried die Klinge schnell in den Boden.

Nachher konnte Siegfried nicht mehr sagen, wie lange er so über dem zerstückelten Leichnam stand. Kampfeswut und Rachedurst waren erloschen und unendlicher Trauer gewichen. Noch immer wollte er das Unbegreifliche nicht wahrhaben.

Vielleicht hätte er bis in die Nacht dort gestanden, wären nicht sieben Reiter auf der Lichtung erschienen, friesische Ritter, angeführt von Markgraf Onno. Ihre Gesichter waren finster und feindseliger als ein Gewittersturm.

Als Siegfried sie bemerkte, war sein erster Impuls, nach dem Schwert zu greifen und es der Friesenbrut zu zeigen. Dann sah er wieder auf Harkos Leichnam und ließ es bleiben. Er hatte das Gefühl, Strafe verdient zu haben.

Aber Onno griff ihn nicht an, bestrafte ihn nicht. Er redete, doch seine Worte blieben nur verschwommen in Siegfrieds Erinnerung. Onno hatte von der geheimnisvollen Verabredung im Wald gehört, er hatte einen Hinterhalt vermutet und war dem Prinzen mit einer Handvoll Ritter gefolgt. Und zu spät gekommen, wie der narbengesichtige Markgraf bitter feststellte.

»Jetzt ist alles dahin, wofür sich die weisesten Köpfe unserer beiden Reiche lange eingesetzt haben«, sagte er leise. »König Hariolf wird keinen Frieden schließen, ganz im Gegenteil!«

Mit diesen düsteren Worten ritten die Friesen zurück nach Xanten, brachten den toten Harko zu seinem Vater und zu seiner Schwester.

Siegfried blieb zurück, allein mit seiner Schuld und dem blutbefleckten Runenschwert.

Kapitel 10

Am schlimmsten war, daß Amke ihn nur stumm anstarrte. Hätte sie ihren Blick ganz von Siegfried abgewendet oder hätte sie ihm, schreiend oder weinend, Vorwürfe gemacht, hätte er es wohl einfacher ertragen.

Siegfried hatte nicht mit ihr gesprochen; er hätte auch kaum gewußt, was er hätte sagen sollen. Wie sollte er Amke erklären, was er getan hatte, wenn er es selbst nicht verstand!

Dann wieder, besonders in Augenblicken, wenn er seine Hand auf das Schwert legte, sagte er sich, daß Harko sein Schicksal herausgefordert hatte. Dieser eitle Königssohn hatte wegen seiner beleidigenden Reden eine Bestrafung verdient! Und hatte Harko sein Schwert nicht zuerst gegen Siegfried gerichtet?

Hin- und hergerissen zwischen widerstreitenden Gefühlen stand Siegfried auf einem Wehrturm der Xantener Burg und sah zu, wie die Friesen zum Hafen zogen. Im Gegensatz zu ihrer Ankunft war es eine stumme, traurige Prozession, ohne Fanfarenklang und wehende Fahnen. Der Leib des toten Prinzen war mit einem großen Tuch bedeckt, der friesischen Königsflagge: Ein schwarzer Wolf mit goldener Krone sprang auf rotem Feld.

Viele Betrachter mochten beim Anblick des Wappens an die Rückkehr der Friesen denken, nicht als Gäste, sondern als bis an die Zähne bewaffnete, mordende, brandschatzende Rächer. So hatte es König Hariolf an diesem Morgen verkündet, nachdem er die ganze Nacht am aufgebahrten Leichnam seines einzigen Sohnes gewacht hatte. Unter den Xantener Edelleuten waren Stimmen laut geworden, die Hariolf und seinen Anhang festsetzen wollten. Der König sei die beste Geisel gegen seine eigene Rache, argumentierten sie. Aber Königin Sieglind hatte sich strikt dagegen gewandt, das heilige Gastrecht zu verletzen. Die Friesen standen unter ihrem persönlichen Schutz, bis sie das Gebiet der Niederlande verlassen hatten.

Dennoch bereiteten sich die Falken vom Rhein auf den Krieg mit den friesischen Wölfen vor. Sieglind hatte ihren erfahrensten Recken, Graf Reinhold von Glander, zum Kriegsherrn ernannt. Er sollte die Grenzbefestigungen verstärken und das Land auf den bevorstehenden Kampf vorbereiten. Noch im Morgengrauen war Reinhold zur Nordgrenze des Reiches aufgebrochen. Siegfried empfand darüber große Erleichterung. Die vorwurfsvollen Blicke Amkes und seiner Mutter waren schwer genug zu ertragen. Er wollte nicht ständig Reinhold, seinem Zuchtmeister, in die Augen schauen, ohne erklären zu können, weshalb er das Runenschwert entweiht hatte.

Die Spitze des langen Friesenzuges hatte den Hafen erreicht. König Hariolf, seine Tochter und Markgraf Onno bestiegen das königliche Schiff, eins der größten in der friesischen Flotte. Siegfried zählte zwanzig Rojerplätze an jeder Seite. Aber die Rojer wurden nur benötigt, um das Schiff nach dem Einholen des Ankers zur Flußmitte zu bringen. Dann übernahmen die Strömung und ein günstiger Wind die Arbeit, der das große rote Segel mit dem schwarzen Königswolf bauschte und das Schiff den Rhein hinabtrieb, gefolgt von all den anderen.

Siegfried glaubte noch, Amkes kummervollen, trostlosen Blick zu spüren, als das Königsschiff längst hinter einer Flußbiegung verschwunden war. Gleichwohl sah er ihr schönes, ernstes Gesicht, vom Schmerz gezeichnet und doch unfähig zu weinen.

Die Tränen kamen erst, als sich die große Burg am linken Rheinufer in den bewölkten Himmel reckte. Amke wußte, daß es die Schwertburg war. Siegfried hatte ihr viel von dem Ort erzählt, an dem er die letzten Jahre verbracht hatte. Jahre, in denen er den Schmerz über den Verlust des Vaters überwunden und gelernt hatte, ein Mann zu sein.

Ihr Vater stand mit versteinertem Gesicht am Bug und blickte flußaufwärts, nach Norden. Im Geiste sammelte er wohl schon seine Ritter und Kriegsvasallen zum Rachezug gegen die Niederlande. Gegen die Falken vom Rhein, die erst Hariolfs Weib und jetzt seinen Sohn erschlagen hatten.

Amke bemerkte ihre eigenen Tränen erst, als die Schwertburg vor ihren Augen verschwamm. Seltsam: Als sie von Harkos Tod erfuhr, hatte sie nicht weinen können. Seit dem Tod ihrer Mutter hatte sie keine Träne mehr vergossen. Warum ausgerechnet jetzt, beim Anblick dieser Burg? Wegen Siegfried? Schmerzte sie sein Verlust mehr als der Tod Harkos?

Eine andere Burg erschien vor dem Bug des Schiffes, die kleiner war und mitten im Fluß lag. Auch ihren Namen kannte Amke von Siegfried: die Rheinfeste. Der Steuerer lenkte das Schiff nach backbord, weil das Fahrwasser dort tiefer war. Hinter dem Königsschiff teilte sich die Flotte. Die großen und schweren Schiffe hielten nach backbord, die anderen nach steuerbord, um die Rheinfeste möglichst schnell zu passieren. Trotzdem verlangsamte sich die Fahrt der Flotte. Zu eng waren die Fahrrinnen zwischen Rheinfeste und den beiden Ufern. Die Schiffsführer riefen knappe Befehle. Die Rojer hängten sich an die Riemen und minderten die Geschwindigkeit.

Das Königsschiff dagegen glitt mit unverminderter Geschwindigkeit an der Rheinfeste vorbei. Schon lag die Bastion hinter Hariolfs Schiff, da fielen die Feuersterne. Überall am Himmel flammten sie auf und zogen über den Friesenschiffen ihre glühende Bahn. Sternschnuppen des Tages, die einen Feuersschweif hinter sich herzogen. Zischend verloschen sie in seinen Fluten, oder aber sie trafen ihr Ziel: die friesischen Schiffe.

Sie durchschlugen die Segel. Gierig fraß sich das Feuer durch Segeltücher, die sofort in Brand gerieten. Andere Feuersterne entzündeten Ladung, Holz oder den Kalfaterteer. Die Fahrzeuge hinter dem Königsschiff standen in Flammen. Und einige der Flammenpfeile bohrten sich auch in Menschenleiber. Schreiend gingen Friesen über Bord. Einige fielen tödlich verletzt ins Wasser. Andere sprangen hinein, um die Glut zu löschen.

Die Flammenpfeile wurden von den Bogenschützen abgefeuert, die in langen Reihen am Uferstreifen und auf den Wehrgängen der Rheinfeste aufgetaucht waren. Zwischen jeweils zweien stand ein Fackelträger, an dessen Flamme die Schützen immer neue Brandpfeile entzündeten, um sie einen Augenaufschlag später von den Sehnen schnellen zu lassen. Das schrille, dünne Pfeifen, wenn die Flammenpfeile die Luft durchschnitten, klang wie teuflisches Gekicher.

Panische Schreie drangen auf Amke ein: »Eine Falle, ein Überfall!« – »Schneller, an der Feste vorbei, schneller!« – »An die Riemen, wendet das Schiff!« Amke sah, daß das Feuer immer mehr Schiffe manövrierunfähig machte. Wurden die Steuerer von den Flammenpfeilen oder vom brennenden Segeltuch getroffen, gerieten die Schiffe außer Kontrolle und kamen zu dicht ans Ufer oder an den Felsen im Fluß. Die Riemen, die nicht schnell genug eingezogen wurden, zersplitterten wie dünne Äste im Sturmwind. Das Rudergeschirr brach auseinander. Voller Panik sprangen die Männer über Bord, um schwimmend das nahe Land zu erreichen.

Die Schiffsführer riefen ihre Männer zur Ordnung. Sie sollten die aufgelaufenen oder hilflos im Strom treibenden Schiffe durch den Einsatz von Staken wieder flottmachen. Oft kamen alle Bemühungen zu spät, war das Feuer schneller als die verzweifelten Männer. Oder nachfolgende Schiffe, die in den engen Fahrrinnen nicht abdrehen konnten und auf die anderen prallten. Dann bohrte sich Holz auf Holz, verbogen und zersprangen die Planken, fand das willige Feuer neue Nahrung.

Als König Hariolf seine brennende Flotte sah, stieß er einen Wutschrei aus, mehr Wolfsgeheul als menschlicher Laut. Er lief zum Schiffsführer, einem Mann namens Ulerk, und befahl ihm, sofort zu wenden. »Ich muß zu meinen Männern!«

»Nein!« fuhr Markgraf Onno dazwischen, bevor Ulerk den Befehl des Königs weitergeben konnte. »Wir bleiben auf Kurs. Die Männer sollen sich in die Riemen legen!«

»Wie könnt Ihr wagen, meinen Befehl zu widerrufen, Markgraf?« tobte der König. »Ich muß zu meinen Männern. Sie stecken in einer tödlichen Falle. Wir können sie nicht im Stich lassen, nur weil wir den Brandpfeilen durch Gottes Fügung entgangen sind!«

»Nicht durch die Fügung Gottes, sondern durch die der verräterischen Niederländer!« erwiderte Onno und streckte den Arm aus. »Dort kommen sie, um Euch zu holen, mein König. Und wenn sie Euch haben, haben sie auch Friesland in der Hand!«

Hariolf entdeckte ein halbes Dutzend Schiffe auf Gegenkurs. Sie hatten keine Segel gesetzt, nicht einmal Masten waren zu sehen. Die Rojer pullten aus Leibeskräften und trieben die Schiffe gegen die Strömung voran. Auf den Schiffen drängten sich die Bewaffneten. Speere, Schwerter und Schilde blinkten selbst im schwachen Licht dieses trüben Tages. Die niederländischen Schiffe hielten in zwei Reihen auf Hariolfs Schiff zu.

»Wir müssen so schnell wie möglich sein und die Kraft unserer Rojer mit der des Windes und der Strömung vereinen!« stieß Onno laut hervor. »Nur dann können wir die feindlichen Reihen durchbrechen.«

»Aber meine Männer ...« versuchte der König mit matter Stimme zu erwidern.

»Wir können ihnen nicht helfen«, sagte der Markgraf hart. »Wir können sie nur rächen. Aber dazu müssen wir aus diesem feigen Hinterhalt entkommen!«

Hariolf sah es ein und nickte widerstrebend.

»Ulerk.« Onno wandte sich an den Schiffsführer.

»Alle Männer an die Riemen. Sie sollen um ihr Leben pullen.«

Onno und Ulerk riefen die Männer zusammen, die sich über Reling und Heck beugten und machtlos zusahen, wie die anderen Schiffe ihrer Flotte unter dem Hagel aus Feuerpfeilen verglühten.

Die Friesenschiffe, die weiter flußaufwärts schwammen, noch im sicheren Abstand zur Rheinfeste, wurden von niederländischen Schiffen angegriffen. Und an den Ufern waren Berittene und Fußsoldaten aufmarschiert, um an Land flüchtende Friesen festzusetzen oder niederzumetzeln.

Die Rojer des Königsschiffes sprangen auf ihre Bänke und schoben die Riemen durch die kleinen Löcher in den Bordwänden. Kaum war das geschehen, zählte Ulerk schon einen schnellen Takt, und die Riemenblätter schlugen ins Wasser.

Hariolf, Onno und die Wachen griffen zu den Waffen, während die Zofen Amke unter Deck brachten, in den engen dunklen Verschlag, der streng nach Teer und Holz roch. Und nach Tod. Amke lag gleich neben der Bahre mit ihrem toten Bruder.

»Das ist doch Reinhold von Glander!« schrie Onno, als er den Mann mit den ergrauenden Haaren erkannte, der am Bug des größten niederländischen Schiffes stand und immer wieder kurze Rufe ausstieß, um seine Rojer anzutreiben. »Der niederländische Kriegsherr selbst führt den Angriff!«

»Das war auch nicht anders zu erwarten«, knurrte Hariolf, während er Schwert und Schildgriff fest umfaßte. »Wer sonst hätte wagen können, das Gastrecht zu brechen und noch auf niederländischem Boden die Klinge gegen uns zu führen?«

Er hatte noch nicht ganz ausgesprochen, als ein Pfeilregen auf das Friesenschiff prasselte. Scharfkantige Stahlspitzen bohrten sich in Holz und Menschenfleisch.

Die friesischen Krieger rissen abwehrend die Schilde hoch. Die Rojer machten sich möglichst klein, zogen die Köpfe fast zwischen die Schultern.

»Pullt, Männer, pullt!« brüllte Ulerk. »Nur das kann uns retten!«

Dann waren die beiden vordersten Feindschiffe heran. Ein Dreißig-Riemen-Schiff mit Reinhold von Glander an Bord und ein Vierundzwanzigriemer. Ulerk rief dem Steuerer einen Befehl zu. Er hoffte, sein Schiff mit einer winzigen Kurskorrektur zwischen den beiden Angreifern hindurchzumanövrieren.

Reinhold von Glander schien dieses Manöver vorauszuahnen. Jedenfalls rief er seiner Besatzung etwas zu, und der Dreißigriemer drehte sich quer, auch wenn dadurch die Bordwand des niederländischen Schiffes von dem friesischen Bug, dessen massiver Vordersteven in einem schwarzen Wolfskopf mit aufgerissenem Maul auslief, gespalten wurde. Es sah aus, als wolle der hölzerne Wolf das Feindschiff zerreißen.

Die Niederländer zögerten nicht. Sie sprangen an Bord des Königsschiffes, Graf Reinhold allen voran. Schwerter, Speere und Schilde stießen gegeneinander.

»Unser Schiff scheint weitgehend unbeschädigt«, rief Onno zu Ulerk. »Seht zu, daß ihr es freibekommt, während wir das Xantener Pack zurückwerfen! Wir können diesen Kampf nicht gewinnen, wir können uns nur retten!«

Im Kampflärm ging Ulerks Antwort unter. Onno sah nur noch aus den Augenwinkeln sein knappes Nicken und warf sich schon in die Schlacht, die am Bug des eigenen Schiffes entbrannt war. Vergeblich suchte er Reinhold, den hinterlistigen Verräter. War der Kriegsherr schon gefallen?

Doch Onno mußte zunächst Hariolf zur Hilfe eilen. Der König wurde von drei Gegnern gleichzeitig bedroht. Er hatte seinen Schild verloren und hieb mit seinem großen Schwert um sich, um die gegnerischen Klingen von sich fernzuhalten. Gleichwohl blutete er schon aus mehreren Wunden.

Onno sprang zum Bug und bohrte seine Klinge von hinten gegen den Hals eines Niederländers.

Mit solcher Wucht, daß die Eisenringe der Brünne zerbrachen. Mit gurgelndem Laut brach der Niederländer zusammen. Onno zog die blutige Klinge heraus. Er sah sofort mit der Erfahrung vieler Schlachten, daß ein zweiter Stoß nicht nötig war. Der Getroffene krümmte sich zu seinen Füßen; er würde nie mehr eine Waffe führen.

Das rächende Schwert eines anderen Niederländers krachte auf Onnos reflexartig hochgerissenen Schild. Mit kreischendem Geräusch fuhr der niederländische Stahl über den friesischen Eisenbeschlag und zerkratzte Onnos Wappen, ein rotes Schwert über einem fliegenden Vogel gleicher Farbe. Aber der Schild hielt, und der Markgraf drängte den Angreifer ab.

Onno selbst schlug zu, und diesmal fing der Niederländer mit seinem Schild den Schlag auf. Doch Onno hatte so wuchtig zugehauen, daß der Gegner taumelte, das Gleichgewicht verlor und ins Wasser fiel.

Ihm folgte gleich noch ein Niederländer unter fürchterlichem Gebrüll: der dritte Angreifer, dem Hariolfs Klinge zwischen die Augen gefahren war.

Weitere Niederländer formierten sich, um König Hariolf zu bedrängen.

Onno stand an der Seite seines Lehnsherrn und keuchte: »Ich weiche nicht von Euch, mein König. Sie werden Euch nicht bekommen!«

»Nicht lebend!« zischte Hariolf und hob das Schwert zum nächsten Streich.

Da ging ein heftiger Ruck durch das Friesenschiff. Ulerk war es gelungen, das Schiff durch den Einsatz von Staken freizubekommen. Ein ganzer Trupp Niederländer fiel in den Fluß. Nur noch wenige ihrer Kameraden befanden sich an Bord des rasch an Fahrt gewinnenden Königsschiffes. Sie fielen schnell unter den Hieben der wütenden Friesen.

Ulerk rief mit dröhnender Stimme seine Kommandos. In schneller Fahrt schoß sein Schiff zwischen den niederländischen Fahrzeugen hindurch. Die Angreifer hatten nicht damit gerechnet, daß das Königsschiff so schnell freikommen würde. Als es die Feindschiffe erst einmal hinter sich gelassen hatte, konnten die Niederländer es nicht mehr einholen. Jetzt fehlten ihnen die an Land gelassenen Segel, um die Kraft des Windes zu nutzen.

»Wir haben es geschafft!« jubelte Hariolf mit grimmiger Freude. »Wir sind den gottlosen Angreifen entwischt!«

»Nicht alle, mein König«, rief eine dünne Stimme vom Heck. Es war eine von Amkes Zofen. »Sie ... sie haben die Prinzessin verschleppt!«

Hariolf riß die Augen auf und starrte die Unglücksbotin ungläubig an.

»Wer?« fragte Onno.

»Der Graf mit seinen Leuten«, antwortete die

Zofe, die aus einer Stirnwunde blutete. »Sie haben Prinzessin Amke auf ihr Schiff geholt.«

Onnos Blick schien die ängstliche Frau zu durchbohren. »Graf Reinhold von Glander?«

»Ja, Herr.«

In hilfloser Wut krampften sich Onnos Hände um Schwert und Schild, die jetzt nutzlos waren.

Hariolf dagegen wirkte seltsam ruhig. Sein Blick wanderte rheinaufwärts. »Ich werde zurückkehren und Xanten dasselbe Schicksal bescheren, das diese Hunde über meine Flotte gebracht haben. Die Königsstadt wird brennen! Kein Haus wird dort mehr stehen, wenn ich mein Werk vollbracht habe!« Noch leiser und wie einen unverbrüchlichen Schwur fügte er hinzu: »Ich werde meine Frau rächen, meinen Sohn und meine Tochter!«

Kapitel 11

Amke hat Euch nichts getan! Wie konntet Ihr Euch an ihr vergreifen? Und warum habt Ihr das heilige Gastrecht gebrochen?« Siegfried schrie es durch den dämmrigen Festsaal der Xantener Königsburg Graf Reinhold von Glander entgegen, der noch die blutbefleckte Rüstung trug. Nur die flackernden Lichter der Kerzen zauberten Bewegung auf Reinholds harte Gesichtszüge. Er stand stocksteif, eine Hand auf den Schwertknauf gelegt, als wolle er deutlich machen, daß in Zeiten wie diesen Worte nicht mehr zählten, sondern nur noch die stählerne Sprache der Waffen.

Draußen in den Straßen begann das Volk zu feiern, als sei der Krieg gegen die Friesen gewonnen. Die Nachricht von Graf Reinholds siegreichem Angriff auf die Friesenflotte und von der Gefangennahme Prinzessin Amkes hatte sich wie ein Lauffeuer verbreitet.

Reinhold war von Siegfrieds Wutausbruch gänzlich unbeeindruckt. »Du hast in zwei Punkten recht, Siegfried: Amke hat mir nichts getan, und ich habe das Gastrecht gebrochen. Aber die Prinzessin ist das beste Unterpfand, das wir bekommen konnten, ausgenommen König Hariolf selbst. Ich habe sie nicht gern gefangengesetzt, und es fiel mir auch nicht leicht, das Gastrecht zu brechen. Aber zu beidem, zorniger Siegfried, hast du selbst mich gezwungen!«

»Ich?«

Reinhold nickte düster. »Hättest du Harko nicht getötet, wäre all das nicht geschehen. Dann hätten wir vielleicht schon den lang ersehnten Frieden mit König Hariolf geschlossen. Jetzt haben wir statt eines neuen Verbündeten einen erbitterten Feind.«

Die eilig zusammengekommenen Edelleute nickten und machten beifällige Bemerkungen.

»Eure Rede mag wahr sein, Graf Reinhold«, erklärte Königin Sieglind, die neben Bischof Severin an der Tafel saß. »Dennoch könnt Ihr kaum leugnen, daß Ihr gegen meinen Befehl handeltet, als Ihr durch den Angriff das Gastrecht gebrochen habt.«

»Doch, das leugne ich entschieden!« erwiderte Reinhold laut und vernehmlich.

Viele der Edlen hielten den Atem an. Entsetzte Blicke trafen den Grafen. Severin sprang trotz seiner Leibesfülle so hastig auf, daß sein klobiger Stuhl umstürzte.

»Überlegt Euch Eure Worte, Graf Reinhold!« mahnte der Bischof mit bestürztem Gesicht. »Wollt Ihr unsere allergnädigste Königin der Lüge zeihen?«

»Ich stelle nur richtig, was richtiggestellt werden muß«, entgegnete Reinhold und verneigte sich vor Sieglind. »Und wenn ich Euch beleidigt habe, meine Königin, bitte ich untertänigst um Vergebung. Aber vergeßt nicht, daß Ihr mich zum Kriegsherrn der Niederlande ernannt habt. Damit liegen alle Entscheidungen über die Kampfhandlungen gegen König Hariolf bei mir. Ich konnte nicht gegen Euren Befehl verstoßen, hohe Frau, weil nur ich Befehle über Kriegshandlungen geben kann. Solltet Ihr mit meiner Vorgehensweise nicht einverstanden sein, so ernennt einen anderen Recken zum

Kriegsherrn, und ich werde mich ihm unterordnen.«

»Ihr habt gut reden!« schnaubte der Bischof; seine fleischigen Wangen zitterten vor Erregung. »Nicht Ihr allein müßt leiden, wenn König Hariolf plündernd und mordend Rache für das Unrecht sucht. Wir alle werden uns ihm stellen müssen, jeder Edle hier im Saal und jeder einfache Handwerker und Bauer da draußen!« Mit unruhiger Hand deutete er zu einem der großen Fenster, in denen seltenes, teures Glas saß.

»Hariolf hatte seine Rache schon beschworen, bevor er Xanten verließ«, erinnerte Reinhold. »Jetzt haben wir zumindest eine Geisel in der Hand. Außerdem haben die Friesen so viele Schiffe verloren, daß sie kaum einen Angriff auf dem Rhein wagen werden.«

»Dann werden sie über Land kommen«, brummte Severin. »Wo ist der Unterschied?«

»Im Schiffskampf sind die Friesen erfahrener als wir«, erklärte der Kriegsherr. »Auf dem Land haben wir gute Aussichten, sie zu schlagen.«

In der Versammlung begann ein heftiger Streit über die Frage zu entbrennen, ob Reinhold recht gehandelt hatte. Einige forderten seine Absetzung als Kriegsherr, andere schlugen sich auf seine Seite.

Sieglind stand auf, woraufhin alle Anwesenden verstummten. Sie rief mit fester Stimme: »Ich habe

Graf Reinhold zum Kriegsherrn der Niederlande ernannt. Er hat mit König Siegmund gefochten und genoß sein bedingungsloses Vertrauen. Deshalb habe ich meinen Sohn Siegfried in seine Zucht gegeben, und deshalb weiß ich, daß er der beste Mann ist, die Friesengefahr von uns abzuwenden.«

Damit war es entschieden, und plötzlich fanden alle, daß es die richtige Entscheidung war. Nur Severin murmelte unwillig vor sich hin, während er seinen massigen Körper auf den von einem Diener aufgerichteten Stuhl zurücksinken ließ.

»Wo haltet Ihr Amke gefangen?« fragte Siegfried, der sich durch die Rede seiner Mutter ein wenig beruhigt hatte.

»Hier in der Burg«, antwortete Reinhold. »In der Kemenate, die sie bis heute morgen als Gast bewohnt hat.« Er sagte es ohne jedes erkennbares Gefühl und fuhr mit langem Blick auf seinen Schützling fort: »Es wird für sie gesorgt, aber sie steht unter strenger Bewachung.«

Siegfried hielt dem Blick stand und erklärte: »Ich möchte zu ihr.«

»Nein«, lehnte Reinhold ab. »Sie darf nur mit den Dienern verkehren.«

»Warum?« fragte Siegfried.

»Ich muß meine Befehle nicht begründen!« versetzte Reinhold scharf.

Sieglind lächelte ihren Kriegsherrn an. »Eurer Königin gegenüber würdet Ihr sie aber gewiß erklären, nicht wahr, Graf Reinhold?«

»Gewiß«, sagte Reinhold. »Ich will verhindern, daß Prinzessin Amke zuviel von unseren Plänen erfährt. Falls wir sie gegen ein anderes Pfand an die Friesen zurückgeben, könnte uns alles, was sie aufgeschnappt hat, in große Schwierigkeiten bringen.«

»Ich bin kein Verräter!« rief Siegfried voller Zorn.

»Das habe ich auch nicht behauptet. Aber du stehst der Prinzessin nahe, wie man wohl sagen darf. Du könntest unabsichtlich etwas ausplaudern.« Reinholds Blick glitt von Siegfried zur Königin. »Außerdem wüßte ich im Augenblick nicht, was für einen Vorteil uns ein Besuch Siegfrieds bei der Gefangenen bringen könnte.«

»Ihr habt recht«, erklärte Sieglind nach kurzem Nachdenken und wandte sich an ihren Sohn. »Siegfried, du wirst Amke nicht sehen, bis Reinhold es dir gestattet. In allen Fragen, die den bevorstehenden Kampf gegen die Friesen betreffen, ist seinen Anordnungen unbedingt Gehorsam zu leisten!«

Der letzte Satz betraf nicht Siegfried allein, sondern die ganze Versammlung.

Siegfried fühlte sich wie vor den Kopf geschlagen. Die Worte seiner Mutter empfand er als Verrat; sie vertraute Reinhold mehr als ihrem eigenen Fleisch und Blut! Und auch von Reinhold war er enttäuscht. Der Mann, der fast eines Vaters Stelle bei Siegfried eingenommen hatte, war ihm auf einmal fremd. Es mußte der Krieg sein, der Reinhold so veränderte. Schlimmer als alles andere aber wog die Erkenntnis, Amke als Gefangene zu wissen. Er konnte an nichts anderes mehr denken, konnte der Diskussion der Edelleute über die Kriegsvorbereitungen nicht folgen und bat seine Mutter, sich auf seine Kammer zurückziehen zu dürfen.

Im halbdunklen Gang vor dem Festsaal blieb er stehen, preßte die pochende Stirn gegen die wohltuend kühle Steinmauer und dachte nach. Er mußte mit Amke sprechen, möglichst rasch, um ihr zu erklären, daß er nichts von dem Überfall auf die Friesenflotte gewußt hatte. Und daß er Harkos Tod nicht gewollt hatte, nicht wirklich, nur in diesem einen, verhängnisvollen Augenblick seiner Raserei.

Aber noch war es zu früh. Zu viele Menschen waren noch auf den Beinen, und zu aufmerksam waren die Wächter. Er würde es spät in der Nacht versuchen, wenn auch gute Soldaten müde wurden. Mit diesem halbwegs beruhigenden Gedanken zog er sich auf seine Kammer zurück – und hielt plötzlich inne, als er ein säuberlich gefaltetes Pergament sah. Es lag auf dem Tisch unter dem bronzenen Kandelaber, dessen vier Kerzen brannten. Ein Diener hatte die Kerzen in Siegfrieds Abwesenheit entzündet. Hatte er auch das Pergament unter den Kandelaber geschoben? Oder war es einer der vielen anderen Menschen in der Burg gewesen?

Siegfried fand den Gedanken plötzlich erschreckend, wie viele Menschen Zugang zu seiner Kammer hatten. Er lief zu der großen Eichentruhe mit seinen besten Kleidern und anderen Kostbarkeiten. Das Schloß war unversehrt. Trotzdem öffnete Siegfried die Truhe und war erst beruhigt, als seine Hand über das Runenschwert glitt. Und über das Wehrgehänge, das Reinhold ihm geschenkt hatte.

Der Gedanke an Reinhold, der ihm den Zugang zu Amke verweigerte, entfachte plötzlich große Wut in Siegfried. Seine Rechte umklammerte den Schwertgriff, während er daran dachte, mit der Waffe zurück in den Festsaal zu stürmen und Reinhold zum Zweikampf zu fordern. Sollte der blanke Stahl entscheiden, ob Siegfried zu Amke durfte oder nicht!

Kaum hatte seine Hand das Schwert losgelassen, erkannte er, wie närrisch der Gedanke war. So handelte kein Mann, nur ein dummer Junge. Er gab sich einen Ruck und klappte den schweren Deckel der Truhe wieder zu. Aber er verschloß die große Kiste nicht. Er hatte ein unbestimmtes Gefühl, daß er das Runenschwert in dieser Nacht noch brauchen würde.

Das Pergament!

In seinem plötzlich aufgewallten Haß gegen Reinhold hatte er es fast vergessen. Er ging zum Tisch und zog es unter dem Kandelaber hervor. Es war glatt und doch recht fest, fast ein wenig wie Samt. Wahrscheinlich aus Kalbshaut hergestellt und daher sehr teuer. Dunkle Tinte schimmerte im Kerzenlicht. Wer immer ihm eine Botschaft sandte, mußte eine wohlhabende, hochstehende Persönlichkeit sein.

Als Siegfried das Pergament auseinanderfaltete, blickte er auf lateinische Wörter, fehlerfrei geschrieben. Die Nachricht war knapp und nüchtern:

Nur Du kannst einen Krieg mit dem Königreich Friesland verhindern, Siegfried. Ich helfe Dir dabei. Komme um Mitternacht in den »Blauen Schwan«. Zu niemandem ein Wort. Und bringe das Runenschwert mit. – Vagabundus.

Voller Erstaunen starrte Siegfried auf die dürren Worte. So kurz und einfach die Botschaft war, so sehr verwirrte sie ihn. Wer war dieser Vagabundus, daß er den Prinzen von Xanten so vertraulich ansprach? Was wußte er von dem Runenschwert? Wie sollte Siegfried den drohenden Krieg verhindern können? Und was machte dieser mysteriöse Vagabundus im »Blauen Schwan«? Die Kaschemme lag in der verrufensten Gegend des Xantener Hafens.

Das paßte überhaupt nicht zu dem feinen Pergament, der gestochen scharfen Schrift und dem perfekten Latein.

Natürlich dachte Siegfried an eine Falle. Aber was trieb den Unbekannten, ihn so offensichtlich in einen Hinterhalt zu locken?

Unwillkürlich wanderte Siegfrieds Blick durch den Raum und blieb an der mit Bronze verzierten Truhe hängen. *Und bringe das Runenschwert mit.*

Gab es jemanden, der sich das magische Schwert aneignen wollte? Aber wenn er von dem Schwert wußte, warum hatte er es nicht gestohlen?

Nur kurz zog Siegfried in Erwägung, seine Mutter oder Reinhold einzuweihen. Wieder sah er auf das Pergament. *Zu niemandem ein Wort.*

Siegfried wollte nichts verderben. Er mußte jede noch so kleine Möglichkeit nutzen, einen Krieg zwischen den Niederlanden und Friesland zu verhindern. Seit dem blutigen Handstreich auf dem Rhein traute Siegfried seinem Zuchtmeister alles zu. Auch daß Reinhold Amkes Leben opferte, um die Friesen zu besiegen. Für Siegfried gab es nur einen Weg, wenn er auch riskant war: Er mußte der geheimnisvollen Einladung dieses Vagabundus folgen – mit dem Runenschwert!

»Wer seid Ihr? Und wohin des Wegs?«

Der Wachhabende an dem kleinen Nordtor, das nur Lieferanten und Dienstboten benutzten, schnarrte es monoton heraus, fast ohne nachzudenken. Er war ein hagerer, triefäugiger Mann mit stoppeligem Kinn. In gänzlich unsoldatischer Haltung lehnte er mit dem Rücken am dicken Mauerwerk. Seine beiden Kameraden lungerten ähnlich gelassen herum, unterhielten sich leise und stießen hin und wieder ein heiseres Lachen aus. Die Unterhaltung drehte sich offenbar um Huren, die vor einiger Zeit nach Xanten gekommen waren.

»Ich muß in die Stadt«, erklang eine Stimme hinter dem Umhang, den die Gestalt kapuzenartig um den Kopf gelegt und so weit über das Kinn gezogen hatte, daß nur die Augen zu sehen waren.

»Das müßte ich auch«, kicherte der Wachhabende. »Hab' dort eine hübsche Maid, die Tochter eines Korbflechters. Die wird zwischen ihren drallen Schenkeln feucht wie'n Wasserfall, wenn sie einen Mann nur vor'm Haus vorbeigeh'n hört, was?« Er blickte seine Kameraden an, und sie fielen in sein Gekicher ein. Der Wachhabende räusperte sich und fuhr fort: »Aber ich kann leider nicht weg. Wachverstärkung, wegen dieser fischfressenden Friesenbande, die uns den Krieg erklärt hat. *Höchste Aufmerksamkeit* hat Graf Reinhold geboten. Und die wird Euch jetzt zuteil, Euer Merkwürden. Also nennt Euren Namen und zeigt Euer Gesicht, oder seid Ihr gar ein friesischer Spion?«

»Wohl kaum«, erwiderte leise der Vermummte und ließ den Umhang so weit fallen, daß sein Gesicht zu sehen war.

Sofort verschwand der spöttische Ausdruck aus dem unrasierten Gesicht des Wachhabenden. Er bemühte sich um eine stramme Haltung, wäre dabei fast gestürzt und konnte gerade noch von einem Kameraden aufgefangen werden. Der unerwartete körperliche Einsatz führte bei dem Wachhabenden zu einem lauten, langen Rülpser, der stark nach gewürztem Met roch.

»Prinz Siegfried!« stieß der Mann überrascht hervor. »Was tut Ihr hier zu so später Stunde?«

»Wie ich gerade sagte, ich will in die Stadt.«

»Ich ... ich weiß nicht, ob ... ich das gestatten kann«, stammelte der Hagere.

»Wieso nicht?« fragte Siegfried streng. »Seit wann bedarf der Sohn der Königin der Erlaubnis einfacher Wachen, wenn er seine Burg verlassen will?«

Der Wachhabende rieb verlegen sein spitzes Kinn. »Vielleicht, seitdem wir Krieg mit den Friesen haben. Ich sollte wohl besser Graf Reinhold fragen.«

»Graf Reinhold schläft und will nicht gestört werden«, erwiderte Siegfried. »Es war ein anstrengender Tag für ihn. Man vernichtet nicht jeden Tag eine feindliche Flotte.«

»Nein, gewiß nicht«, meinte der Hagere in dem leutseligen Ton, in dem auch der Prinz von Xanten zuletzt gesprochen hatte.

»Die ganze Stadt hat gefeiert. Ihr wohl auch, wie?«

»Was meint Ihr, Herr?« fragte der Wachhabende.

»Na, den Met, den ihr intus habt. Riecht ja, als würde das für eine ganze Armee reichen.«

»Ja, ich habe ein wenig getrunken«, ging der Hagere auf Siegfrieds vertraulich klingende Worte ein. »Das haben ja alle heute.«

Siegfried nickte verständnisvoll, aber dann erklärte er mit schneidender Stimme, ganz wie ein Befehlshaber: »Nur haben heute nicht alle Wache! Ihr wißt doch, daß es verboten ist, betrunken Wache zu stehen, oder?«

»J-ja.«

»Und ihr kennt auch die Strafe, die darauf steht?«

»Die... Stäupe«, kam die zögerliche Antwort. »Fünfzig Schläge auf den nackten Rücken.«

»Das gilt nur in Friedenszeiten«, erwiderte Siegfried und lächelte den Hageren maliziös an. »Im Kriegsfall sind es hundert Schläge, in besonders schweren Fällen auch nur einer: mit dem Richtschwert auf den Nacken. Ich finde schon, daß es sich bei der Wache an der Königsburg um einen besonders schweren Fall handelt. Ihr nicht, Soldat?«

»Ich...« Der Mann schwitzte plötzlich und wischte mit dem Handrücken über seine Stirn. »Prinz Siegfried, ich wollte nicht... Ich meine, es war nicht meine Absicht...« Er schien nicht mehr in der Lage, einen zusammenhängenden Satz hervorzubringen. Dicke Schweißperlen traten auf seine Stirn.

»Ich schlage Euch eine Abmachung vor, Soldat. Ihr laßt mich passieren und vergeßt, daß ich hiergewesen bin. Zu niemandem ein Wort, versteht Ihr? Das gilt auch für Eure Kameraden. Dann vergesse ich, in welchem Zustand ich Euch angetroffen habe.«

Der Wachhabende brauchte nicht zu überlegen. Er nickte dankbar. Auch die anderen beiden Wächter schienen einverstanden. Längst lungerten sie nicht mehr herum, sondern standen aufrecht vor ihrem Prinzen, bemüht, ein würdevolles soldatisches Bild abzugeben.

Siegfried beachtete sie nicht weiter und schritt über die schmale Zugbrücke. Erst als er den tiefen Wassergraben überquert hatte und in das Häusergewirr der Stadt eintauchte, blieb er stehen, lehnte sich gegen eine Wand und wischte mit der Kapuze den Schweiß aus seinem Gesicht. Zum Glück hatte der Wachhabende in seiner Angst nicht bemerkt, daß Siegfried kaum weniger aufgeregt gewesen war als er. Er gönnte sich nur eine kurze Pause. Der »Blaue Schwan« lag im Südhafen. Er mußte sich beeilen, wenn er um Mitternacht dort sein wollte. Je näher er dem Hafenviertel kam, desto belebter wurden die engen Gassen. Schiffer, Gaukler, Bettler und jede Menge Hübschlerinnen trieben sich herum. Immer wieder wich Siegfried ausgestreckten Bettlerklauen aus oder schamlosen Huren, die sich ihm in den Weg stellten. Einige der Dirnen waren so unansehnlich, daß er nicht verstand, wie sie überhaupt etwas verdienten.

Der »Blaue Schwan«!

Das Haus war groß, mit mehreren Anbauten, das Hauptgebäude mit einem Obergeschoß. Ein großes Schild mit einem langhalsigen blauen Holzvogel schepperte leise im Nachtwind, der über Xantens Dächern mit den Wolken spielte. Die Fenster waren unverhüllte Löcher, und die Tür unter dem Holzschwan stand weit auf. Es war trotz der Wolken und der sanften Brise eine schwüle Nacht. Gelächter, Geschrei, Gesang und Musik drangen herüber, ein wüstes, lautes Stimmengewirr.

Siegfried schob sich in die Kaschemme hinein. Unter der niedrigen Decke des großen Schankraums stauten sich die widerwärtigsten Gerüche.

Bier, Wein, Met und Essensdämpfe gehörten noch zu den angenehmsten. Siegfried wurde von der Enge und dem Gestank beinahe übel, als er sich zum Tresen vordrängte. Immer wieder mußte er die Hände zudringlicher Hübschlerinnen abstreifen. Eins dieser Weiber riß ihm mit einer schnellen Bewegung die Kapuze vom Kopf. Siegfried stockte der Atem, weil er befürchtete, erkannt zu werden. Aber die Dirne lachte rauh und ließ ihre Hand durch sein Haar fahren. »Was für ein hübscher Bursche! Und noch so jung! Du solltest dein schönes Gesicht nicht verstecken. Ich wette, du hast auch sonst einiges zu bieten.«

Sie stand dicht vor ihm, zeigte schwarze Zahnstummel und stank nach Fäulnis und billigem sauren Wein. Siegfried stieß die Frau unsanft von sich. Sie stolperte, stürzte zu Boden und rief ihm wüste Beschimpfungen nach. Einiges kannte er schon von den Dienstboten auf der Schwertburg, aber vieles hätte ihn in anderer Umgebung zum Erröten bringen können. Hier bemühte er sich, ruhig zu bleiben, wie ein Mann, der an so etwas gewöhnt war.

Ein heftiger Stoß brachte ihn ins Taumeln. Wäre er nicht von zwei Schiffern aufgefangen worden, hätte er sich neben der Hübschlerin am Boden wiedergefunden.

»Gut so, Arko!« keifte die grobknochige Dirne. »Zeig's dem feinen Herrn, der sich zu gut für die feurige Framgard dünkt!«

Siegfried fuhr herum und starrte in ein von Eiterbeulen übersätes Gesicht. Arko war ein Hüne wie Siegfried. Seine felsgroße Rechte war zur Faust geballt. Die linke Hand fehlte. Am Armstumpf steckte eine hölzerne Manschette, aus der eine unterarmlange Klinge mit scharfen, gebogenen Zacken ragte.

Der Lärm in der Kaschemme verstummte abrupt. Um Siegfried und Arko zogen sich die Gäste des »Blauen Schwans« zurück. Niemand schien Lust zu verspüren, sich von Arko aufschlitzen zu lassen, schon gar nicht grundlos.

»Was fällt dir ein, milchgesichtiger Bastard!« kreischte Arko mit einer Stimme, die für seinen mächtigen Körper viel zu schrill wirkte. »Niemand stößt meine Framgard zu Boden, verstanden? Ich werde dir schon feines Benehmen beibringen!«

Zur Bekräftigung seiner Worte spuckte Arko im weiten Bogen aus. Dann machte er auch schon einen Satz nach vorn und schlug mit der scharfzahnigen Klinge nach Siegfried. Der Prinz entging der ungewöhnlichen, aber bedrohlichen Waffe, indem er auf einen niedrigen Tisch sprang.

Arko zeigte sich nur für einen Augenaufschlag verblüfft. Dann krachte seine Rechte unter die Tafelplatte und warf sie von den hölzernen Böcken. Siegfried stürzte zu Boden, zusammen mit unzähligen Karaffen, Tellern und Bechern. Als ein Schatten auf ihn fiel, rollte er sich flink zur Seite. Arkos Armmesser zerhieb eine Tonkaraffe. Bier spritzte nach allen Seiten.

Siegfried sprang auf und schleuderte dem erneut angreifenden Kuppler seinen Umhang entgegen. Arko verfing sich darin wie in einem Fischernetz. Das grobe Wolltuch, das Siegfried eigens für dieses Unternehmen ausgewählt hatte, tat ihm gute Dienste. Arko tapste einen Moment wie ein blinder Tanzbär umher. Mehr als diesen kurzen Moment brauchte Siegfried nicht. Als Arko das Tuch endlich mit wütendem Schnauben abgestreift hatte, spürte er Siegfrieds Klinge an seiner Kehle. Das Runenschwert lag sicher in der Hand. Der Prinz von Xanten fühlte sich plötzlich überlegen und vollkommen Herr der Lage. Es bedurfte nur einer Handbewegung, und Arko hatte seinen letzten Atemzug getan. Alles in Siegfried gierte danach, dem Kuppler das Leben zu nehmen!

Arko stand vollkommen reglos da und wagte kaum zu atmen. Das wütende Feuer in seinen Augen war erloschen. Pure Angst glänzte in ihnen, wie bei einem Tier, das erkannt hatte, daß man es zur Schlachtbank führte.

»Genug Unfug!« rief eine dünne Stimme dicht neben Siegfried. »Hört doch auf zu streiten, Freunde. Baut die Tafel wieder auf und zecht weiter!«

Anfangs sah Siegfried niemanden, als er sich aus

den Augenwinkeln umblickte. Dann erst bemerkte er eine kleine Gestalt, die ihm noch nicht einmal bis zu den Ellbogen reichte. So ähnlich mußten die Zwerge ausgesehen haben, von denen sich die Alten erzählten.

»Gebt endlich Ruhe, junger Freund«, bat das Männchen, das flehend zu Siegfried aufschaute. »Ich bin sicher, Arko wird sich bei Euch entschuldigen und Euch eine Karaffe vom besten Met spendieren.«

»Eine ganze Karaffe?« brummte der Kuppler. Als der warnende Blick des Kleinen ihn traf, meinte er: »Also gut, eine Karaffe. Aber nicht mehr!«

»Ich will gar nichts trinken!« sagte Siegfried, während er Arko weiterhin mit dem Runenschwert bedrohte.

»Nichts trinken?« Der Kleine schaute verwundert drein. »Ja, was sucht Ihr dann in meiner Kaschemme?«

»Du bist der Wirt?«

»In ganzer Lebensgröße«, gackerte der Kleine. »Magnus ist mein Name.« Er gackerte noch lauter. »Das kommt aus dem Lateinischen und heißt . . .«

»Ich weiß, was es heißt«, unterbrach Siegfried den redseligen Kerl und nahm zögernd das Schwert herunter. »Kommst du mir noch einmal zu nahe, Arko, verlierst du auch deine andere Hand – und deinen Kopf!«

Der Kuppler zog sich taumelnd zurück. Die feurige Framhild war inzwischen aufgestanden, aber sie begann zu keifen und wollte sich offenbar nicht damit zufriedengeben, daß Siegfried so straflos ausging. Arko versetzte ihr eine schallende Ohrfeige, die sie erneut zu Boden schickte. Die Menge lachte, und die Hübschlerin hatte genug.

»Ich suche jemanden«, sagte Siegfried zu Magnus, während er das Schwert zurück in die Scheide steckte. Ihm fielen die begehrlichen Blicke auf. Sie galten dem prächtigen Schwert und dem reichverzierten Wehrgehänge. Schnell nahm er seinen Umhang auf und legte ihn um die Schultern, um den Prunk vor den gierigen Augen zu verbergen.

»Hier verkehren keine reichen Herren«, erklärte der Wirt.

»Ich weiß nicht, ob er reich ist.«

»Ihr kennt ihn nicht?«

»Nur seinen Namen. Er nennt sich Vagabundus.«

Magnus riß die Augen auf und fragte: »Seid Ihr ein Freund oder ein Feind von Vagabundus?«

»Das wird sich herausstellen. Du kennst ihn also, Wirt?«

Magnus nickte. »Ihr müßt der junge Bursche sein, den ich zu ihm bringen soll. Ich hätte Euch eher erkennen sollen, aber durch den kleinen Streit war ich zu aufgeregt. Kommt mit, ich führe Euch zu ihm!«

Der Wirt wieselte so flink durch die Gästeschar, daß Siegfried Mühe hatte, ihm zu folgen. Magnus schlug eine dicke Flechtmatte beiseite und tauchte in einen engen, düsteren Durchgang ein. Siegfried mußte sich bücken. Vorsichtshalber legte er die Rechte auf den Schwertgriff.

Sie kamen auf einen kleinen Hinterhof, auf dem es nach Viehmist stank. Über eine enge, morsche Außentreppe ging es zum Obergeschoß. Ein dickes Tuch hing vor einer Fensteröffnung, und nur schwacher Lichtschein drang nach draußen. Magnus stieß eine quietschende Tür auf, deutete eine Verbeugung an und sagte: »Vagabundus wartet auf Euch, junger Herr.«

Siegfried nickte knapp und ging an ihm vorbei. Kaum hatte er die kleine Kammer betreten, da schlug Magnus auch schon die Tür von außen zu. Siegfried hörte seine trippelnden Schritte auf der knarrenden Stiege.

Auf einem kleinen Tisch brannte ein klobiger Kerzenrest, dessen gelblicher Schein nicht bis in die hintersten Ecken reichte. Auch nicht bis zu der verhüllten Gestalt, die dort saß und sich mit etwas beschäftigte, das leise klackernde Geräusche verursachte. Siegfried nahm an, es seien Spielwürfel.

Er hielt sich ebenfalls außerhalb des Lichtscheins, weiterhin die Rechte am Schwertknauf, und sagte mit bemüht fester Stimme: »Hier bin ich, Vagabundus. Was habt Ihr mir zu sagen?«

»Ich freue mich, daß du gekommen bist, mein Sohn«, erwiderte eine tiefe Stimme.

Siegfried trat zum Tisch, nahm die Kerze auf und hielt sie so, daß ihr Schein auf die schattenhafte Gestalt fiel. »Ihr?« fragte er kopfschüttelnd. »Ihr seid Vagabundus?«

»Setz ab, Tiedo! Sauf uns nicht alles weg!« krähte der rotbärtige Imbert und streckte seine Hand nach dem ledernen Schlauch aus. Er reckte das bartumwucherte Kinn vor und sah seinen Kameraden böse an.

Der hagere Tiedo setzte den Metschlauch ab, stieß einen scharfen Rülpser aus und leckte die klebrigen Reste von seinen dünnen Lippen. Selig blickten seine Triefaugen auf den Schlauch. Der Ausdruck wechselte zu Bedauern, als er den Met an den Kameraden weiterreichte, der so gierig trank, daß er sich verschluckte und in lautes Husten und Prusten ausbrach.

Osbern, der dritte Wachtposten am Nordtor, griff nach dem Schlauch, während Tiedo dem zusammengekrümmten Rotbärtigen kräftig auf den Rükken klopfte. »Schon gut, Imbert, nicht jedem bekommt der Würzmet.«

»Vielleicht ist er Imbert nicht gut genug«, kicherte der spitznäsige Osbern, nachdem er sich am Met gütlich getan hatte. »Unser Freund verträgt vielleicht nur ganz teuren Wein, wie ihn die edlen Herren trinken.«

»Der junge Prinz trinkt bestimmt keinen Met«, meinte Imbert, der sich wieder gefangen hatte. »Dazu müßte er nicht heimlich in die Stadt schleichen.«

Osbern nickte zustimmend. »Wundert mich auch, was er dort sucht.«

»Na, was wohl?« Tiedo stieß ein heiseres Lachen aus. »Das, was er auf der Burg nicht haben kann, weil ihm da die Königin und sein Zuchtmeister auf die Finger sehen. Das, was jeder gesunde Mann braucht: kräftigen Würzmet und die großen Brüste einer Hübschlerin!«

»Hauptsache, groß!« griente Imbert und starrte sehnsüchtig über den Burggraben hinweg auf die Häuser Xantens.

Osbern blickte den Wachhabenden ungläubig an. »Meinst du wirklich, Tiedo, ein feiner Herr wie unser Prinz gibt sich mit Hafenmetzen ab?«

»Auch ein feiner Herr ist ein Mann.« Wieder lachte Tiedo. »Minnesang und Liebesgedichte allein können einen Mann auf die Dauer nicht befriedigen.«

Die anderen beiden fielen in sein meckerndes Gelächter ein, so laut, daß sie den Mann nicht hörten, der im Schatten der Burgmauer zum Nordtor kam. Erst als er in den Schein der beiden am Torbogen hängenden Fackeln trat und dicht vor den lässig an die Wand gelehnten Wachen stand, bemerkten sie ihn. Osbern ließ vor Schreck den Metschlauch fallen.

»Wenn der Witz gut war, so möchte ich ihn hören!« sagte Graf Reinhold von Glander mit einem unechten, eher bedrohlich wirkenden Lächeln. »Vielleicht heitert mich das so weit auf, daß ich davon absehe, euch dem Scharfrichter zu überantworten.«

»Dem Scharfrichter?« Tiedos Augen weiteten sich. »Aber wieso denn, Herr?«

»Deshalb!« Reinholds Fuß, der in einem schwarzglänzenden Lederstiefel steckte, schnellte vor und traf den Metschlauch. Der Schlauch flog durch das offene Tor, schlitterte über das Holz der Zugbrücke und fiel in die Tiefe. Es dauerte einen Moment, bis ein leises Platschen an die Ohren der Männer drang. »Damit wäre das Beweisstück für euren Suff vernichtet«, fuhr der Kriegsherr fort. »Jetzt müßt ihr nur noch den Zeugen bestechen!«

»Welchen Zeugen?« fragte der vom Met verwirrte Wachhabende.

»Mich!« antwortete Reinhold.

Tiedo hob hilflos die Hände, es wirkte wie ein Flehen. »Aber, Herr! Wie... wie könnten wir Euch bestechen? Niemand von uns besitzt soviel Geld, daß es Euch lohnenswert erschiene!«

»Ich rede nicht von Geld. Gebt mir eine Auskunft, und ich werde eure Vergehen nicht weiter ahnden.«

»Was wollt Ihr wissen, Herr?« Tiedo keuchte wie ein Ertrinkender, der im letzten Augenblick aus dem Rhein gezogen wurde.

»Hat Prinz Siegfried die Burg durch dieses Tor verlassen?«

Tiedo erschrak und bemühte sich, sein Entsetzen vor dem Kriegsherrn zu verbergen. Er wechselte kurze Blicke mit Imbert und Osbern, aber auch die beiden wirkten ratlos. Tiedo blickte zu Boden, auf seine matten, fleckigen Stiefelspitzen. Er wagte nicht, dem hohen Herrn in die Augen zu sehen.

Die Lage war mehr als vertrackt! Gab er Reinhold die gewünschte Auskunft nicht, würde der Kriegsherr Tiedo und seine beiden Kameraden dem Scharfrichter übergeben. Verriet Tiedo aber Siegfried, würde der Prinz sie ebenso grausam bestrafen. Tiedo begann zu schwitzen und lockerte mit dem Finger die Halsberge seines Kettenhemdes.

»Was ist, Soldat?« fragte Reinhold barsch. »Hat der Met dir die Sprache verschlagen?«

Tiedo schüttelte matt den Kopf und fragte mit vor Angst bebender Stimme: »Versprecht Ihr, uns vor Strafe zu bewahren, wenn wir Euch die erwünschte Auskunft geben?«

Reinholds Rechte zuckte vor und versetzte Tiedos Wange einen schmerzhaften Streich. Der Wachhabende zog erschrocken sein Haupt zurück und prallte mit dem Hinterkopf gegen die Steinmauer.

»Du Hund wagst es, mir, deinem Kriegsherrn, ein Ehrenwort abzuverlangen?« brüllte Reinhold. »Für was hältst du dich? Wenn du nicht mit der Sprache herausrückst, werden die Folterknechte deine Zunge lösen!«

»Ich bitte Euch um Vergebung, Herr«, keuchte Tiedo rasch. »Prinz Siegfried ist tatsächlich durch das Tor gegangen. Aber er trug uns auf zu schweigen. Nur deshalb habe ich Euch nicht gleich geantwortet, Graf Reinhold.«

»Wann ist Siegfried durch das Tor gegangen?«

»Es ist noch keine halbe Stunde her.«

»War der Prinz allein?«

»Ja.«

»Beritten?«

»Nein, Herr.«

»Was war sein Ziel?«

»Das hat er uns nicht genannt.«

»Ist euch sonst etwas aufgefallen?«

Tiedo überlegte kurz und sagte dann: »Der Prinz wollte wohl nicht erkannt werden. Er hatte einen Umhang um seinen Kopf gewickelt.«

Reinhold schaute nachdenklich durch den Torbogen auf das Häusermeer Xantens. Ruckartig wandte er sich zum Gehen um. Tiedo wollte schon aufatmen. Da blieb der Kriegsherr abrupt stehen, drehte den Kopf und rief: »Die nächste betrunkene Wache, auf die ich stoße, bekommt von mir eigenhändig zu trinken, und zwar Rheinwasser bis zum Verrecken!«

Mit schnellen Schritten in Richtung Palas entfernte sich der Graf und wurde schließlich eins mit den Schatten der Nacht. Wie ein böser Traum, der in den dunklen Abgründen verschwand, aus denen er emporgestiegen war. Oder wie ein Teufel, der zurück in die Hölle fuhr.

Heißes Wachs tropfte von dem Kerzenstummel auf seine Hand und erlöste Siegfried aus der Starre, die ihn beim Anblick des geheimnisvollen Vagabundus befallen hatte. Er stellte die tropfende Kerze auf die Anrichte mit den kleinen Stäben, die er für Würfel gehalten hatte. Aber es waren keine Würfel. Ähnliches hatte er schon einmal gesehen, in jener

Nacht am Rhein, in Reinholds Lederbeutel: Runenstäbe.

Das Kerzenlicht glitt auf die Runen und auf den Mann, der auf einer schmalen Pritsche saß und Siegfrieds erstaunten Blick ruhig erwiderte. Sogar im Sitzen fiel sein hoher Wuchs auf. Doch war er nicht ganz so groß wie Siegfried, weniger sehnig, dafür etwas kräftiger gebaut, wie es das zunehmende Alter mit sich brachte. Aber so alt, wie er mit den grauen Haaren und dem grauen Vollbart wirkte, war er noch nicht. Als Siegfried ihn das letztemal gesehen hatte, waren die Haare noch dunkler gewesen und das Gesicht rasiert. Grau war die beherrschende Farbe an dem Mann. Grau waren seine Augen und die buschigen Brauen. Grau war auch der Umhang, der lose um seine Schultern lag.

»Deine Augen erkennen mich, Siegfried, aber dein Verstand scheint sich zu sträuben.«

»Kein Wunder«, erwiderte der Prinz mit belegter Stimme. »Manche hielten Euch schon für tot, für eine Legende oder einen Geist. Weshalb seid Ihr dann zurückgekehrt?« Siegfrieds Stimme klang aggressiv. Er spielte das Spiel des anderen, notgedrungen, aber es gefiel ihm nicht. Jahrelang war der Mann, der sich Vagabundus nannte, verschollen gewesen. Und jetzt tauchte er aus dem Nichts auf und bestellte Siegfried zu nachtschlafender Zeit in diese schmutzige Kaschemme!

»Ich kam her, um dich und das ganze Reich vor größerem Schaden zu bewahren«, erklärte Vagabundus und fügte leise hinzu: »Falls es noch möglich ist.«

»Ihr meint den Krieg mit Friesland?«

»Ganz recht.«

»Ich glaube nicht, daß Ihr noch etwas ändern könnt. Zu schwer wiegen Prinz Harkos Tod und Prinzessin Amkes Entführung.«

»Vielleicht können wir König Hariolf doch umstimmen, wenn wir den wahren Übeltäter überführen.«

»Ich verstehe Euch nicht«, bekannte Siegfried.

»Daß du Prinz Harko getötet hast, geschah nicht durch Zufall, Siegfried. Deine Wut, die dich mit dem Schwert zuschlagen ließ, mag dir angeboren sein, aber entfacht und verstärkt wurde sie durch den bösen Zauber des Runenschwertes.«

»Ihr wißt, daß ich ...«

»Daß du in der Wolfsburg und in der Schlangenhöhle gewesen bist, tapferer Recke.« Vagabundus nickte. »Ich war stets in der Nähe.«

»Der Graue Geist!« entfuhr es Siegfried.

Vagabundus blickte ihn fragend an, und Siegfried berichtete von der geisterhaften Gestalt, die er den Grauen Geist genannt hatte. »Jetzt weiß ich, daß Ihr es wart.«

Vagabundus nickte. »Ich ahnte das Unheil schon lange. In letzter Zeit mehrten sich die bösen Zeichen und die schlechten Nachrichten, die mich erreichten. Ich beobachtete den Verräter und griff nicht ein, um seine Pläne gänzlich zu erfahren. Wie es aussieht, habe ich zu lange gezögert. Aber zumindest ist er nicht im Besitz des Runenschwertes. Gut, daß du es mitgebracht hast!«

»Woher wißt Ihr das?« wollte Siegfried wissen. Zwar mochte ein guter Beobachter unter seinem Umhang die Umrisse der Waffe erkennen, aber nicht, daß es sich um das magische Schwert der Götter handelte.

»Ich fühle es«, erklärte Vagabundus, während er die Runenstäbe in einen Leinenbeutel strich. »Und die Runen haben es angekündigt.« Er seufzte schwer. »Leider sprechen sie nicht immer eine so deutliche Sprache, sonst ließe sich viel Böses verhindern.«

»Ihr sprecht auch keine deutliche Sprache«, entgegnete Siegfried mit wachsendem Zorn. »Je mehr Ihr erklärt, desto weniger verstehe ich. Von welchem Verräter sprecht Ihr? Und warum soll das Runenschwert meine Wut entfacht haben?«

Die grauen Augen blickten Siegfried eindringlich an. »Ich sehe dir an, daß du es spürst, Siegfried. Tief in dir wachsen die Zweifel. Hast du noch nicht daran gedacht, daß mit dem Runenschwert das Unglück über die Niederlande gekommen ist? Spürst du es nicht, wenn du das Schwert trägst, wenn du es berührst? Fühlst du nicht die böse Macht, die sich deiner bemächtigt, das Gute in dir unterdrückt und das Böse, das Schlechte zum Vorschein holt? Ich meine Haß und Zorn, die Quellen der Zerstörung!«

In den Worten lag viel Wahrheit. Tatsächlich fühlte sich Siegfried unbesiegbar, wenn er das Runenschwert in Händen hielt. So, als könne er es mit der ganzen Welt aufnehmen. Aber war es nicht der Wille Wodans, daß seine Abkömmlinge die mächtigsten Herren wurden?

»Was dachtest du dir nur dabei, das Schwert zu bergen und zusammenzusetzen?« fragte Vagabundus kopfschüttelnd. »Hältst du deinen Vater für einen Narren, daß er das Runenschwert zerbrach? Meinst du, ich hätte es an so unzugänglichen Orten verborgen, wenn ein Knabe es führen sollte?«

»Ich bin kein Knabe mehr!« rief Siegfried zornig.

»Ein Mann hätte überlegter gehandelt«, spottete Vagabundus und schüttelte sein graues Haupt.

Siegfried reagierte blitzschnell. Er warf den Umhang ab, zog das Schwert aus der Scheide und stieß die Klinge vor, gegen den Leib des anderen. Er verspürte große Lust, den Leib seines Gegenüber zu durchbohren.

»Da siehst du, welche Macht das Runenschwert über dich besitzt«, stellte Vagabundus triumphierend fest. »Oder glaubst du wirklich, du hättest eine andere Waffe gegen deinen Oheim erhoben?«

Siegfrieds Rechte zitterte.

Sein Oheim!

Siegfried hatte ihn in Gedanken weiterhin Vagabundus genannt, vielleicht weil es so unglaublich war, daß er Grimbert gegenüberstand. Grimbert dem Verschollenen. Grimbert dem Wunderlichen. Grimbert dem Runenzauberer. Grimbert dem Wanderer. Vagabundus!

Erschrocken darüber, fast den Bruder seiner Mutter getötet zu haben, steckte Siegfried das Schwert zurück in die Scheide. »Es tut mir leid«, flüsterte er.

»Ich hätte eher eingreifen sollen, bevor du das Schwert zusammengeschmiedet und den bösen Zauber neu entfacht hast. Aber ich ahnte nicht, daß das Unheil so rasch über uns kommen würde.«

»Aber warum ein böser Zauber? Reinhold hat mir erzählt, Wodan habe das Runenschwert meinen Ahnen geschenkt, um Gutes damit zu tun.«

»So war es auch, bis jemand auf dem Friesenfeldzug den Zauber ins Böse wendete. Er veränderte die Runen. Dein Vater bemerkte es zu spät, als er schon blutige Schandtaten mit der Klinge verübt hatte. Zum Glück besann er sich und zerstörte das Schwert.«

Siegfried hatte das Gefühl, ein großer Schwindel erfasse ihn und lasse seine Gedanken tanzen. So viele Dinge schienen nicht so zu sein, wie es auf den ersten Blick aussah. »Wenn Ihr soviel wißt, Oheim, erklärt mir doch eins: Weshalb hat Reinhold mir das nicht gesagt, als er mir vom Runenschwert erzählte und mir half, aus dem zerbrochenen Schwert wieder ein ganzes zu machen?«

»Bei Wodan, Donar und der ganzen Götterschar, hast du das wirklich noch nicht begriffen? Hast du dich nicht gefragt, wie Harko wissen konnte, daß du auf der Haselwiese warst?«

»Nein«, gestand Siegfried ein. »So vieles geschah in kurzer Zeit . . .«

»Dann frage dich jetzt!«

»Einer lügt«, sprach Siegfried laut seine Gedanken aus. »Entweder Ihr, Grimbert, oder Reinhold.«

»Richtig erkannt, mein Sohn. Einer von uns hat dich belogen und betrogen, um dich für seine Zwekke auszunutzen.«

»Nein«, sagte Siegfried und schüttelte heftig den Kopf. Alles in ihm wehrte sich gegen die Erkenntnis, all die Jahre getäuscht worden zu sein. »Ihr seid der Lügner, Grimbert! Reinhold kenne ich viel zu gut. Ihr seid es, der mich betrügen will!«

»So? Und aus welchem Grund?«

»Warum sollte Reinhold es tun?«

»Vielleicht wird er dir die Antwort selbst geben«,

sagte Grimbert und sprang auf. Er zog den Wollvorhang vor dem Fenster ein wenig zur Seite. Weit genug, um nach draußen zu sehen. Geschrei klang dumpf zu den beiden Menschen in der kleinen Kammer herauf. Laute Schritte vieler Menschen, harte Stiefeltritte. Das Klirren von Waffen.

Grimbert stieß einen Fluch aus. »Sie sind schon an der Treppe! Wirst du mit mir oder gegen mich kämpfen, Siegfried?«

»Mit Euch zu kämpfen heißt, gegen Reinhold zu sein.«

Grimbert nickte und zog ein Schwert mit schmaler Klinge. »Gegen das Böse!«

Schwere, eilige Schritte erklangen auf der Treppe. Die Tür flog auf, und Bewaffnete stürmten herein. Sie trugen die Rüstungen niederländischer Soldaten.

»Bleibt stehen!« rief Grimbert und nannte seinen Namen. »Ich bin der Bruder der Königin. Ihr habt mir zu gehorchen!«

»Wir gehorchen nur Graf Reinhold!« erwiderte einer der Eindringlinge, über dessen rechte Wange eine fingerlange Narbe lief. »Und der Graf hat befohlen, euch Galgenvögel gefangenzunehmen.«

Siegfried postierte sich vor den Soldaten: »Erkennt Ihr mich etwa nicht?«

»Natürlich erkenne ich dich, Hochstapler. Du bist der dreiste Kerl, der in unsere Stadt gekommen ist, um sich für den Prinzen auszugeben.«

»Jetzt begreife ich«, knurrte Grimbert. »Der schlaue Fuchs Reinhold hat uns als Hochstapler angeschwärzt!«

»Ihr gebt es also zu?« fragte der Soldat mit der Narbe. »Ist schon ein dreistes Stück von euch friesischen Agenten, daß ihr euch als Bruder und Sohn unserer Königin ausgeben wollt, um in Xanten Verwirrung zu stiften!«

»Aber ich bin der Prinz!« schrie Siegfried.

Der Narbige lachte schrill. »Der Prinz würde nicht in solchen Lumpen herumlaufen und in so einer üblen Spelunke verkehren!«

Der Soldat war einen Moment unaufmerksam, und Grimbert, der alte Kämpe, wußte den Vorteil für sich zu nutzen. Er zog mit einer schnellen Bewegung seine Klinge und bohrte sie in das Gesicht seines Kontrahenten. Als der Soldat auf die Knie sank, hieb Grimbert schon auf die nächsten Gegner ein und drängte zwei Mann zugleich in die Ecke. Er mochte gealtert sein, aber er war noch immer ein furchteinflößender Recke.

Siegfried hatte die Wahrheit erkannt. So schwer es auch fiel, alles sprach für Grimbert – und gegen Reinhold.

Der Prinz zog das Runenschwert und durchstieß die Halsberge eines Soldaten. Dem nächsten zerfetzte er Brünne und Leib. Ein weiterer Soldat zog sich zur Tür zurück und hob schützend seinen länglichen Schild. Siegfrieds Schlag spaltete ihn in zwei Hälften. Mit einem entsetzten Schrei ließ der Mann den Schild fallen und lief so hastig zur Treppe, daß er stolperte und in die Arme seiner Kameraden fiel. Er riß mehrere Männer mit, als er in den Hof stürzte.

»Grimbert, die Treppe ist frei!« rief Siegfried.

Mit einer schnellen, geschickten Drehung brachte sich Grimbert in den Rücken seiner beiden Gegner. Einem hieb er den Schwertknauf zwischen die Schultern, der andere erhielt einen Tritt in den Rücken. Während die beiden stöhnend zu Boden gingen, lief Grimbert auch schon aus der Kammer und folgte seinem Neffen die Treppe hinunter.

Aus allen Türen stürzten die Soldaten. Reinhold hatte offenbar seine ganze Armee aufgeboten. Siegfried und Grimbert ließen ihre Klingen kreisen, um sich den Weg freizukämpfen. Aber für einen gefällten Gegner tauchten zwei neue auf.

»Das Schwert beiseite, Rasender!« hörte Siegfried eine schneidende Stimme. »Sonst stirbt der Alte!«

Er wandte den Kopf und sah Grimbert waffenlos am Boden liegen, niedergehalten von einem halben Dutzend Soldaten. Einer drückte seinen Dolch gegen Grimberts Kehle.

Sollte Siegfried das Runenschwert sprechen lassen, um seinen Oheim zu befreien? Doch falls er zu langsam war, würde Grimbert sterben.

Diese bittere Erkenntnis zwang Siegfried, dem

Soldaten zu gehorchen. Er ließ das Götterschwert sinken, und ein Soldat riß es aus seiner Hand. Ein anderer nahm das kostbare Wehrgehänge an sich. Als seine Hände brutal auf den Rücken gerissen wurden, um sie dort zu binden, wollte Siegfried protestieren. Er hatte kaum den Mund aufgemacht, da erhielt er einen Schlag gegen die Stirn. Er sah einen Schwertknauf in einer haarigen Hand, dann nur noch Schwärze, dunkler als die Nacht...

Übelkeit drohte ihn zu übermannen. Mit jedem Schaukeln, jedem Schlingern stieg sie in ihm hoch. Im ersten Augenblick meinte Siegfried, auf einem Pferd zu liegen oder auf einem Maultier. Aber er lag mit der Seite auf hartem, splittrigem Holz, die Hände so fest auf den Rücken gebunden, daß es schmerzte. Unablässig dieses Schaukeln. Er würgte, doch er brachte nichts aus sich heraus.

»Tu dir keinen Zwang an, Siegfried. Wir sind hier nicht in feiner Gesellschaft.« Die Stimme drang aus der Dunkelheit, ganz in seiner Nähe.

»Grimbert?« fragte er zögernd.

»Ja«, knurrte die Stimme mürrisch. »Der Tor Grimbert liegt ganz dicht neben dir.«

»Warum nennt Ihr Euch einen Tor?«

»Weil wir dem Verräter Reinhold in die Falle gegangen sind, der kluge Grimbert und der tapfere Siegfried. Du warst der Lockvogel für mich und ich der deine. Und jetzt hat er uns beide!«

»Wo sind wir?«

»Im Frachtraum eines Schiffes. Da wir keinen Riemenschlag hören und trotzdem rasch vorankommen, wie du an dem starken Schaukeln merkst, wird die Fahrt wohl flußabwärts gehen. Ich kam wieder zu mir, als mich Reinholds Schergen wie einen Sack Rüben unter Deck warfen.«

»Flußabwärts«, sagte Siegfried. »Da liegt die Schwertburg.«

»Daran dachte ich auch schon. Zumindest leben wir noch, und das bedeutet Hoffnung!«

Siegfried versuchte vergeblich, sich zu bewegen. Er war mit mehreren Riemen oder Stricken zusammengeschnürt. »Hoffnung worauf?«

»Darauf, Reinhold und damit das Böse zu besiegen.«

»Eure Zuversicht scheint größer als Eure Klarheit, was die Einschätzung unserer Lage betrifft, Oheim.«

»Ja, leider. Wäre ich Reinhold schon früher auf die Spur gekommen, wäre Siegmund und mir vieles erspart geblieben, und wir wären nicht zu ruhelosen Wanderern geworden.«

»Wieso nennt Ihr meinen Vater einen Wanderer?«

»Nur eine unüberlegte Bemerkung«, erwiderte Grimbert schnell.

Siegfried spürte, wie die Erregung in ihm aufstieg. »Was ist mit meinem Vater?«

»Er büßt für seine Sünden.«

»Ihr meint, im Fegefeuer?«

»Ich meine auf dieser Welt, wenn sie auch manchmal dem Fegefeuer ähnelt.«

»Das ... das bedeutet ...« Es war so ungeheuerlich, daß die Worte nicht über Siegfrieds Lippen dringen wollten.

»Ja«, erwiderte Grimbert mit fester Stimme. »König Siegmund ist nicht im Kampf gegen die Friesen gefallen. Wir, Reinhold und ich, täuschten seinen Tod nur vor. Siegmund selbst befahl es uns. Einem lebenden König der Niederlande hätte König Hariolf die Untaten niemals verziehen. Nur mit einem toten Siegmund hatte unser Land Aussicht auf Frieden.«

»Weiß meine Mutter ...«

»Nein, niemand sollte es wissen. Mag sein, daß sie es ahnt. Vielleicht hat sie deshalb keinen neuen Gemahl erwählt.«

»Wo ist mein Vater?«

»Das weiß ich nicht. Seit damals, als er das Runenschwert zerbrach, habe ich nichts von ihm gehört. Er wollte als einfacher Wanderer durch die Lande ziehen, bis er ein Zeichen der Vergebung erhält.«

»Vergebung – von wem?«

»Von Gott vielleicht. Oder von Wodan.« Grimbert seufzte schwer, als wisse er es selbst nicht.

»An wen glaubt Ihr, Grimbert? An Gott und Jesus Christus? Oder an Wodan, den Göttervater?«

»Das geht nur mich etwas an«, brummte Siegfrieds Oheim.

Für eine Weile herrschte Schweigen. Man hörte nur das Plätschern der Wellen, das Ächzen und Knarren der Spanten und Planken. Gewiß war die Nachricht über König Siegmund eine unglaubliche Eröffnung. Aber in den letzten Tagen war soviel Unglaubliches geschehen, daß Siegfried nicht an Grimberts Worten zweifelte. Es gab auch keinen Grund dazu. Reinhold hatte sich als Verräter erwiesen, Grimbert hingegen als Freund, zumindest als Verbündeter. Aber wirkliche Freude, daß sein Vater noch lebte, wollte in Siegfried nicht aufkommen. Schuld daran war vielleicht seine Lage, die ihm, Grimberts Worten zum Trotz, wenig hoffnungsvoll erschien. Vielleicht war es auch das Gefühl, den Vater verraten zu haben, als Siegfried seinem Zuchtmeister zu dem Runenschwert verhalf.

»Will Reinhold das Runenschwert für seine Zwecke benutzen?« fragte der junge Xantener, auch um das düstere Schweigen zu durchbrechen.

»Ja. Erst diente es ihm, indem du es gegen Harko

führtest. Jetzt wird es in Reinholds Händen noch mehr Friesen töten – und nicht nur Friesen.«

»Warum hat er es nicht selbst geholt? Er wußte doch die ganze Zeit über, wo es war.«

»Anfangs mußte er befürchten, von mir dabei ertappt zu werden. Später, als ich mich zurückzog, um meine Kenntnis der Runen zu vertiefen, bewachten Wodans Tiere das Schwert. Es war ungefährlicher für Reinhold, dich auszuschicken. Außerdem brauchte er dich als Sündenbock, um mit Harkos Tod einen Krieg auszulösen.«

»Wodans Tiere«, flüsterte Siegfried. Er dachte an die lautlose Stimme, die er in der Wolfsburg und in der Schlangenhöhle gehört hatte. In wenigen Worten berichtete er Grimbert von seinen Abenteuern.

Grimbert starrte den Prinzen finster an. »Du hast Wodans Warnungen mißachtet und die Wächter getötet, die er geschickt hatte, das Runenschwert zu behüten. Weißt du denn nicht, daß Wodan nur ein Auge hat? Das andere opferte er, um die Weisheit der Runen zu erlangen.«

»Welches Auge ist ihm geblieben?« Siegfried dachte an den großen Wolf und an die Wasserschlange. »Das linke?«

»Ja, das linke.«

»Dann habe ich tatsächlich Wodans Wächter getötet! Aber wer sandte den großen roten Falken?«

»Ich sandte ihn!« Mit einem lauten Quietschen

wurde die Luke geöffnet, und diffuses Nachtlicht waberte in den Frachtraum. Helleres Licht folgte, als Reinhold mit einer Laterne in der Hand nach unten stieg. Er verschloß die Luke wieder über sich. Der Graf von Glander trug das Wehrgehänge, das er Siegfried geschenkt hatte. In der Scheide steckte das Runenschwert. »Ich schickte den Falken aus, dir zu helfen, mein Sohn. Schließlich wollte ich dich wohlbehalten zurückhaben.«

»Mich oder das Runenschwert?«

»Damals war mir sehr an dir gelegen. Jetzt allerdings ist mir das Schwert der Götter wichtiger.«

»Ich hatte solch einen Falken noch nie gesehen«, rief Siegfried ungläubig aus.

»Ich auch nicht«, erwiderte Reinhold kühl. »Bis ich eines Nachts wieder vom Feuergott träumte. Als ich erwachte, saß der Falke auf meinem Fenstersims. Ohne daß es mir jemand sagen mußte, wußte ich, daß er kommen würde, wann immer ich ihn rief.«

»Ihr seid also wirklich ein Diener des Feuergottes!« Grimbert spie vor Reinhold aus. »Ein Gott, der die anderen Götter verrät. Und ein Niederländer, der sein Reich, sein Volk und seine Königin verrät.«

»Nicht ich bin der Verräter«, entgegnete Reinhold. »All jene sind es, die dem Christengott dienen oder helfen, seine Macht zu stützen. Es führt zu nichts Gutem. Wer sich auf einen schwachen Gott verläßt, der ist verlassen!«

Er sprach mit wachsendem Grimm. Seine Augen flackerten unstet, die Stimme vibrierte.

»Wie kommt Ihr darauf, der Christengott sei schwach?« fragte Siegfried.

»Ich habe es selbst erfahren.« Reinhold klang jetzt düster. »Früher tauften wir unsere Kinder im Namen der alten Götter, um ihren Schutz zu erflehen. Aber was hat der Christengott mit meinem Sohn gemacht, obwohl der Bischof selbst ihn taufte?«

»Deshalb Euer ganzer Haß?« fragte Grimbert ungläubig. »Weil Euer Sohn im Kindbett starb?«

»Vergeßt nicht, daß seine Mutter ihm folgte, Grimbert«, rief Reinhold. »Ich jedenfalls verstand, als mir kurz darauf der Feuergott erschien und mich aufforderte, die Macht des Christengottes auf die Probe zu stellen. Sie war nichts gegen das Feuer, das sein Haus vernichtete. Nichts gegen den Stahl, der seinen Diener fraß!«

»Das Bild fügt sich zusammen«, sagte Grimbert ohne jede Freude über diese Erkenntnis. »Reinhold der Verräter ist zugleich der Brandstifter und der Priestermörder!«

»Und der Rächer!« schrie der Graf von Glander. »An der Spitze der niederländischen Recken werde ich die Friesen schlagen. Der Feuergott wird über die beiden Länder herrschen. Und dann werde ich den Christengott bekämpfen, bis die Welt aus seinen Klauen befreit ist!«

»So einfach wird das nicht gehen«, preßte Siegfried wütend hervor. »Meine Mutter, die Königin, wird das nicht zulassen.«

»Die Königin wird nicht mehr lange Königin sein«, lachte Reinhold. »Ich werde ihr berichten, die Friesen hätten ihren geliebten Sohn entführt. Und sobald es in meine Pläne paßt, werde ich ihr auch deine Leiche präsentieren. Nach dem vorgeblichen Tod ihres Mannes wird ihr dieser neuerliche Verlust das Herz brechen. Sie wird mir vollkommen freie Hand lassen und gar nicht merken, daß ich der eigentliche Herrscher der Niederlande bin.«

»Und welchen Platz habe ich in Euren finsteren Plänen?« erkundigte sich Grimbert.

»Vielleicht kann ich Euch noch für die eine oder andere Intrige gebrauchen. Bis ich darüber entschieden habe, genießt Ihr meine Gastfreundschaft.«

Kapitel 12

Was Reinhold von Glander unter Gastfreundschaft verstand, konnten Siegfried und Grimbert bald feststellen. Nicht die Schwertburg war das Ziel des Schiffes, sondern der karge Felsen im Rhein, ein kurzes Stück weiter flußabwärts.

Die Rheinfeste.

Und der Kerker, in den der Verräter seine beiden Gefangenen warf. Er selbst kehrte noch in der

Nacht nach Xanten zurück, um der Königin Siegfrieds Entführung durch die Friesen zu melden.

Der Prinz und sein Oheim blieben zurück, gefangen hinter dicken Mauern, umspült von den mächtigen Fluten des Rheins und bewacht von Reinholds treuen Schergen. Siegfried hatte viele Fragen und Grimbert viel Zeit, sie zu beantworten.

Grimbert berichtete von seinem Leben als Wanderer. Von seinem Bestreben, seine Kenntnis der Runen zu vervollkommnen, um es mit den finsteren Mächten aufnehmen zu können, deren Bedrohung er spürte, seit König Siegmund unter den bösen Einfluß des Runenschwertes geraten war. Und er erzählte von dem Feldzug gegen die Friesen, der eine so schlimme Wendung genommen hatte.

»Natürlich war es Reinhold, der die Runen auf der Klinge verändert hatte«, erklärte Grimbert. »Er als runenkundiger Schmied hatte die Fähigkeiten dazu. Damals kam ich leider nicht darauf, weil ich den wackeren Recken für einen treuen Freund hielt. Doch schon in jenen Tagen verfolgte er seine düsteren Rachepläne und war er ein Werkzeug des Feuergottes. Er benutzte König Siegmund, um den Krieg gegen die Friesen so erbarmungslos werden zu lassen, daß unsere Völker sich zerfleischten und Reinhold die Macht übernehmen konnte. Damals scheiterte der Plan an Siegmunds Einsicht und Stärke, jetzt liegt alles an uns.«

»Wer ist der Feuergott?« fragte Siegfried.

»Der Gott Loki in seiner schlimmsten Gestalt. Die Verkörperung des alles verzehrenden Bösen!«

»Loki? Ist er nicht ein Freund Wodans, sein Reisegefährte?«

»Das war er, aber seine Boshaftigkeit brachte die Götter immer mehr gegen ihn auf. Als sich die alten Götter von dieser Welt zurückzogen, weil der Christengott ihren Platz einnahm, witterte er die Gelegenheit, sich zum mächtigsten Gott aufzuschwingen. Mit Hilfe treu ergebener Vasallen wie Reinhold will er die Welt beherrschen!«

»Aber kämpft er nicht für alle Götter?«

»Das mag Reinhold glauben. Doch Götter wie der dämonische Loki kämpfen nicht für andere.«

Siegfrieds Sorgen wuchsen ins Unermeßliche. Das Reich war in großer Gefahr. Reinholds Krieg gegen die Friesen würde viele Unschuldige das Leben kosten. Siegfried mußte an seine Mutter denken. Auch sie hatte sich von Reinhold täuschen lassen. Würde sie tatsächlich nichts von Reinholds Intrigen erahnen?

Und die Sorge um Amke trieb Siegfried um. Daß sie Reinholds Gefangene war, wog schon schwer genug. Aber was würde geschehen, wenn der Verräter die Friesen unterworfen hatte und die Prinzessin nicht mehr benötigte? Siegfried mochte sich gar nicht ausmalen, was Reinhold mit ihr anstellen würde. Daß sein Vater, König Siegmund, noch am Leben war, erfreute zwar Siegfrieds Herz, aber es änderte seine Lage keinen Deut. Grimbert und er saßen in der Falle, ohne das Unheil, das dem Reich drohte, abwenden zu können. Nichts schien Anlaß für Hoffnung zu geben. Die Nächte wurden zu Tagen und die Tage zu Nächten...

Die Nacht war schwärzer als das Reich der Toten. Dicke graue Wolken ballten sich am Himmel. Nicht ein einziger zaghafter Strahl des Mondlichts spielte mit den Wassern des Rheins, die, finster wie der Himmel, an der Felsinsel im Strom vorbeiglitten. Es war kühler als in den vorangegangenen Nächten, aber nicht deshalb zog Ludolf die Wolldecke fester um seine Schultern. Er fröstelte. Diese verfluchte Nacht war schuld. Und der Fluß, der im Dunkeln wie ein lebendiges Wesen wirkte.

Eine große Welle klatschte an den Felsen, auf dem Ludolf stand. So stark, daß Wasser gegen seine Beine schlug. Wie die kalte Hand eines Wassergeistes, die ihn in den Fluß zerren wollte. Erschrocken sprang Ludolf einen Schritt zurück und stolperte über eine Unebenheit des Gesteins. Er wäre gestürzt und ins Wasser gefallen, hätte ihn nicht eine starke Hand an der Schulter gepackt.

»Was hast du?« fragte Bruno, der zusammen mit Ludolf an der Ostseite der Felsinsel Wache schob.

»Der Rhein!« Ludolf schluckte mehrmals. »Er wollte mich mit sich reißen!«

Bruno schüttelte den Kopf und lachte schallend. »Du bist ein solcher Feigling; du siehst selbst im Fluß Gespenster.«

»Spotte nicht über die Flußgeister!« mahnte Ludolf im Flüsterton und warf einen sorgsamen Blick aufs Wasser. »Sie werden es sonst böse vergelten!«

»Dir haben sie es schon vergolten«, erwiderte Bruno. »Indem sie deinen Verstand vernebelt haben.« Er nahm seinen Speer und den Schild auf, die an einer Felsmauer lehnten. »Ich mache mal einen kleinen Rundgang, um die Kälte aus meinen Knochen zu vertreiben. Kommst du mit?«

Ludolf schüttelte den Kopf. »Nein, nicht bei dieser Dunkelheit. Der Fels ist naß und rutschig. Man kann zu leicht in den Fluß fallen.«

»Ja, wenn man vor Angst nicht mehr richtig seine Füße zu setzen versteht.«

Ludolf schickte dem sich entfernenden Kameraden ein paar wüste Verwünschungen nach, doch Bruno hörte ihn nicht oder gab nichts auf seine Worte. Er ging die langgezogene Ostseite der Felsinsel nach Süden ab, flußaufwärts, zwischen dem reißenden Wasser und den Mauern der Rheinfeste.

Ludolf dachte an die beiden Gefangenen, die seit neun Nächten hinter den Felsmauern saßen. Ihr Gefängnis lag ganz in der Nähe, an der Ostmauer der Feste. Es waren die beiden friesischen Spione, die sich für Prinz Siegfried und Graf Grimbert ausgegeben hatten. Die Soldaten munkelten hinter vorgehaltener Hand, daß es sich wirklich um Siegfried und Grimbert handeln mochte. Aber selbst wenn es der Wahrheit entsprach, würde Reinhold einen guten Grund haben, die beiden einzusperren. Seine Männer waren dem Grafen treu ergeben. Er sorgte für sie und zahlte einen guten Sold. Andererseits konnte er sehr streng sein, und so wagte niemand, dem Herrn unbequeme Fragen zu stellen.

Als Ludolf wieder nach Bruno ausschaute, war sein Gefährte verschwunden. Gewiß, die Nacht war finster wie die Seele eines Vatermörders, aber Bruno konnte sich noch nicht so weit entfernt haben, daß Ludolf nicht einmal mehr seine Umrisse sah. Ein wissendes Lächeln umspielte Ludolfs Lippen, als er das Spiel seines Kameraden zu durchschauen glaubte. Halblaut rief er in die Nacht: »Du brauchst dich nicht länger zu verstecken, Bruno. Mir kannst du keine Angst einjagen. Da muß schon ein richtiger Wassergeist kommen!«

Keine Antwort. Nur das Rauschen und Gurgeln

des Flusses. So sehr Ludolf sich auch bemühte, er vermochte keine Regung um sich wahrzunehmen. Noch einmal rief er nach dem Kameraden und forderte ihn auf, das kindische Spiel zu lassen.

Plötzlich erhob sich eine Gestalt in der Finsternis und winkte ihm zu. Also hatte der vermaledeite Bruno sich doch einen Spaß mit ihm erlaubt!

»Ist es dir auf dem Felsboden zu kalt geworden?« fragte Ludolf und spürte, wie erleichtert er war.

Doch statt zu antworten, war Bruno aufs neue verschwunden. Er schien sich hinter einem Felsen zu verstecken.

»Jetzt ist meine Geduld zu Ende«, knurrte Ludolf und setzte sich in Bewegung. Etwas riet ihm, nicht weiterzugehen. Vielleicht gab es doch irgendwo Wassergeister, die dem Fluß entstiegen waren. Aber seine Neugier war größer. Hinter einem kaum kniehohen Felsen entdeckte er Bruno reglos am Boden.

»He, such dir eine bequemere Schlafstatt!« rief Ludolf und stieß den Kameraden mit der Stiefelspitze an. Bruno rührte sich nicht. Voller Zorn über die Narretei seines Gefährten stieß Ludolf noch einmal zu. Als Bruno sich immer noch nicht regte, begannen erste Zweifel an ihm zu nagen, ob alles mit rechten Dingen zuging. Vorsichtig beugte er sich vor. Um sich abzustützen, griff seine Hand nach einem Felsen, und da spürte er etwas Klebriges. Seine Hand zuckte zurück. Blut klebte an ihr.

Wie um Ludolf zu verhöhnen, zeigte sich in diesem Augenblick ein Riß in der Wolkendecke. Nur ein winziger Strahl Mondlicht drang hindurch, doch er genügte, Ludolf das Schreckliche zu offenbaren: Bruno lag in einer großen Blutlache, die Augen vor Schreck geweitet, der Blick gebrochen. Jemand hatte seine Halsberge zerrissen und Brunos Kehle grausam zerfleischt. Noch nie hatte Ludolf eine so gräßliche Wunde gesehen, wie von einem tollwütigen Wolf gerissen. Er war fast froh, als sich der Wolkenvorhang wieder schloß und sich gnädige Finsternis über der Rheinfeste ausbreitete.

Hinter sich vernahm er plötzlich ein Geräusch: ein Plätschern, als steige etwas aus den Fluten hervor. Ludolf bereute, daß er Speer und Schild nicht mitgenommen hatte. Er wollte das Schwert aus der Scheide ziehen, doch die eng umgelegte Wolldecke behinderte ihn dabei. Ärgerlich streifte er sie ab. Als er sich dann umwandte, begriff er in einem langen schrecklichen Augenblick, daß er Bruno in den Tod folgen würde. Ein Schatten glitt schneller als jeder Blitz über die Felsen. Ludolf wurde umgerissen. Er spürte noch, wie sich etwas in seiner Halsberge verkrallte und sie mit erschreckender Leichtigkeit zerriß. Ein stechender Schmerz umfing ihn, als scharfe Zähne seine Kehle zerfetzten. Dann hüllte ihn ein warmes, tödliches Dunkel ein.

»Die neunte Nacht«, sagte Siegfried leise, fast tonlos, so daß seine Stimme nichts über seine Gemütslage verriet.

Grimbert hörte trotzdem die Klage und die schwindende Hoffnung, die in den wenigen Worten mitschwang. Er fühlte sich kaum anders.

Sie hockten in ihrer engen, fensterlosen Kerkerzelle. Durch das kleine Loch in der schweren Eichenholztür fiel etwas Fackelschein vom Gang ein und sorgte für einen trügerischen Hauch von Wärme. Auch Grimberts Hoffnung schwand, was er gegenüber Siegfried allerdings zu verbergen suchte. Der alte Recke hatte zu oft erlebt, wie Mutlosigkeit und Hoffnung zur Panik gerieten.

Aus der Finsternis klang wieder Siegfried Stimme: »Warum glaubt Ihr, daß Loki Böses will, Oheim? Kann es nicht sein, daß Wodan und die anderen Götter hinter ihm stehen?«

»Das war einmal. Aber mit Balders Tod kam die Finsternis über die Götter. Und das Band zwischen Wodan und Loki zerbrach.«

»Balder ist der Gott des Lichts«, erinnerte sich Siegfried. Er mußte das Gerede über die alten Götter irgendwo beim Gesinde aufgeschnappt haben.

»Balder war es, doch jetzt ist er tot.«

»Hat Loki ihn getötet?«

»Nicht mit eigener Hand, und doch trägt Loki alle Schuld.«

Siegfried atmete tief durch. »Ich habe mal gehört, Balder sei unverwundbar. Wie kann man ihn da töten?«

»Niemand ist unverwundbar, und niemand ist unsterblich. Die alten Sagen berichten von Recken, die in Drachenblut badeten und so ihre Unverwundbarkeit erlangten. Aber auch sie fanden irgendwann den Tod – so wie Balder. Der Lichtgott ahnte sein düsteres Schicksal in bösen Träumen voraus. Seine Eltern, Wodan und Frija, nahmen allen Lebewesen und sogar den Steinen das Versprechen ab, Balder nicht zu verletzen. Fortan galt er als unverwundbar, und die anderen Götter machten sich einen Spaß daraus, ihn mit Steinen und Speeren zu bewerfen. Nur Höder, Balders Bruder, nahm an diesem Spiel nicht teil, weil er blind war. Eines Tages trat Loki der Mißgünstige, neidisch auf Balders Unverwundbarkeit, an Höder heran, drückte ihm einen Speer in die Hand und versprach, ihm die Wurfrichtung zu zeigen. Was Höder nicht wußte, Loki der Hinterlistige aber wohl: Der Speer war aus dem Holz der Mistel geschnitten, die Wodan und Frija nicht um einen schützenden Eid für Balder gebeten hatten, weil die Mistel damals noch jung war und zu unbedeutend erschien.«

»Und der Speer tötete Balder?« fragte Siegfried, der Grimberts Erzählung mit wachsender Spannung gelauscht hatte.

»Ja, Balder war auf der Stelle tot und ging ein ins Reich der Totengöttin Hel. Balders Bruder Hermod wagte den Ritt in ihr finsteres Land und bat um Balders Rückkehr zu den Lebenden. Hel sagte zu, unter der Bedingung, daß alle Lebewesen den Lichtgott beweinten. So sollte es geschehen, doch eine mißgünstige Riesin versagte sich die Tränen. Balder blieb im Reich der Toten. Die hartherzige Riesin aber war niemand anderes als der verkleidete Feuergott – Loki!«

»Jetzt verstehe ich, weshalb die Götter nicht mehr zu Loki stehen«, sagte Siegfried und blickte seinen Oheim an, dessen Gesicht im Fackelschein etwas Übernatürliches, fast schon Dämonisches hatte. »Ihr kennt Euch gut mit den alten Göttern aus, Grimbert.«

»Das muß ich, will ich gegen Reinhold bestehen.«

»Nur deshalb?«

Grimbert schwieg eine Weile. Dann sagte er: »Wir leben im Zeitalter des Christengottes, unter seinem Kreuz. Wem ich Treue schwöre, dem diene ich treu. Aber ich muß ihn nicht lieben, mag er sich auch Gott der Liebe nennen.«

In seine letzten Worte fiel ein laut gellender

Schrei, ganz in der Nähe ausgestoßen. Ein Schrei, der durch Mark und Bein ging. Er brach so plötzlich ab, wie er erklungen war.

Ein dumpfes Geräusch folgte, dann ein leises Klirren. Und Schritte, die sich näherten.

Grimbert schnellte hoch und drückte das Gesicht gegen die Tür, spähte durch das kleine Loch, das Luft und Licht einließ.

»Bei Wodan!« keuchte er.

»Was ist?« fragte Siegfried, der ebenfalls aufgesprungen war.

Ein lautes Kratzen ertönte. Er kannte das Geräusch. Die Kerkertür wurde geöffnet.

»Wir werden befreit!« Grimbert trat von der Tür zurück und fügte nach einem kurzen Zögern hinzu: »Von einem seltsamen Retter!«

Auch Siegfried traute seinen Augen nicht. Seltsam war dieser Retter in der Tat – und doch kannte er kaum einen Menschen besser als ihn: Otter trug nur einen ledernen Schurz um die Hüften. Seine glatte Haut glitzerte seltsam. Siegfried brauchte einen Moment, um zu erkennen, daß es zahllose winzige Wassertropfen waren. An Otters Händen klebte Blut. Er machte ein ernstes, finster entschlossenes Gesicht.

»Kommt schnell!« zischte der Schmiedebursche. »Leider konnte der Wächter um Hilfe rufen, als ich ihm die Schlüssel abnahm. Falls andere Wachen den Schrei gehört haben, ist größte Eile geboten!«

»Wie kommst du hierher, Otter?« fragte Siegfried.

»Erst mit einem Boot, und dann bin ich geschwommen.«

»Das also ist Otter, von dem du erzählt hast«, stellte Grimbert fest und betrachtete den geschmeidigen Jungen prüfend. Dann sah er zu dem kräftigen Wächter, der auf dem Gang in seinem Blut lag. »Kaum glaublich, daß so ein schmaler Bursche den Söldner getötet hat!«

»Glaubt es oder glaubt es nicht«, flüsterte Otter. »Doch kommt endlich!«

Sie liefen aus der engen Zelle. Grimbert beugte sich über den Toten, um ihm die Waffen abzunehmen. Die aufgerissene Kehle war kein schöner Anblick. Siegfried warf Otter einen verstörten Blick zu. Der geheimnisvolle Findeljunge jedoch achtete nicht darauf.

»Ich nehme das Schwert«, sagte Grimbert und reichte Siegfried den Speer des Toten. »Für dich ist der Dolch, Otter.«

»Ich brauche keine Waffe«, erwiderte Otter. Grimbert zuckte mit den Schultern und gab den Dolch Siegfried, der ihn in den Gürtel schob. Sie schlichen durch den von wenigen Fackeln kaum erhellten Gang.

»Das ist nicht der Weg hinauf zur Festung!« sagte Grimbert, als Otter sich in einen engen Nebengang drückte.

»Nein, das ist nicht unser Weg«, erwiderte der fast nackte Junge. »Zu viele Wachen«, fügte er wie zur Erklärung hinzu.

»Sie kommen schon!« warnte Siegfried, der Stimmen und Schritte vernommen hatte. »Wahrscheinlich haben sie den Schrei doch gehört.«

»Kommt weiter!« verlangte Otter und huschte voran.

Der steinerne Boden fiel stetig ab. Hier gab es keine Fackeln, nur Finsternis. Und Wasser. Erst plätscherte es nur um die Füße der drei Flüchtenden, dann umspielte es die Knöchel, die Beine.

»Bald müssen wir schwimmen«, knurrte Grimbert.

»Ihr habt es erfaßt, Graf«, erwiderte Otters helle Stimme aus dem Dunkeln. »Es ist ein Kanal, der ins Freie führt.«

»Woher wußtest du davon?« fragte Grimbert mißtrauisch.

»Ich habe ihn früher einmal entdeckt. Ich schwimme manchmal nachts ihm Rhein.«

»Niemand schwimmt nachts im Rhein!« erwiderte Grimbert. »Schon gar nicht zu dieser Insel, die von reißender Strömung umpeitscht wird!«

»Ich schon«, entgegnete Otter. Es klang weder

eitel noch triumphierend, sondern wie eine Selbstverständlichkeit.

Er warf sich ins Wasser. Sie vernahmen nur ein dumpfes Geräusch. Siegfried folgte ihm, dann Grimbert. Der Kanal war eng. So eng, daß Siegfried den Speer und Grimbert das Schwert fallenlassen mußte. Manchmal spülten die Wasser des Rheins bis an die Felsdecke, und sie mußten tauchen. Nach einer Weile waren sie im Freien angelangt.

»Bis zum Fluß sind es nur wenige Schritte«, erklärte Otter, während er aus dem Wasser stieg und voranging.

Sie stießen auf zwei weitere Wächter. Beide waren ebenfalls tot und entsetzlich verstümmelt.

»Warst du das, Otter?« fragte Siegfried.

»Es mußte sein«, antwortete sein Freund knapp. Er steckte Daumen und Zeigefinger in den Mund und stieß einen schrillen Pfiff aus. Als nichts geschah, ließ er weitere Pfiffe folgen. »Der Wind ist stark, aber er weht in die falsche Richtung, uns entgegen. Wieland hört mein Zeichen nicht. Wartet hier, ich werde ihn holen.«

Ohne zu zögern, glitt Otter ins Wasser; er schien fast mit dem feuchten Element zu verschmelzen und verschwand in der Dunkelheit.

»Du hast einen seltsamen Freund«, bemerkte Grimbert nachdenklich, während er Otter nachsah.

Siegfried mußte seinem Oheim recht geben. Otter schien ihm rätselhafter, unheimlicher als je zuvor. Und doch vertraute Siegfried ihm.

Gedämpfter Lärm und Schreie klangen gegen den Wind. Offenbar geriet die Festung in Aufruhr: Man hatte ihre Flucht entdeckt.

Das schnelle Plätschern der Riemenblätter kündigte ein Ruderboot an. Der muskulöse Wieland bediente die Riemen. Ein Bündel lag neben ihm, Otters Kleider. Otter kauerte am Heck und hielt das Außenruder. Kurz vor der Insel sprang er ins Wasser und hielt das Boot im Uferbereich fest.

Siegfried und Grimbert stiegen hinein. Otter versetzte dem Kahn einen Stoß, bevor auch er sich an Bord schwang. Siegfried setzte sich neben Wieland auf die Ruderbank und übernahm einen Riemen.

»Tut mir leid, daß ich euch nicht gehört habe«, sagte Wieland. »Die Strömung hatte mich zu weit abgetrieben.«

Das Boot rauschte mit dem Stromlauf an der Insel entlang. Otter riß das Steuer herum und lenkte das kleine Gefährt quer zur Strömung, dem linken Ufer entgegen. Sie glitten an der Nordspitze der Rheinfeste vorüber. Plötzlich ging über der Insel ein hell leuchtender Stern auf, er schien sich unbemerkt durch die Wolkendecke geschmuggelt zu haben. Doch das Licht entstammte nicht göttlicher Kraft, sondern Menschenhand.

»Das Leuchtfeuer!« stieß Wieland hervor. »Sie geben Alarm. Auf der Schwertburg wird man das Feuer sehen und wissen, daß die Gefangenen entflohen sind. Bald wird man das ganze Ufer absuchen. Vielleicht sollten wir zum anderen Ufer fliehen.«

»Du vergißt, daß unsere Pferde am linken Ufer stehen«, ermahnte Otter den Gefährten. »Rudert lieber schneller!« Siegfried und Wieland taten, was in ihren Kräften stand.

»Ihr habt sogar an Pferde gedacht?« staunte Grimbert.

»Vier gute Tiere«, verkündete Otter stolz und grinste. »Sie stammen aus Reinholds Zucht.«

»Wie kamt ihr dazu, uns zu befreien?« fragte Grimbert. »Ausgerechnet in dieser Nacht? Immerhin stecken wir schon eine ganze Weile in Reinholds Kerker.«

»Erst war es nur ein Gerücht, daß ihr auf der Rheinfeste seid«, antwortete Otter. »Aber bei seinem letzten Besuch auf der Schwertburg habe ich Reinhold belauscht, der sich mit Udalrich unterhielt. Sie sprachen darüber, wie Siegfried und Grimbert gefaßt wurden und wie sie Königin Sieglind entmachten wollen. Für Wieland und für mich stand fest, daß wir euch helfen mußten. Ich hätte auch so unbemerkt zur Insel schwimmen können, aber für das Boot benötigten wir eine vollkommen finstere Nacht.«

»Der Bader Udalrich ist also auch in das Komplott verwickelt«, sagte Siegfried finster und erinnerte sich an das Bad, bevor er zur Haselwiese ritt.

Als er davon erzählte, meinte Grimbert: »Es sollte mich nicht wundern, wenn Udalrich dem Bad geheime Kräuter zugesetzt hat, um dir die Sinne zu verwirren.«

»Ich werde diesem gemeinen Verräter den kahlen Schädel einschlagen!« zischte Siegfried. »Und Reinhold soll es nicht besser ergehen!«

»Falls wir noch rechtzeitig kommen«, meinte Otter. Er berichtete mit wenigen Worten, daß die Schlacht gegen das Friesenheer kurz bevorstand. König Hariolfs Truppen hatten bereits ein paar Grenzburgen überrannt und waren auf niederländisches Gebiet vorgedrungen. Diese Vorstöße schürten die Wut der Niederländer und ihre Kriegslust. Reinhold hatte leichtes Spiel, die Waffenpflichtigen zusammenzurufen.

Siegfried erkundigte sich nach seiner Mutter und nach Amke. Sieglind trat seit Siegfrieds rätselhaftem Verschwinden kaum noch in Erscheinung, sie hatte jede Verantwortung in Reinholds Hände gelegt. Über Amke wußten Otter und Wieland nichts Neues zu berichten. Sie war noch immer Gefangene auf der Xantener Königsburg. Für Siegfried war es schon eine Beruhigung, daß sie und seine Mutter noch lebten.

Immer wieder drohte der Rhein das kleine Boot abzutreiben oder umzuwerfen. Aber Otter verstand es, das Boot zu manövrieren, fast wie ein Fährmann oder ein Flößer. Dank seiner Anweisungen umfuhren sie Strudel und Stromschnellen und erreichten schließlich das waldgesäumte Ufer.

»Sehr gut«, meinte Otter und stieg auf dem Uferstreifen in seine Kleider. »Die Pferde stehen ganz in der Nähe.«

»Ich übernehme jetzt die Führung!« sagte Grimbert, als er sich auf einen großen Fliegenschimmel schwang. »Wir müssen zu einem bestimmten Ort, wenn wir Reinholds Pläne durchkreuzen wollen.«

»Was ist das für ein Ort?« fragte Siegfried.

Mit einem matten Lächeln antwortete sein Oheim: »Eine Schmiede.«

Kapitel 13

Der Zufluchtsort, den sie im Morgengrauen erreichten, war nicht nur eine Schmiede, sondern eine kleine Burg. Sie lag auf einem Plateau am Ende eines unzugänglichen Tals, im Nordosten des Königswaldes. Hier lebten Männer, Frauen und Kinder, die Grimbert froh und erleichtert begrüßten. Sie dankten Wodan für die Rettung ihres Herrn. Eine Kapelle entdeckte Siegfried nicht und auch keinen Priester.

Als sie von den Pferden stiegen, klagte Wieland über Schmerzen und Müdigkeit. Auf seine Frage nach einem Schlafplatz schüttelte Grimbert den Kopf.

»Jetzt bleibt keine Zeit zum Schlafen!« sagte er ernst. »Wir müssen uns auf den Kampf mit Reinhold vorbereiten.« Er deutete auf einen länglichen Anbau. »Dort ist die Schmiede. Da treffen wir uns, sobald ich meine Boten und Kundschafter ausgesandt habe.«

Neugierig ging Siegfried mit seinen beiden Gefährten in die Schmiede. Verwirrt überlegten sie, was sie hier sollten.

»Waffen für den Kampf schmieden«, meinte Wieland. »Schwertklingen und Speerspitzen.«

»Das glaube ich nicht«, entgegnete Siegfried, denn in Grimberts Worten meinte er einen geheimnisvollen Klang vernommen zu haben. »Es muß um etwas anderes gehen, etwas Besonderes.«

Otter gab ihm recht.

Schließlich erschien Grimbert mit einem großen Rautenschild. Doch der Schild war unvollständig, zwar aus zwei Schichten Lindenholz gefertigt und mit Leder überzogen, aber bar jeder Verzierung.

»Der Schild muß beschlagen werden, mit dem härtesten Stahl, den ihr schmieden könnt.«

»Aber dann wird er sehr schwer«, wandte Wieland ein.

»Das schadet nichts«, erklärte Grimbert. »Siegfried ist kräftig. Sein Arm wird nicht so leicht erlahmen, nicht wenn es gegen Reinhold geht.«

»Der Schild ist für mich?«

Grimbert nickte seinem Neffen zu. »Nur du kannst es schaffen, den guten Runenzauber gegen den schlechten zu führen. Du bist ein Abkömmling Wodans, Prinz von Xanten. Falls der Göttervater sich in die Schlacht wirft, dann für dich!«

»Was sollte ihn dazu veranlassen?« fragte Otter zweifelnd.

»Der Runenzauber, mit dem ich den Stahl versehen werde.« Grimbert legte den Schild auf einen großen Holztisch. »Und nun an die Arbeit!«

Der Blasebalg pumpte, die Kohlen glühten, das Feuer knisterte. Für Siegfried war es fast, als hätte es die letzten Tage nicht gegeben. Als sei er noch immer der Jüngling in Reinholds Schmiede, der seiner Schwertleite entgegenfieberte. Wie unwichtig dieses Ereignis doch geworden war! Dabei hatte Siegfried es lange Zeit für den bedeutendsten Tag in seinem Leben gehalten. Aber jetzt ging es um so viel mehr. Er mußte für die Menschen kämpfen, die ihm am Herzen lagen.

Wieland vergaß seine Müdigkeit. Wenn die Kräfte der Männer doch zu erlahmen drohten, heiterte Otter alle durch seine Scherze auf. Vergessen war das Blut, das an seinen Händen geklebt hatte.

Grimbert gab seine Anweisungen und wirkte erst zufrieden, als der harte Stahl geformt und von ihm mit drei Runen versehen war. Zwei davon erkannte Siegfried: Fehu und Uruz, die auch das Runenschwert schmückten. Die dritte führte in schlangenähnlichen Windungen zwischen ihnen hindurch.

»Das ist Sowilo, die Sonnenrune«, erläuterte Grimbert. »Sie verkörpert die Kraft der Sonne, die den Sieg bringen soll. Und sie ist die Rune Balders. Wenn Wodan den Mord an seinem Sohn noch nicht vergessen hat, wird er dem Träger dieses Schildes, dem Nachkommen der Wodanssippe, gegen Lokis Verbündeten beistehen!«

»Dann ist der Schild fertig?« fragte Siegfried.

»Nein, erst morgen. In dieser Nacht muß ich ihn den Göttern weihen.«

Niemand fragte, was er damit meinte. Alle waren zum Umfallen müde. Sie sanken auf einige Heuballen in der Schmiede und fielen in einen tiefen Schlaf, während ein einsamer Grimbert mit dem Runenschild von der Burg fortritt und in den finsteren Nachtwald eintauchte.

Siegfried träumte schlecht in dieser Nacht. Sieglind und Amke erschienen im Traum. Sie waren nicht mehr in Xanten, sondern in einem düsteren unterirdischen Labyrinth gefangen – im Reich der Totengöttin.

❧

Grimbert kehrte am Morgen nicht allein zurück. In seiner Begleitung waren drei Reiter, die er unterwegs getroffen hatten. Boten, die schlechte Kunde brachten. Dieser Tag sollte die Entscheidungsschlacht zwischen Friesen und Niederländern sehen. Reinhold zog mit einem großen Heer gen Norden, um sich König Hariolf zu stellen. Aus allen Richtungen strömten dem niederländischen Kriegsherrn Waffenfähige zu. Sie glaubten, für ihr Land und für ihre Königin zu kämpfen, nicht für einen bösen Gott. Wie konnten sie die Wahrheit auch ahnen, befand sich doch die im ganzen Reich beliebte Königin bei ihrem Heer! Ja, Reinhold schien mit seinen düsteren Plänen ernst zu machen. Er hatte die Königin und Amke mitgenommen. Amke sollte sein Faustpfand sein, für den Fall, daß die Friesen die Oberhand gewannen.

»Wenn König Hariolf nicht nachgibt, wird seine Tochter sterben«, verkündete einer der Boten.

»Und meine Mutter?« fragte Siegfried. »Weshalb hat Reinhold sie mitgenommen?«

»Sollte Reinholds Heer in Bedrängnis geraten, wird er es durch ein Ereignis anstacheln, das keinen Niederländer kaltläßt.«

»Durch den Tod der Königin«, flüsterte Siegfried,

erschrocken über diesen Gedanken, der aber der Wahrheit sehr nahekam.

Grimbert nickte. »Man wird meine Schwester von einem friesischen Pfeil oder einem friesischen Speer durchbohrt finden. Und niemand wird danach fragen, ob die tödliche Waffe von niederländischer Hand geführt wurde.«

Siegfried sah den Oheim hilfesuchend an. »Was können wir tun?«

»Wir reiten sofort!« entschied Grimbert.

Am frühen Nachmittag kehrten die Späher, die König Hariolf ausgesandt hatte, mit alarmierenden Nachrichten zurück: Die Niederländer waren ihnen entgegengezogen und erwarteten sie am Rand einer großen Schlucht.

»Endlich«, sagte der König. »Ich habe lange auf diesen Augenblick gewartet. Weiß man, wer sie anführt?«

Die Späher berichteten, sie hätten Reinhold von Glanders Wappen gesehen.

»Graf Reinhold selbst, der Verräter und Mädchenräuber. Besser hätte es nicht kommen können.« Er wandte sich an den Recken, der an seiner Seite ritt. »Meint Ihr nicht auch, Markgraf?«

Onno nickte, wenn auch zögernd. »Wenn wir Reinhold töten oder fangen können, ist dem niederländischen Kampfesmut die treibende Kraft genommen. Aber wir sollten Reinhold von Glander nicht unterschätzen und uns vor allem nicht zu sinnloser Wüterei anstacheln lassen.«

Während der verunstaltete Markgraf sprach, hatte sich Hariolfs Gesicht mehr und mehr verfinstert. Er hatte von seinem treuesten Gefolgsmann weniger Bedenken und größeren Kampfgeist erwartet. Doch der König kam nicht mehr dazu, eine geharnischte Erwiderung anzubringen. Eine lange Reihe von Hornsignalen ertönte über dem Tal.

Hariolf lauschte ihnen und sagte aufgeregt: »Hört nur, Onno, hört! Die Niederländer greifen an! Reinhold kennt nicht solch zahlreiche Bedenken wie Ihr. Die Ritter sollen antraben, die Lanzenträger sich zum Eingreifen bereithalten, die Schützen Stellung beziehen! Befehl an die Hornisten: Gebt das Signal zum Gegenangriff!«

Des Königs berittene Boten stoben davon, um seine Befehle an die Truppenführer zu übermitteln. Friesische Hornsignale erklangen.

Dann ritten die Friesen an. Tausende Hufe ließen das Tal erzittern, über dem sich eine dunkle Wolkenfront zusammenbraute. An der Spitze ritten Hariolf und Onno unter dem Königsbanner, dem springenden schwarzen Wolf im roten Feld.

Auch von der Südseite drängten die Ritter ins Tal. Über ihnen wehte der Xantener Falke. Schneller und schneller wurden die Pferde.

Als die vordersten Reihen aufeinandertrafen, grollte Donner zwischen den Kampflärm, Blitze zuckten zur Erde nieder und schwerer Regen fiel. Das Wasser weichte den Boden auf. Die Pferde gerieten ins Rutschen. Reiter stürzten und kamen in ihren schweren Rüstungen nur schwer wieder auf die Beine. Wenn sie es schafften und nicht vorher vom Feind getötet wurden, kämpften sie als Fußsoldaten weiter.

Über eine Stunde traf Stahl auf Stahl und vermengte sich Blut mit dem stürzenden Regen, ohne daß sich eine Entscheidung abzeichnete. Doch in der zweiten Stunde schienen die Niederländer allmählich die Oberhand zu gewinnen.

Graf Reinhold verstand es, seine Männer mitzureißen. Er focht stets im ersten Treffen und schwang sein Schwert wie von Sinnen. Mehrmals stürzte das Pferd unter ihm. Sofort sprang ein Ritter an seiner Seite aus dem Sattel und half Reinhold hinein. Und der Graf von Glander focht weiter, schlug immer größere Lücken in die Reihen der Friesen.

Hariolf und Onno beobachteten den Verlauf der Schlacht. Über dem Getöse des Kampfes rief der König seinem Markgraf zu: »Wir müssen Reinhold töten, sonst ist die Schlacht verloren!«

Onno nickte und riß auch schon seinen Rotfuchs herum. Er brüllte seinen Recken den Befehl zu, ihm und ihrem König zu folgen, auf Gedeih und Verderb. Mit aller Gewalt schlugen sie sich durch die feindlichen Haufen und kamen Reinhold von Glander näher und näher.

Hariolf trieb seinen Rappen noch stärker an, als er Reinhold inmitten der Schlacht ausmachte. Doch dann zögerte er. Von Osten sprengte ein Reitertrupp heran, um in die Schlacht einzugreifen. Es waren nicht viele Recken, keine fünfzig, aber ihre Gesichter waren wild entschlossen.

Onno kniff die Augen zusammen und rief dann überrascht: »Der Hüne an ihrer Spitze ist Siegfried von Xanten!«

»Siegfried, der Mörder Harkos?« Hariolf war zutiefst überrascht. »Es hieß doch, er sei verschwunden. War es eine Kriegslist?«

»So sieht es aus«, brummte Onno nervös.

Die Friesen fanden keine Zeit mehr, sich um Siegfried zu kümmern. Reinhold griff mit seinem Haufen an und verwickelte Hariolfs Krieger in ein erbittertes Gefecht. Immer näher kamen sich der Friesenkönig und der niederländische Kriegsherr.

»Das Schwert!« stieß Onno hervor, nachdem er einen gegnerischen Ritter aus dem Sattel geschlagen hatte. »Reinholds Schwert!«

»Was ist mit dem Schwert?« fragte Hariolf und

hielt sein unruhiges Tier nur mit Mühe an Onnos Seite.

»Ich hätte es schon damals auf der Lichtung bemerken müssen, als ich Harkos Leiche fand. Reinhold führt das Schwert, mit dem Siegfried Harko erschlug. Es ist König Siegmunds unbesiegbare Waffe.«

»Das Runenschwert?«

Onno nickte.

»Die Götter sind gegen uns«, flüsterte Hariolf betroffen. »Wir werden in diesem Tal untergehen.«

»Auch Götter sind nicht unfehlbar!« knurrte der Markgraf und trieb seinem Hengst die Sporen in die Flanken. Der Rotfuchs sprang vor, geradewegs auf Reinhold zu. »Für den Wolf von Friesland!« brüllte Onno und schwang sein Schwert gegen den Kriegsherrn der Niederlande.

Funken stoben davon, als Onnos Klinge auf Reinholds Schild traf. Der Niederländer wankte im Sattel. Onno holte zum vernichtenden Schlag aus. Doch Reinhold schleuderte seinen Schild und zwang Onno, sich zu ducken. Als sich der Markgraf wieder im Sattel aufrichtete, fuhr Reinholds Klinge auf ihn herab. Das Runenschwert spaltete Helm und Kopf.

Der tote Onno stürzte in den Schlamm, unter die Hufe der Pferde.

Hariolf verfolgte Onnos Untergang mit Schrekken, doch dann siegte seine Wut, als Reinhold auf ihn zuhielt.

»Komm nur, Verräter!« brüllte der Friesenkönig und hob sein Schwert.

Reinhold preschte heran. Sein Pferd setzte über gefallene Menschen und Tiere hinweg. Seine Augen waren starr auf Hariolf gerichtet. Des Königs Rappe tänzelte unruhig; er schien die drohende Gefahr zu spüren. Hariolf zwang ihn mit eiserner Hand, auf dem Fleck zu stehen, bis Reinhold fast herangestürmt war. Erst dann ließ er den Rappen springen, riß ihn herum und brachte sich auf geschickte Weise in Reinholds Rücken.

Schon fuhr Hariolfs Waffe auf den Feind nieder, der keinen Schild mehr hatte, den Schlag abzuwehren.

Reinhold ließ sich aus dem Sattel fallen, und Hariolfs Klinge durchschnitt pfeifend die Luft. Der Graf von Glander kam blitzschnell wieder auf die Beine und stieß seine Klinge in die Flanke von Hariolfs Rappen. Das Pferd sank nach vorn und schleuderte den Reiter in den Schlamm. Der Friese wälzte sich herum – dann sah er das Runenschwert, das auf seinen Kopf zuflog . . .

Der Regen peitschte gegen das große Zelt, das in einem kleinen Seitental stand, bewacht von ausgesuchten Männern, Kriegern, denen Reinhold unbedingtes Vertrauen schenkte. Sie gingen für den Grafen von Glander durchs Feuer und stellten sich für ihn sogar gegen die Königin. Starr wie Felsen standen sie im dichten Regen, rund um das Zelt verteilt, und bewachten die wichtigen Gefangenen. Und sie erkannten nicht, wie nahe sie dem Verderben waren.

Der Feind lauerte in den dichten Regenschwaden. In diesem engen Tal bildeten sich Windböen und trieben den Regen vor sich her. Doch die Gestalten, die heranschlichen, wußten sich die schlechte Witterung zunutze zu machen.

Die ersten Wächter starben lautlos. Als schließlich ein Wachtposten einen Warnruf ausstoßen konnte, war es schon zu spät. Die Angreifer hatten bereits die Oberhand gewonnen. Ihre Klingen fuhren in das Fleisch von Reinholds Männern.

Nur einer benutzte keine geschmiedete Waffe, sondern seine Zähne. Otter war froh, daß ihn niemand sah, wie er voller Lust die Kehlen der Männer durchbiß. Er hätte sich vor anderen geschämt, wie er sich vor sich selbst schämte. Aber er konnte nicht gegen seine Natur verstoßen. Als alle Feinde getötet waren, hob er das blutverschmierte Gesicht in den Himmel und wartete geduldig, bis der Regen ihm das Blut abwusch. Er sah Grimberts große Gestalt, die am Zelteingang den letzten Wachtposten niederrang. Dann lief der graubärtige Recke ins Zelt. Otter folgte ihm, befriedigt und von sich selbst angeekelt zugleich.

»Mögen die Götter mit mir sein!« schrie Siegfried, als er sein Pferd gegen Reinhold lenkte. Er wußte, daß es um winzige Augenblicke ging, wollte er Hariolf noch vor der vernichtenden Kraft des Runenschwertes retten.

Eine Menge Recken waren an Siegfrieds Seite gefallen, als sie sich durch das Heer der Niederländer kämpften. Auch durch friesische Klingen, deren Besitzer nicht glauben mochten, daß der Prinz von Xanten auf ihrer Seite focht. Von den über vierzig Recken, die Grimbert ihm an die Seite gestellt hatte, saßen nur noch die Hälfte in den Sätteln. Grimbert selbst war mit einem Trupp, zu dem auch Otter und Wieland gehörten, aufgebrochen, um Sieglind und Amke zu befreien.

Siegfried gab seinem Pferd verzweifelt die Sporen. Der Braune sprang zwischen Reinhold und Hariolf. Die magische Klinge traf das Pferd an der Kruppe. Der Braune jaulte vor Schmerz auf und sackte auf die Hinterläufe. Siegfried sprang aus dem Sattel und stellte sich seinem Kontrahenten.

»Du?« Reinholds Gesicht verdüsterte sich. Siegfried konnte sich nicht erinnern, seinen Zuchtmeister einmal so verblüfft gesehen zu haben.

»Ja, Verräter.«

»Wirf die Waffen weg!« schrie Reinhold. »Dann verschone ich dich. Wir könnten Seite an Seite regieren.«

»Warum, wenn Ihr allein die Macht haben könnt?«

»Der Name des Xantener Königshauses hat einen guten Klang. Viele würden Euch blind folgen, *König* Siegfried.«

»Ihr wolltet mich nur benutzen!« erkannte Siegfried, und als Reinhold nichts erwiderte, fragte er: »Warum das alles? Bedeutet Euch der Feuergott so viel?«

»Meine Vorfahren stammen von ihm ab, so wie die deinen Wodan ihren Ahnherrn nennen.«

Während er noch sprach, griff Reinhold an. In einer hastigen Bewegung riß Siegfried sein Schwert hoch, um Reinholds Attacke abzuwehren. Siegfrieds Klinge war aus gutem Stahl, doch das Runenschwert zerbrach sie.

»Ein Hieb für dein Schwert, der zweite für dein Leben!« schrie Reinhold und schwang das Runenschwert.

»Rune gegen Rune, und Gott gegen Gott!« stieß Siegfried hervor und hob mit beiden Händen den rautenförmigen Schild.

Er spürte eine ungeheure Kraft, die aus dem Runenschild strömte und ihn erfaßte. Die Wucht von Reinholds Schlag zwang Siegfried in die Knie. Aber sein Schild – der Runenschild – hielt stand.

Reinhold stieß einen wilden Schrei aus; ein Laut des Unglaubens und des Zorns, als er auf sein Schwert starrte. – Das Runenschwert war wieder in zwei Hälften geteilt!

»Der Zauber ist gebrochen.« Siegfried erhob sich und starrte Reinhold an. »Ich rief ihn, und ich bannte ihn – mit der Hilfe Wodans!«

»Die Runen!« Reinhold hielt seinen Blick auf den Schild gerichtet. »Das ist Grimberts Werk!«

»Allerdings«, schnaufte Siegfried. Er sprang vor und schlug seinen Schild gegen Reinholds Schädel.

Der Graf sank zu Boden, und Siegfried warf sich auf ihn. Vielleicht hatte der Prinz die größere Kraft; vielleicht war es die Wut, die ihn außer sich geraten ließ. Er saß schließlich rittlings auf Reinhold, und seine Fäuste schlugen das Leben aus dem Verräter heraus.

Bis ein Schatten auf Siegfried fiel und ihn von dem Gegner riß. Kräftige, scharfe Klauen hielten ihn gepackt. Ein spitzer Schnabel hackte, bohrte sich schmerzhaft in sein Fleisch.

Der rote Falke war zurückgekehrt!

Gib auf, Siegfried von Xanten! dröhnte die unheimliche Stimme in seinem Kopf. *Du kannst nicht gegen den Feuergott bestehen. Kein Mensch kann das!*

»Kein Mensch, aber ein Gott«, stöhnte Siegfried. »Wodan!«

Er schaffte es, seinen Dolch zu ziehen und in den Falken zu rammen. Mit kräftigen Flügelschlägen flatterte das Tier auf, die Klinge steckte noch in seinem Leib. Der Falke schüttelte sich in der Luft, und die Waffe fiel zu Boden.

Siegfried warf sich herum, als der Falke erneut angriff. Das Tier rauschte dicht über ihn hinweg. Die scharfen Krallen verfehlten ihn nur knapp. Der Xantener kroch zu seinem Dolch und hob ihn auf, doch da kehrte der Falke schon zurück. Er stieß einen gellenden, durchdringenden Schrei aus. Siegfried hatte es für einen Angriffsruf gehalten. Aber es war der Todesschrei. Der große Vogel stürzte zu Boden. In seiner Kehle steckte der Bolzen einer Armbrust.

Siegfried blieb keine Zeit aufzuatmen. Reinhold hatte sich erholt und griff wieder an. Er schwang eine Kette mit einer spitzenstarrenden Eisenkugel über seinem Haupt. Ein Morgenstern! Siegfried konnte sich durch einen Sprung vor dem ersten Schlag in Sicherheit bringen. Doch der Graf setzte ihm nach und schwang die füchterliche Waffe erneut. Der Prinz von Xanten faßte den Dolch an der Spitze und warf ihn, wie Reinhold es ihm beigebracht hatte. Die Klinge fuhr durch das rechte Auge des Angreifers. Reinhold fiel auf die Knie und ließ den schweren Holzgriff des Morgensterns los. Das Leben verließ ihn.

»Mich hast du getötet, Siegfried«, röchelte er. »Aber die Macht des Feuergottes wirst du nicht brechen. Der Krieg wird weitergehen. Friesen und Niederländer werden sich abschlachten, wie es bald alle Christenhunde tun werden ...« Seine Stimme wurde schwächer.

»Nein!« sagte jemand dicht hinter Siegfried. »Wir werden nicht länger gegeneinander kämpfen, nicht jetzt, wo ich die Wahrheit kenne!«

Es war König Hariolf.

Neben ihm erschien ein Reiter mit einer abgeschossenen Armbrust in der Hand: Grimbert.

Reinhold sank leblos herab. Sein Kopf fiel in den Schlamm. Noch im Tod wirkte er wie ein grausamer einäugiger Rächer.

Erst jetzt bemerkte Siegfried, daß der Kampflärm abgeebbt war. Nur der Regen trommelte unablässig auf den mit Wasser und Blut getränkten Boden.

»Es ist vorbei«, sagte Grimbert. »Wir haben Königin Sieglind und Prinzessin Amke befreit. Niederländer und Friesen kämpfen nicht mehr.«

Epilog

Die Wolken hatten sich schon seit Tagen verzogen, und der Rhein funkelte im Sonnenlicht. Siegfrieds Blick glitt über das silberblaue Wasser und über die grünen Wälder an den Ufern. Hier waren sie vollkommen allein. Kein Schiff in der Nähe, kein Fischer, kein Fährmann und kein Flößer. Nur die kleinen Boote mit Siegfried und Grimbert.

Nach den überstandenen Gefahren, dem Tod

Reinholds und dem wiederhergestellten Frieden hätte sich Siegfried erleichtert fühlen müssen. Doch dem war nicht so.

Frieden herrschte zwar zwischen den beiden Königreichen, aber keine Freundschaft. König Hariolf hatte erklärt, keinen Krieg zu führen gegen den Mann, der ihm das Leben gerettet hatte, aber der Friese mochte auch keine Freundschaft schließen mit dem Mörder seines Sohnes. Längst waren die Friesen in ihr Land heimgekehrt. Und mit ihnen Amke. Obwohl sie es einander nicht gestanden hatten, war der Abschied für Amke wie für Siegfried schmerzvoll gewesen. Beide hatten gewußt, daß es für sie keine gemeinsame Zukunft gab. Wozu es noch durch Worte erschweren? Die Blicke genügten. Nie würde Siegfried Amkes Augen vergessen.

Siegfried richtete sich im Boot auf und wickelte das Tuch auseinander. Lange blickte er auf das zerbrochene Schwert. Dann packte er den goldenen Griff. Er spürte nichts mehr von der unheimlichen Kraft.

Grimbert hatte die Runen verändert und ihnen den Zauber genommen. Aber das hatte Siegfried nicht genügt.

»Ich danke dir, Wodan«, flüsterte er und schleuderte das halbe Schwert im weiten Bogen aus dem Boot.

Der Rhein verschluckte es. Hier war der Fluß sehr tief. Er würde das Schwert nie wieder hergeben.

Die zweite Schwerthälfte verschwand ebenfalls im Wasser. Siegfried starrte lange auf den Fluß, bevor er sich wieder setzte.

Er hatte nicht nur das Schwert im Fluß versenkt; er wollte auch die Erinnerung an den Mann auslöschen, den er einmal für seinen Freund gehalten und der ihn so sehr getäuscht hatte. Es gab keinen Reinhold von Glander mehr. Der Verlust des väterlichen Freundes mochte schmerzen, doch das Wissen, die Welt von dem rücksichtslosen, grausamen Diener Lokis befreit zu haben, wog den Schmerz mehr als auf.

Grimbert legte eine Hand auf Siegfrieds Schulter. »Ich bin stolz auf dich, Siegfried, und dein Vater Siegmund wäre es auch. Du hast gehandelt wie ein König – wie ein Mann.«

»Noch bin ich keiner.« Siegfried lächelte ein wenig verloren. »Meine Schwertleite wurde durch einen unerwarteten Krieg verhindert.«

»Sie wird bald nachgeholt, und dann wirst du ein neues Schwert an deiner Seite tragen!«

»Ich weiß nicht, ob ich mir das wünschen soll.«

»Aber ein Mann braucht ein gutes Schwert!«

»Ist jemand, der das braucht, wirklich ein Mann?« fragte Siegfried.

Grimbert musterte ihn eingehend. »Du erstaunst mich, Junge. Manch einer benötigt ein ganzes langes Leben, um solche Gedanken zu fassen. Hast du noch mehr kluge Erkenntnisse?«

»Ja«, sagte Siegfried und lächelte plötzlich. »Ich bin zu der Erkenntnis gelangt, daß wir endlich rudern sollten. Nach Hause, nach Xanten!«

Die Nibelungen

Die große Saga »Die Nibelungen« ist keine Nacherzählung des weltberühmten Nibelungenliedes. Jeder Roman erzählt eine neue, aufregende Geschichte um einen Helden des Epos. Gleichwohl lassen sich die Romane in die Chronologie des Liedes einordnen.

Chronologie

- **Die Flammenfrau**
- **Der Rabengott**
- Hagen kommt nach Worms und beginnt seinen Aufstieg zum Berater.
- **Das Runenschwert**
- Siegfried tötet Nibelung und Schilbung. Er stiehlt Alberich die Tarnkappe.
- **Der Feuerstern**
- Siegfried erschlägt den Drachen.
- **Das Drachenlied**
- König Dankrat von Burgund stirbt. Gunther besteigt den Thron.
- **Das Nachtvolk**
- Siegfried kommt nach Worms.
- Die Helden reisen nach Island und kämpfen um Brunhilds Hand.
- Siegfried heiratet Kriemhild, Gunther vermählt sich mit Brunhild.
- Hagen tötet Siegfried und versenkt den Nibelungenhort im Rhein.
- Kriemhild heiratet den Hunnenkönig Etzel.
- Die Burgunden folgen Kriemhilds Einladung zur Hunnenburg.
- Kriemhild läßt die Burgunden von den Hunnen ermorden.